WISE SAYING

죄와 벌

Crime & Punishment

김동구 엮음

머리말—세상 살아가는 지혜

『명언(名言)』(Wise Saying)은 오랜 세월을 두고 음미할 가치가 있는 말, 우리의 삶에 있어서 빛이나 등대의 역할을 해주는 말이다. 이 책은 각 항목마다 동서양을 망라한 학자·정치가·작가·기업가·성직자·시인……들의 주옥같은 말들을 예시하고 있다.

이러한 말과 글, 시와 문장들이 우리의 삶에 용기와 지침이 됨과 아울러 한 걸음 나아가 다양한 지적 활동, 이를테면 에세이, 칼럼, 논문 등 글을 쓴다든지, 일상적 대화나, 대중연설, 설교, 강연 등에서 자유로이 적절하게 인용할 수 있는 여건을 충족시켜 줄 것이다.

독자들은 동서양의 수많은 석학들 그리고 그들의 주옥같은 명언과 가르침, 사상과 철학을 접할 수 있는 좋은 기회를 얻음으로써 한층 다양하고 품격 높은 삶을 영위할 수 있을 것이다.

이 책은 각 항목 별로 다음과 같이 구성되어 있다.

【어록】

어록이라 하면 위인들이 한 말을 간추려 모은 기록이다. 또한 유학자가 설명한 유교 경서나 스님이 설명한 불교 교리를 뒤에 제자들이 기록한 책을 어록이라고 한다. 각 항목마다 촌철살인의 명언, 명구들을 예시하고 있다.

【속담·격언】

오랜 세월에 걸쳐서, 민족과 지역의 수많은 사람들의 생생한 경험을 통해서 여과된 삶의 지혜를 가장 극명하게 표현하는 것이기 때문에 문자 그대로 명언 가운데서도 바로 가슴에 와 닿는 일자천금(一字千金)의 주옥같은 말이라고 할 수 있다.

【시 · 문장】

항목을 그리는 가장 감동 감화적인 표현이라고 할 수 있다. 가장 마음속에 와 닿는 시와 문장을 최대한 발췌해 수록했다.

【중국의 고사】

동양의 석학 제자백가, 사서오경(四書五經)을 비롯한 《노자》《장자》《한비자》《사기》……등의 고사를 바탕으로 한 현장감 있는 명언명구를 인용함으로써 이해도를 한층 높여준다.

【에피소드】

서양의 석학, 사상가, 철학자들의 삶과 사건 등의 고사를 통한 에피소드를 접함으로써 품위 있고 흥미로운 대화를 영위할 수 있는 소양을 갖추는 계기가 된다. 그 밖에도 【우리나라 고사】 【신화】 【명연설】 【명작】 【전설】 【成句】…… 등이 독자들로 하여금 박학한 지식을 쌓는 데 한층 기여해줄 것이다.

많은 서적들을 참고하여 가능한 한 최근의 명사들의 명언까지도 광범위하게 발췌해 수록했다. 그러나 너무도 많은 자료들을 수집하다 보니 미비한 점도 있을 것으로, 독자 여러분의 너그러운 이해를 바란다.

운계 김동구
— 雲溪 金東求

차 례

죄와 벌

죄 sin 罪
(벌)

【어록】

▣ 형(刑)은 형이 없기를 바란다. 형벌의 이상이다. 형을 과하는 것은 그 자체가 목적이 아니고, 세상의 범죄가 모조리 자취를 감추고, 형을 과할 필요가 없는 사회를 이루려고 하는 데 있다. 장난삼아 중형을 과하고 만족하는 따위가 있어서는 안 된다.

— 《상서(尙書)》

▣ 죄 없는 사람을 죽이기보다는 차라리 법에 맞지 않더라도 이를 용서하는 것이 낫다(殺不辜 寧失不經). — 《상서》

▣ 일곱 살을 일러 어린나이 도(悼)라 하고, 여든, 아흔 살을 말하여 모(耄)라 하는데, 어린나이 도와 혼몽(昏懜)의 나이 모는 비록 죄가 있어도 형벌을 가하지 않는다(七年日悼, 悼與耄 雖有罪 不加刑焉). — 《예기》

▣ 천벌(天罰)은 늦게라도 반드시 찾아온다. — 《노자》

▣ 하늘의 그물은 크고 넓어 엉성해 보이지만, 결코 그 그물을 빠져

나가지는 못한다(天網恢恢 疎而不失). —《노자》

▣ 북을 울려서 그 죄를 공격하는 것이 옳다(鳴鼓而攻之可也 : 누가 보아도 악이라고 단정할 수 있는 부정을 저지른 사람에 대해서는 그 사람이 어떤 지위에 있건 북을 울려 성토하는 것이 옳다). —《논어》 선진

▣ 하늘에 죄를 지으면 용서를 빌 곳이 없다(不然 獲罪於天 無所禱也). —《논어》

▣ 죄는 지울 수 없는 상처다. —《장자》

▣ 낫을 훔친 자는 사형을 당하고, 나라를 훔친 자는 제후가 된다(竊鉤者誅 竊國者爲諸侯). —《장자》

▣ 법령을 시행하려면 측근부터 지켜야 한다. —《순자》

▣ 범죄자를 용서하는 것은 달리는 말 위에서 고삐를 놓는 격이요, 용서하지 않는 것은, 종기나 악창(惡瘡)을 돌침으로 따는 것과 같은 것이다. —《순자》

▣ 형벌이 이미 몸에 이르렀으면 하늘을 찾지 말라(평소에 몸가짐을 조심하라). —《순자》

▣ 두 개의 자루란 형(刑) 과 덕(德)이다(임금이 신하를 통솔하는 데 두 개의 자루를 쓰는데, 하나는 형벌로 엄하게 다스리는 것이고, 또 하나는 은덕을 베풀어 포상을 후하게 하는 것이다). —《한비자》

▣ 법은 귀한 자에게 아첨하지 않고, 먹줄은 굽은 것에 휘어지지 않

는다(法不阿貴 繩不撓曲). —《한비자》

■ 범이 개를 굴복시키는 것은 발톱과 어금니 때문이다(虎之所以能服狗者爪牙也 : 임금의 형벌은 무기를 갖지 않으면 세상을 다스릴 수 없다). —《한비자》

■ 귀신을 믿는 자는 법을 업신여긴다(귀신을 믿으면 미신에 빠져 현실적인 법이나 사회윤리를 무시한다). —《한비자》

■ 가죽이 아름답기 때문에 스스로 죄를 짓는다(모피가 아름다운 여우나 표범은 그 가죽이 귀하기 때문에, 스스로 죄를 짓듯 인간에게 잡혀 죽는다). —《한비자》

■ 지극히 태평한 세상에서는 법이 아침이슬과 같다(태평한 세상에서는 법은 깨끗한 아침이슬이 만물을 적셔주듯이 만백성에게 그 혜택이 고루 미치게 된다). —《한비자》

■ 선비는 글로써 법을 어지럽히고, 협객은 무력으로써 금령을 범한다. —《한비자》

■ 이 형벌이란 반드시 형벌을 베푸는 것이 아니라, 덕화(德化)로 가르쳐도 변할 줄 모르거나, 좋은 길로 인도해도 따를 줄 모르거나, 의리를 상하게 하고 풍속을 더럽히는 사람에게는 부득이 형벌을 쓰게 된다. 그러므로 다섯 가지 형벌을 마련하는 데는 반드시 천륜에서부터 시작되었으며, 일단 형벌을 집행하는 데 있어서는 아무리 가벼운 죄라도 이것을 놓아주는 법이 없다. —《공자가어》

■ 죄는 같은데 벌이 다른 것은 공평한 형이 아니다(同罪異罰 非刑也). —《좌전》

▣ 남의 잘못을 책하고 내가 그 사람들 본을 딴다면 죄가 더 크다(尤而效之 罪又甚焉). —《좌전》

▣ 백성을 그물질하는 짓을 할 수 있으리오(罔民而可爲也 : 마치 먹이를 주어 고기를 모아 그물로써 잡는 것처럼 백성이 죄를 짓도록 해놓고, 죄를 지으면 형벌을 주는 일 같은 것은 할 일이 아니다). —《맹자》

▣ 왕이 흉년을 허물하지 않으면 천하의 백성들이 모여들 것이다(王無罪歲 斯天下之民至焉 : 백성이 굶주리는 것을 올해는 흉년이 들어서 그렇다고 핑계를 대지 말고, 왕 자신의 책임으로 하고 정치를 해 간다면 천하의 백성은 기꺼이 왕 앞으로 모여들 것이다). —《맹자》

▣ 죄인이라도 처자식까지 벌하지는 않는다(罪人不孥 : 죄인을 처벌하는 데 있어서 처자식에게까지 죄를 미치게 하지 않는다). —《맹자》

▣ 한 가지라도 불의를 행하며, 한 사람이라도 죄 없는 사람을 죽여서 천하를 얻게 된다는 것은 모두 하지 않을 것이다{行一不義 殺一不辜 而得天下 皆不爲也 : 단 하나라도 의 아닌 일을 하거나 단 한 사람이라도 죄 없는 사람을 죽이는 일을 해서 천하를 얻는 일은 옛 성인은 아무도 하지 않았다. 모두는 백이(伯夷), 숙제(叔齋), 이윤(伊尹), 공자(孔子)를 지칭한다}. —《맹자》

▣ 범죄자의 죄지은 동기를 추구(追求)하여 죄를 정한다(原心定罪). —《한서(漢書)》

▣ 죄가 너무 커서 목을 베어도 오히려 부족하다(罪不容誅).

—《한서》

▣ 형벌은 난리를 다스리는 약이요, 덕스러운 가르침은 평화를 일으키는 쌀과 살코기다. —《후한서》

▣ 지친 말은 매를 맞아도 겁을 내지 않듯이, 곤궁한 백성은 형벌을 겁내지 않는다. —《염철론》

▣ 허망(虛妄)한 말은 곧 죄과(罪過)이다. —《열반경》

▣ 사람이 죄를 지었으면 다시는 짓지 않도록 조심해야 한다. 그 일에 마음을 두지 말라. 슬픔은 악행의 쌓임에서 오는 것이니.

—《화엄경》

▣ 아무리 말을 꾸며 남을 해쳐도 죄 없는 사람을 더럽히지 못하나니, 바람 앞에서 흩어지는 티끌과 같이 재앙은 도리어 자기를 더럽힌다. —《법구경》

▣ 스스로 악을 정해 그 죄를 받고 스스로 선을 행해 그 복을 받는다. 죄도 복도 내게 매였거늘, 누가 그것을 대신해 받을 것인가.

—《법구경》

▣ 정숙하지 않는 것을 여자의 때라 하고, 인색한 것을 시자(施者)의 때라 하고, 이 세상의 모든 악한 행실은 이승이나 또 저승의 때라 한다. —《법구경》

▣ 공허도 아니요, 바다도 아니다. 깊은 산 바위틈에 들어 숨어도, 일찍 내가 지은 악업의 재앙은 이 세상 어디에서도 피할 곳 없나

니. —《법구경》

▣ 금세 짜낸 쇠젖은 상하지 않듯, 재에 덮인 불씨는 그대로 있듯, 지어진 죄가 당장에는 안 보이나 그늘에 숨어 있어 그를 따른다.
—《법구경》

▣ 『간(肝)이 병들면 눈이 볼 수 없고, 신(腎)이 병들면 귀가 듣지 못하나니.』 병은 사람이 못 보는 곳에 일어나되, 반드시 사람이 없는 곳에 나타나는지라, 그러므로 사람이 밝히 보는 곳에 죄를 얻지 않으려면 먼저 사람이 안 보는 곳에서 죄를 짓지 말라.
—《채근담》

▣ 그 뜻을 미워하지 그 사람을 미워하지 않는다(죄를 미워하지 사람을 미워하지 않는다). —《공총자》

▣ 누가 내 눈을 찌르면 나도 그의 눈을 찔러 주면 된다는 것은 잘못이다. 죄를 범한 자는 자기가 준 고통 이상으로 고생한다.
— 아리스토텔레스

▣ 인간은 일반적으로 악이 가져오는 처벌보다는 오히려 악 자체의 더러움으로 인하여 자연히 악을 피하기가 쉽다.
— 아리스토텔레스

▣ 최대의 범죄는 욕망에 의하지 않고 포만(飽滿)에 의해서 야기된다. — 아리스토텔레스

▣ 부는 많은 죄악을 감추는 외투이다. — 메난드로스

▣ 죄를 짓지 않고 사는 사람은 아무도 없다. — D. 카토

▣ 범죄에 대한 최대의 동기는 벌을 회피하려는 희망이다.
— M. T. 키케로

▣ 한 가지 죄로 그 사람의 전부를 판단하라. — 베르길리우스

▣ 죄를 미워하되 죄인을 미워하지 말라. — L. A. 세네카

▣ 작은 죄는 처벌당하고, 큰 죄는 승리로서 축하받는다.
— L. A. 세네카

▣ 자기 죄를 뉘우치는 사람은 무죄와 다를 바 없다.
— L. A. 세네카

▣ 성공은 약간의 범죄를 명예롭게 만든다. — L. A. 세네카

▣ 잘 맞아떨어지고 운이 좋게 지은 범죄는 미덕이라 불린다.
— L. A. 세네카

▣ 인간은 그 누구를 막론하고 자기 자신의 범죄를 즐긴다.
— L. A. 세네카

▣ 마음속의 재판에서는 죄인 한 사람도 용납이 되지 않는다.
— 유베날리스

▣ 지난 과오에 다시 빠지면 그 과오는 죄가 된다.
— 푸블릴리우스 시루스

▣ 정당한 이유가 있으면 죄는 정의가 된다.
— 푸블릴리우스 시루스

▣ 과실을 솔직히 고백하는 것은 그것이 무죄가 되는 하나의 단계이다. — 푸블릴리우스 시루스

▣ 죄인은 법을 두려워하고, 무고한 사람은 운명을 두려워한다.
— 푸블릴리우스 시루스

▣ 죄를 짓고 얻은 권력이 선한 목적으로 사용된 적은 없다.
— 타키투스

▣ 모든 표본적 처벌은 개인들에 대하여 어느 비공정성(非公正性)을 지니되, 그것은 공공의 이익으로 보상된다. — 타키투스

▣ 옛날은 범죄 때문에 괴로워하고, 현재는 법률 때문에 괴로워한다.
— 타키투스

▣ 영웅은 큰 죄와 큰 덕을 겸하고 있다. — 플루타르코스

▣ 이교도(異教徒)의 덕은 빛나는 죄악이다. — 아우구스티누스

▣ 죄는 처음에는 거미집의 줄처럼 가늘다. 그러나 마지막에는 배를 잇는 밧줄처럼 강해진다. — 《탈무드》

▣ 죄는 처음에는 손님이다. 그러나 그대로 두면 손님이 그 주인이 되어버린다. — 《탈무드》

▣ 죄는 처음에는 여자처럼 약하나 내버려두면 남자처럼 강해진다.
— 《탈무드》

▣ 죄를 미워하되 사람을 미워하지 말라. — 《탈무드》

▣ 부끄러움이란 사람들이 가지고 있는 자랑거리의 하나다. 부끄러워할 줄 아는 사람은 여간해서 죄를 범하지 않는다.
— 《탈무드》

▣ 하늘은 우리가 범한 죄에 대하여 분노한다. 그러나 속세는 우리가 행한 덕에 대하여 분노하는 것이다. —《탈무드》

▣ 선인이란 자기의 죄과를 기억하고, 자기의 착한 일, 착한 행위를 망각하는 사람을 말하고, 악인이란 이와는 반대로 자기의 착한 일, 착한 행위를 기억하고, 죄과를 망각하는 사람을 가리킨다.

—《탈무드》

▣ 극형을 언도하기 전의 판사는 자기 목이 매달리는 듯한 심정이어야 한다. —《탈무드》

▣ 드러내 놓고 꾸짖는 것이 숨은 사랑보다 낫다. — 잠언

▣ 내가 세상의 악과 흉악한 자들의 악행을 벌하겠다.

— 이사야서

▣ 너희 중에 누구든지 죄 없는 사람이 먼저 저 여자를 돌로 쳐라.

— 요한복음

▣ 죄를 짓는 사람은 누구나 다 죄의 노예다. — 요한복음

▣ 네 형제가 죄를 짓거든 책망하고, 회개하거든 용서하라.

— 누가복음

▣ 건강한 사람에게는 의사가 필요 없으나 병자에게는 필요하다. 나는 의인을 부르려고 오지 않았고 죄인을 부르러 왔다.

— 마가복음

▣ 남을 판단하는 사람이라 하더라도 자기는 죄가 없다고 말할 수는 없습니다. 남을 판단하면서 자기도 똑같은 짓을 하고 있으니, 결

국 남을 판단하는 것은 바로 자기 자신을 단죄하는 것입니다.

— 로마서

▣ 나는 내가 원하는 선을 행하지 않고 도리어 원하지 않는 악을 행하고 있습니다. 내가 원하지 않는 것을 스스로 행한다면 그것은 내가 하는 것이 아니라, 내 속에 있는 죄가 하는 것입니다.

— 로마서

▣ 사람들은 죄를 벌하지 그 죄인을 벌하지 않는다.

— 에드워드 허버트

▣ 다른 모든 사람들과 같은 행위를 자신도 따라 하고 있으면 죄가 되지 않는다. — G. 보카치오

▣ 인간은 두 종류밖에 없다. 하나는 자기를 죄인이라고 생각하는 의인(義人)이며, 다른 하나는 자기를 의인이라고 생각하는 죄인이다. — 파스칼

▣ 기독교의 신앙은 두 가지 진리, 즉 인간의 자연성의 타락과 예수 그리스도의 속죄를 양립시키는 데 있다. — 파스칼

▣ 진리가 지배하고 있을 때에 평화를 어지럽히는 것이 하나의 범죄인 것과 같이, 진리가 파괴되려고 할 때에 평화에 머무는 것도 역시 하나의 범죄가 아닌가. — 파스칼

▣ 이상한 일이 하나 있다. 사람은 자기의 탓이 아닌 외부에서 일어난 죄악(罪惡)이나 잘못에 대해서는 크게 분개(憤慨)하면서도 자기의 책임 하에 있는 자기 자신이 저지른 죄악이나 잘못에 대하여서는 분개하지도 않고 싸우려 하지도 않는다. — 파스칼

▣ 죽음을 피하기보다 죄를 삼가는 것이 더 낫다.

— 토마스 아 켐피스

▣ 죄에서 나온 소업(所業)은 다만 죄에 의해서만 강력해진다.

— 셰익스피어

▣ 교활한 죄악이 얼마나 권위있고 진실한 모습으로 가장하고 있는가. — 셰익스피어

▣ 수녀원으로 가라. 어째서 남자에게 따라가 죄 많은 인간들을 낳으려고 하는가? — 셰익스피어

▣ 자비만큼 죄(罪)를 장려하는 것은 없다. — 셰익스피어

▣ 많은 법이 논해지는 곳에 많은 범죄가 있다. — 존 밀턴

▣ 맹세는 무서운 것, 그것은 죄를 짓게 되는 함정이다.

— 새뮤얼 존슨

▣ 무지(無知)가 고의일 경우는 범죄이다. — 새뮤얼 존슨

▣ 사람은 자신의 허약함이나 허영을 부끄럽게 생각하는 것만큼 죄를 부끄럽게 여기지 않는다. — 라브뤼예르

▣ 죄인이 벌 받는 것은 악한들에게 대한 경고이지만, 무고한 사람이 유죄판결을 받는 것은 모든 성실한 사람들이 나눠 갖는 문제이다. — 라브뤼예르

▣ 빈곤이 범죄를 낳는 어머니라면 지성의 결여는 그 아버지다.

— 라브뤼예르

▣ 우리 죄수들에게는 시간 그 자체는 진행하는 것이 아니고 회전할 뿐이다. — 오스카 와일드

▣ 죄인이라는 말을 듣는 것만큼 사람의 허영심을 북돋우는 일은 없다네. 양심은 우리를 모두 이기주의자로 만들지.
— 오스카 와일드

▣ 기아와 무지는 근대 범죄의 어버이다. — 오스카 와일드

▣ 인간이 갖는 최고의 순간은, 그가 땅바닥에 무릎을 꿇고 가슴을 치면서 그의 생애의 모든 죄악을 고백할 때인 것이다.
— 오스카 와일드

▣ 범죄와 문명과의 사이에는 본질적으로 상응하지 않는 것이 없다.
— 오스카 와일드

▣ 일로서 조금도 단죄되지 않은 일이 훨씬 많이 있다. 신(神)은 실로 이상한 존재이며, 악과 반역과 함께 선과 자비도 벌을 주는 것이므로, 나는 이 사람이 하는 악뿐만 아니라 선도 동시에 벌을 받는다는 사실을 인정하지 않으면 안 되겠다. — 오스카 와일드

▣ 만약 형벌을 부끄럽게 안다면, 형벌을 받지 않는 것이 좋다는 결론이 된다. — 오스카 와일드

▣ 형틀이란 무서울 만큼 진실한 것이다. — 오스카 와일드

▣ 누구나 유죄라고 인정될 때까지는 무죄로 간주된다.
— 윌리엄 블랙스톤

▣ 형벌의 목적은 악을 예방하는 데 있다. 형벌로 선(善)을 행하게

할 수는 없다. — 하인리히 만

▣ 처벌에 의해서 얻어질 수 있는 광범한 효과는 공로의 증가와 교활한 감각을 더욱 날카롭게 하는 것이다. — 프리드리히 니체

▣ 역사는 범죄와 재난의 기록에 지나지 않는다. — 볼테르

▣ 숨겨진 죄에는 하느님이 증인으로 계신다. — 볼테르

▣ 기독교적 구미 문화는 『죄의 문화』이며, 일본의 문화는 『수치의 문화』이다. — 루스 베네딕트

▣ 죄는 사하여지는 것이며, 무식은 구원되는 것임을 저는 믿습니다. — 아들라이 스티븐슨

▣ 큰 죄를 범하기 이전에 반드시 몇 개의 죄가 있다. — 장 바티스트 라신

▣ 죄란 범행하는 데에 있는 것이 아니라 발각되는 데 있다. — W. G. 베넘

▣ 우리는 죄악이 없이는 어쩔 줄을 모른다. 죄악은 미덕이 달리는 길에 있다. — 헨리 소로

▣ 고백된 죄는 반쪽 용서를 받는다. — 존 레이

▣ 십계명을 어기고 나면 나머지 죄는 대단한 것이 하나도 없다. — 마크 트웨인

▣ 인간의 죄를 대신 뒤집어쓰는 속죄양들이 많다. 그러나 그 중에서도 가장 흔하게 쓰이는 것이 신의 섭리다. — 마크 트웨인

■ 죄를 이해하는 사람은 덕(德)과 기독교를 이해하고, 자기 자신과 세계를 이해한다. — 노발리스

■ 법에 있어서, 남의 권리를 침해했을 때에는 벌을 받는다. 도의적으로는, 침해하려고 생각한 것만으로 죄가 된다.

— 임마누엘 칸트

■ 사람은 죄의식으로 말미암아 범행(犯行)을 멀리하게 된다.

— 지그문트 프로이트

■ 죄는 취소되지 않는다. 용서될 뿐이다. — 이고르 스트라빈스키

■ 나는 의인(義人)인 동시에 죄인이다. 왜냐하면 나는 악을 행하기 때문이다. 게다가 내가 행하는 악을 증오하기 때문이다.

— 마르틴 루터

■ 훔친 벌꿀을 맛본 다음엔, 돈으로 원죄를 산 것만 못하다.

— 조지 엘리엇

■ 쾌락은 죄다. 그리고 때론 죄는 쾌락이다. — 조지 바이런

■ 우리 인류에 대한 최대의 죄는 그들을 미워하는 것이 아니라 무관심에 있다. 그것은 비인간성의 정수(精髓)이다.

— 조지 버나드 쇼

■ 죄란, 존재하는 대신에 창작하고, 다만 공상 속에서만 선(善)과 진(眞)과를 문제 삼고, 실존적(實存的)으로는 그것일 것이라고 노력하지 않는 것이다. — 키르케고르

■ 죄는 소극적인 것이 아니고 적극적인 것이다. — 키르케고르

▣ 자기만 알고 있는 죄는 쉽게 잊어버린다. — 라로슈푸코

▣ 만일 하느님이 존재하지 않는다면 범죄 역시 존재할 수 없다.
— 도스토예프스키

▣ 마음속으로 후회를 해도, 하느님의 용서를 얻지 못할 죄가 이 세상에 있지 않으며, 또 있을 리가 없다. 끝없는 하느님의 사랑에 버림받은 사람이 그만큼 큰 죄를 범할 까닭이 없기 때문이다.
— 도스토예프스키

▣ 범죄가 어떤 성질의 것이든, 피가 많으면 많을수록, 공포가 많으면 많을수록 그만큼 효과도 크다. — 도스토예프스키

▣ 범죄의 원천은 약간의 사려분별의 결여, 이성(理性)의 착오, 정열의 폭발적인 힘이다. — 토머스 홉스

▣ 모든 처벌은 해독이다. 모든 처벌은 그 자체가 죄악이다.
— 제레미 벤담

▣ 오, 자유! 자유! 그대의 이름으로 얼마나 많은 죄가 저질러지고 있는가! — 로맹 롤랑

▣ 민법에서 큰 죄로 다루고 있는 간통도 실제로는 연애 유희에 지나지 않으며, 가장무도회의 한 사건에 불과하다. — 나폴레옹

▣ 죄는 종(種)의 법(法)에 대한 개체의 싸움이다. — J. G. 피히테

▣ 서로 허용할 수 없는 유일한 죄는 의견의 차이다.
— 랠프 에머슨

▣ 죄와 벌은 같은 줄기에서 자라난다. 벌이란 향락(享樂)의 꽃이 그

속에 숨기고 있었던 것을 모르는 사이에 익혀버린 과일이다.

— 랠프 에머슨

▣ 이 넓은 세상에 악한이 숨을 자리는 없다. 죄를 지어보라. 이 세상은 유리로 만들어져 있음을 알 것이다. — 랠프 에머슨

▣ 남의 죄를 말할 때마다 너 자신의 양심을 반성하라.

— 벤저민 프랭클린

▣ 너희가 정복한 죄의 하나하나의 정신이 너희의 일부가 되고 힘으로 변한다. — 프레더릭 로버트슨

▣ 얼마나 많은 인간이 죄 없는 이들의 피와 목숨으로 살고 있는가!

— 라로슈푸코

▣ 법률이 없으면 형벌이 없다. — 포이에르바하

▣ 실제로 가능하다면, 사회에서 방치하고 모든 사람이 철저하게 무시해 버리는 것 이상으로 가혹한 처벌은 없다.

— 윌리엄 제임스

▣ 나는 내 죄를 모른다. 내 안에 있는 그 무지한 힘이 무엇을 지향하고 있는지 나는 한 번도 몰랐다. 그 힘이 나아가는 길에서 파괴한 것, 그것에는 나 자신이 짓눌려 내려서 놀라지 않았는가?

— 프랑수아 모리아크

▣ 인간은 그 존재의 모든 요소에 있어서 반드시 죄를 범하기 마련이다. 그것은 인간이 그 인격의 중심부에 있어서 신으로부터 소외되어 있기 때문이다. — 파울 틸리히

▣ 인간은 누구나 과실이 있지만, 범죄에 대하여 느끼는 회한(悔恨)은 악으로부터 덕(德)을 구별한다. — 비토리오 알피에리

▣ 오명(汚名)은 형벌에 없고 범죄 그곳에 있다. — 비토리오 알피에리

▣ 신의 섭리는 뜻밖의 물건을 통하여 나타난다. 트로이는 목마를 이용하여 황폐시켰고, 세계에는 한 입 먹은 사과로 죄악을 번지게 하였다. — 제임스 캐벌

▣ 죄악은 정도(正道)에서 벗어난 선일 뿐이다. — 헨리 롱펠로

▣ 세상은 나쁜 짓의 향신료가 뿌려지는 것을 좋아한다. — 헨리 롱펠로

▣ 모든 죄악은 협력의 결과이다. — 스티븐 크레인

▣ 죄악은 움트고 꽃을 피우지만 열매를 맺지는 않는다. 그리고는 급속히 썩어 이 푸르른 땅을 배불린다. 비옥한 토지가 되어 진리가 자라도록. — 존 로널드 로얼

▣ 죄 없이 탄생하는 저 드문 영혼을 제외하면 그 천당에 들어갈 수 있기 전에 우리가 통과해야 하는 암흑의 동굴이 있다. — 버트런드 러셀

▣ 매춘부의 참된 범죄는, 직업도덕의 공허함을 적나라하게 했다는 것이다. — 버트런드 러셀

▣ 죄가 있는 사람보다 집권층의 미움을 받는 결백한 사람이 더욱 위태롭다. — 미구엘 아스투리아스

▣ 잘되고 못되고, 죄를 범하고 안하고는 모두 그대 자신에게 달린 일이다. 다만 신은 길을 가리킬 뿐이다. 그 길을 향해서 가고 못 가고는 오직 그 사람의 의지에 달린 일이다. 뜻이 굳으면 죄악의 좁은 길을 벗어나 넓은 길로 나서게 된다. 뜻이 굳지 못하면 사람은 그 길을 잃는다. — 찰스 슈와브

▣ 죄를 미워하되 죄인은 사랑하라. — 마하트마 간디

▣ 오직 인간만이 죄를 범할 능력이 있다. 죄를 범한다—그것은 무엇을 의미하는가? 그것은 조화의 파괴를 뜻한다.

— 니코스 카잔차키스

▣ 사람은 아무에게도 인간적으로 열등하지 않으며, 누구도 인간적으로 우월하지 못하다. 모든 사람은 너의 변신(變身)이다. 남이 지은 죄는 바로 너의 죄이기도 하며, 사람의 무죄가 너와 무관한 것도 아니다. — 윌리엄 사로얀

▣ 마치 큰 바위가 아주 높은 곳에서 떨어지듯, 죄는 요란스런 속도로 전락한다. 죄를 지은 뒤에는 번개 친 뒤처럼 모든 것이 침묵하고 황폐해지고 음산해져서 죽는다. — C. V. 게오르규

▣ 당신이 유력자인지 가난한 사람인지에 따라서 법정의 판결은 당신을 무죄・유죄로 할 것이다. — 라퐁텐

▣ 부자는 가난한 자를 무시할 때 죄가 됩니다.

— 요한 바오로 2세

▣ 죄는 인간성의 황폐이며, 우리가 가지고 있는 가장 고귀한 것을 낭비하고 있습니다. 일시적으로 우리는 죄에 의해 성공을 거두었

다고 생각하더라도 인간성은 황폐해지는 것입니다.

— 요한 바오로 2세

■ 무지는 무죄가 아니고 유죄다. — 엘리자베스 브라우닝

■ 나의 최고의 목적은 제때에 범죄에 알맞은 처벌을 하는 것이다.

— 윌리엄 길버트

■ 과오에서보다 그것을 벌주는 속에 더 많은 쾌감을 느끼며 나는 즐거이 나의 육체를 벌하였었다. — 앙드레 지드

■ 죄는 언제나 모습을 드러내고 온다. 우리 감각으로 바로 알아볼 수 있다. 그러나 근원까지 이어져 있으니 잡아 뽑을 수도 없는 노릇이다. — 프란츠 카프카

■ 우리가 죄를 지은 것은, 지식의 나무열매를 먹었기 때문만이 아니다. 생명의 나무열매를 아직 먹지 않았기 때문이다.

— 프란츠 카프카

■ 배신자는 죄인의 기생충이다. — 장 폴 사르트르

■ 어떤 죄도 한 남자, 한 여자에 의해 범해지는 것이 아니다. 모든 죄는 모든 사람에 의해 범해진 것이다. — 칼릴 지브란

■ 그대들 중 누군가가 정의의 이름으로 벌을 내리려고 하면, 그리하여 악의 나무에 도끼를 대려 한다면 그로 하여금 그 나무의 뿌리를 살펴보게 하라. — 칼릴 지브란

■ 죄란 인간의 본성을 바꾸지 않는 하나의 단순한 행위다.

— 에리히 프롬

▣ 구약성서에 나오는 『chatah』 라는 말은 보통 『죄』 의 의미로 번역되지만, 사실은 『(길을) 잃은 것』 을 뜻하는 말이다.
— 에리히 프롬

▣ 수세기 전 종교적인 죄와 관련해서 인간생활에 널리 침투했던 죄의식은 그동안 남과 달라지려고 하는 것과 관련된 불안감이나 부적당하다는 느낌으로 바뀌어져 왔다. — 에리히 프롬

▣ 나를 처벌하라. 그것은 문제가 아니다. 역사는 나에게 무죄를 선고할 것이다. — 피델 카스트로

▣ 처벌이 정당하다고 생각하는 것은 실제로 죄의 증거를 잡히고 자백하지 않고는 견딜 수 없을 때뿐이다. — 알베르트 슈바이처

▣ 하느님이 절대로 용서하지 않는 네 가지 죄가 있다. 첫째, 같은 것을 가지고 몇 번이고 후회하는 것. 둘째, 같은 죄를 되풀이하는 것. 셋째, 또 한 번 되풀이하려고 죄를 범하는 것. 넷째, 하느님의 이름을 모독하는 것. — 유태인

▣ 사형하는 것은 사형수가 다시는 생기지 않을 수 있어야 쓰되, 형(刑)을 형(刑)이 없게 하는 데 기(期)할 것이니, 진실로 나의 다스림이 이미 이루어지게 되면 형(刑)이 방치되어 쓰이지 않을 수 있다. — 정도전

▣ 성인이 형(刑)을 만든 것은, 형에만 의지하여 정치를 하려는 것이 아니라, 오직 형으로써 정치를 보좌할 뿐인 것이다. 즉, 형벌을 씀으로써 형벌을 쓰지 않게 하고, 형벌로 다스리되 형벌이 없어지기를 기하는 것이다. 만약 우리의 정치가 이미 이루어지게 된다면

형은 방치되어 쓰이지 않게 될 것이다. — 정도전

▣ 선비의 온갖 행위 중에 효제(孝悌)가 근본이고, 삼천 가지 죄목 중에 불효가 가장 크다. — 이이

▣ 형벌이란 것은 요순(堯舜)도 폐지하지 못하였다. 형벌을 어찌 쓰지 않을 수 있겠는가. 다만 어진 사람이 형벌을 쓸 때에는 슬퍼하고 불쌍히 여긴다. 법에 정해 있는 것을 내가 감히 놓아 줄 수는 없지만, 법에 없는 것을 내가 감히 할 수는 없다. 우선 가르치고 가르쳐도 따르지 않는 자라야 비로소 형벌을 사용하는 것이 옛날의 도(道)이다. — 정약용

▣ 형벌을 만든 뜻은 그 사람을 미워하여 고통스럽게 하고자 함인가? 고통스럽게 하여 그로 하여금 허물을 고치고 착하게 하려는 데 있는 것이다. — 정약용

▣ 옥수(獄囚)가 감옥에서 풀려 나가기를 기다림은 긴 밤에 새벽을 기다리는 것처럼 한다. 옥수의 다섯 가지 고통 중에서 머물러 지체하는 것이 가장 고통스러운 것이다. — 정약용

▣ 황차 죄수들이 자기네들의 치욕적 생활을 백일(白日) 아래서 여지없이 구경거리로 어떤 몇 사람 앞에 내놓지 않으면 안되는 경우에 그들의 심통(心痛)함이 또한 복역의 괴로움보다 오히려 배대(倍大)할 것이다. — 이상

▣ 모든 죄는 반드시 피를 보고야 말고, 죄의 열매는 반드시 죄의 씨를 뿌린 자의 손으로 거두게 된다. — 이광수

▣ 사람이란 죽을죄라도 저지르기 전이 무섭지, 저질러 놓으면 겁이

없어지는 법이다. — 이광수

▣ 상제께서 천하의 중대 죄악을 모두 용사(容赦)하셨으되, 특히 위선자에게는 화가 있으리라 하셨나니라. — 이상재

▣ 죄의 값은 죽음이다. 그런고로 범죄를 저지른 자는 영원히 멸망한다는 것은 우리의 가장 기본적 지식이다. — 김교신

▣ 범죄를 법적인 것과 도덕적인 것으로 나누어 생각할 수 있다. — 박이문

▣ 인간적(人間的)은 옥(獄)이요, 인간은 그 수인(囚人), 수인의 고향은 자유다. — 장용학

▣ 아무리 악하고 미워서 견딜 수 없는 적이라 해도 죽음 이상의 벌을 주지 못하는 것이 인간이다. 아무리 독하고 악한 사람이라 해도 죽음 이상의 벌을 받지 않는 것이 인간이라는 이름이다. — 장용학

▣ 가시에 찔리지 않고 장미를 딸 수 없다는 그 비극, 죄를 짓지 않고는 사랑을 느낄 수 없다는 인간의 그 형벌. — 이어령

▣ 무엇에나 결정을 당하고 있다는 사실은 사람의 마음을 평화롭게 한다. 모든 죄악은 만족에 의하여 증대되는 것이다. — 미상

【속담 · 격언】

▣ 죄는 막둥이가 짓고 벼락은 샌님이 맞는다. (나쁜 짓 한 사람은 따로 있는데, 다른 사람이 그 벌을 받는다) — 한국

▣ 죄악은 전생 것이 더 무섭다. (전생에서 짓고 나온 죄의 벌은 이

생에서 몇 배나 더 되게 받는다) — 한국

▣ 죄 지은 놈이 서발을 못 간다. (죄를 지으면 반드시 벌을 받고야 만다) — 한국

▣ 죄 지은 놈 옆에 있다가 벼락 맞는다. — 한국

▣ 강아지 똥은 똥이 아닌가. (나쁜 일을 조금 하였다 해서 죄가 되지 않는 것은 아니다) — 한국

▣ 빚진 죄인. (빚진 사람이 빚 준 사람 앞에서 기가 죽어 죄지은 것같이 떳떳하지 못함) — 한국

▣ 남의 눈에 눈물 내면 제 눈에는 피가 난다. (남에게 모질고 악한 짓을 하면 반드시 자기는 그보다 더한 죗값을 받게 된다) — 한국

▣ 도둑질한 사람은 오그리고 자고, 도둑맞은 사람은 펴고 잔다. (나쁜 짓을 하고는 아무래도 마음이 불안하다) — 한국

▣ 내 것 잃고 죄짓는다. (제 물건을 잃어버리면 으레 애매한 사람까지 의심하게 된다) — 한국

▣ 열 사람 형리(刑吏)를 사귀지 말고 한 가지 죄를 범하지 말라. (남의 힘을 믿고 함부로 처신하기보다 스스로 제 몸을 절제하는 것이 안전하다) — 한국

▣ 도둑놈은 한 죄(罪), 잃은 놈은 열 죄. (도둑놈은 물건을 훔친 죄 한 가지밖에 없지만, 잃은 사람은 간수를 못한 죄, 남을 의심하는 죄 등 여러 가지 죄를 짓게 된다) — 한국

■ 가난이 죄다. (가난하기 때문에 갖가지 죄를 저지르게 된다) — 한국

■ 뺨을 맞아도 은가락지 낀 손에 맞는 것이 좋다. (이왕 꾸지람을 듣거나 벌을 받게 된 때에는 이름 있고 지체 높은 사람에게 당하는 것이 낫다) — 한국

■ 등겨 먹던 개는 들키고, 쌀 먹던 개는 안 들킨다. (크게 나쁜 일을 한 자는 교묘히 빠져 무사하고, 사소한 죄를 지은 자가 들켜서 애매하게 남의 죄까지도 뒤집어쓰고 의심받게 된다) — 한국

■ 송장 때리고 살인났다. (억울하게 큰 벌을 받는다) — 한국

■ 반찬 먹은 개. (죄를 지어 아무리 구박받고 괴로움을 당해도 대항 못하는 상황) — 한국

■ 서당 아이들은 초달(楚撻)에 매여 산다. (벌이 엄해야 비로소 질서가 잡힌다) — 한국

■ 뺨 맞을 놈이 여기 때려라 저기 때려라 한다. (벌을 받을 처지에 있으면서 가만히 있지는 않고 도리어 큰소리친다) — 한국

■ 소금 먹은 소가 물을 켜지. (죄 지은 자는 숨기려 해도 제 발 저린다) — 한국

■ 죄는 천도깨비가 짓고 벼락은 고목(古木)이 맞는다. (남의 죄의 벌을 억울하게 받음) — 한국

■ 먹은 죄는 없다. (설령 남의 것을 갖다 먹었다 할지라도 그것을 죄 삼아 벌주지 않는다) — 한국

▣ 벌도 덤이 있다. (벌을 받을 때도 덤으로 더 받게 되는 법이니 하물며 물건을 받을 때에야 더 받지 않겠는가) — 한국

▣ 제 죄 남 안 준다. (제가 지은 죄는 반드시 제가 벌을 받는다) — 한국

▣ 몽둥이 세 개 맞아 담 안 뛰어넘을 놈 없다. (사람은 누구나 매 맞는 것을 참지 못하며 급해지면 뛰는 법이다) — 한국

▣ 죄는 지은 대로 가고 덕은 닦은 대로 간다. (죄지은 사람은 반드시 벌을 받고 덕을 닦은 사람은 복을 받는다) — 한국

▣ 매 한 대 맞지 않고 확확 다 분다. (순순히 다 자백한다) — 한국

▣ 경치고 포도청 간다. (죽을 욕을 보고도 또 포도청에 잡혀가 벌을 받는다. 곧 혹독한 형벌을 받는다) — 한국

▣ 곤장에 대갈 바가지. (곤장을 무수히 맞는다) — 한국

▣ 도둑질은 내가 하고 오라는 네가 져라. (이익은 제가 차지하고 벌은 남에게 돌린다) — 한국

▣ 귀를 막고 종을 훔친다. (掩耳盜鐘 : 자기 양심의 목소리에 귀를 막고 나쁜 짓 함의 비유) — 중국

▣ 고백한 죄는 절반이 가볍다. — 인도

▣ 고백된 죄는 반은 용서된다. — 영국

▣ 모든 죄는 벌을 함께 가지고 온다. — 영국

■ 자애는 갖가지 죄악을 덮어준다. (Charity covers a multitude of sins.) — 영국

■ 죄 있는 자는 다른 사람이 모두 자기를 비방하는 줄 안다. — 영국

■ 개는 개를 먹지 않는다. (Dog does not eat dog. : 옛날부터 동물의 세계에서는 같은 짐승끼리는 서로를 해치지 않는 것으로 믿어져 왔다. 그러나 인간사회는 다르다. 카인이 동생 아벨을 쳐 죽인 原罪 이후, 인간이 인간을 살육하는 크고 작은 쟁투가 끊일 날이 없었다) — 서양속담

■ 도둑질하는 사람은 생쥐의 발소리에도 깜짝 놀란다. — 영국

■ 양심은 죄의 고발자이다. — 영국

■ 죄를 미워하고, 죄인 때문에는 슬퍼하라. — 영국

■ 관용은 면죄부가 아니다. (너그럽게 봐주는 것은 죄나 과실을 용서하는 것이 아니다. 눈감아준다 해도 죄는 역시 죄인 것이다) — 영국

■ 손해를 보면 죄를 짓게 된다. (재산을 잃으면 분별을 잃는다) — 프랑스

■ 사랑할 줄 아는 자는 벌할 줄도 안다. — 프랑스

■ 어릴 때 새집을 다친 놈은 늙어서 마음을 태운다. — 스웨덴

■ 남편의 죄는 문턱에서 멈추지만, 아내의 죄는 집 안으로 밀려든다. — 러시아

▣ 황금의 죄는 납의 벌을 가져온다. — 러시아

▣ 가장 엄격한 법은 최대의 죄악이다. — 라틴 속담

▣ 죄를 미워하되 사람을 미워하지 말라. — 유태인

▣ 벌을 받아 재판소에서 벌금을 물었거든 휘파람을 불며 물러나오너라. — 유태인

▣ 올바르게 사랑하는 자는 올바르게 벌을 준다. — 중세 라틴

▣ 자기 자신의 신체 때문에 죄를 받는 사람은 없지만, 자기가 한 말로 죄를 받는 사람은 참으로 죄가 있어서이다.

— 마다가스카르

【시 · 문장】

주께서 노하시므로
나의 살에는 성한 곳이 없습니다.
내가 지은 죄 때문에
나의 뼈에도 성한 데가 없습니다.
내 죄의 벌이 나를 짓누르니
이 무거운 짐을
내가 더는 견딜 수가 없습니다.

— 시편

지름길 묻기에 대답했지요.
물 한 모금 달라기에 샘물 떠 주고

그리고는 인사하기에 웃고 받았지요.
평양성에 해 안 뜬대두
난 모르오,
웃은 죄밖에.

— 김동환 / 웃은 죄

카인의 겨레여, 너의 형벌이
결단코 끝나는 날이 있으랴?

— 보들레르 / 카인과 아벨

그리운 마녀여, 너 저주받은 죄인들을 사랑하는가?
말하라, 너 용서 못 받을 자 아는가를?
우리 마음 과녁 삼아 독(毒) 바른 화살 가진
이 뉘우침을 너는 아는지 말하라.
그리운 마녀여, 너 저주받은 죄인들을 사랑하는가?

— 보들레르 / 고쳐 못할 일

사람 사는 사바에서 들려오는 소리에
내 귀 기울이고
시야를 빼앗긴 수인(囚人)인 나에겐
가슴에 솟구치는 푸른 하늘과
감옥의 메마른 벽돌담만이 보일 뿐

— 기욤 아폴리네르 / 獄中에서

저는 구했습니다.
『초원을 걷게 하소서.』
당신은 대답하셨습니다.
『아니다, 도심을 걸어라.』
저는 말했습니다.
『도심에는 꽃이 없습니다.』
당신은 대답하셨습니다.
『꽃은 없지만 면류관은 있다.』
저는 말했습니다.
『그러나 그 곳의 하늘은 회색빛이고
소음으로 가득 차 있습니다.』
당신은 대답하셨습니다.
『그것만이 아니다. 그곳에는 죄도 있다.』

— 조지 맥도널드 / 하나님의 대답

율법학자들과 바리새파 사람들이 간음을 하다 잡힌 여자를 데리고 와서 가운데 세우고 예수께 말했다. 『선생님, 이 여자가 간음하다가 현장에서 잡혔습니다. 모세는 율법에, 이런 여자들을 돌로 쳐 죽이라고 우리에게 명하였습니다. 그런데 선생님은 뭐라고 하시겠습니까?』 그들이 이렇게 말한 것은 예수를 시험하여 고발할 구실을 얻고자 하는 속셈이었다. 그러나 예수께서는 몸을 굽혀 손가락으로 땅에 무엇인가 쓰셨다. 그들이 다그쳐 물으니, 예수께서 몸을 일으켜 그들에게 말했다. 『너희 중에 죄 없는 자가 먼저 이 여자에게 돌을 던져라.』 하시고 다시 몸을 굽혀 손가락으로 땅에 쓰니, 그들은 이 말씀을 듣고 양심의 가책을 받아 나이 많은 사람부터 시작하여 젊은이들까지 하나하나 가버리고 오직 예수와 그 가운데 선 여자만 남았다. 예수께서 고개를 드시고 그 여자에게, 『여인이여, 너의 죄를 묻던 그들이 어디 있느냐? 너를 정죄한 자가 없느냐?』 하고 물으셨다. 『주여, 한 사람도 없나이다.』 그 여자가 이렇게 대답하자, 예수께서 말씀하셨다. 『나도 너를 정죄하지 않겠다. 어서 돌아가라. 그리고 이제부터 다시는 죄를 짓지 말라.』

— 요한복음

나는 징역살이를 한 적이 있다. 그래서 범죄인을, 『형이 확정된』 범죄인을 만날 수 있었다. 되풀이해서 말하지만, 그것은 오래된 학교 같았다. 그들 중 어느 한 사람도 자기 자신을 범죄인이라고 생각하지 않는 사람은 없었다. 겉보기에 그들은 무서운 잔인한 사람들이었다. 그러나 『허세를 부리는』 것은 좀 모자라 보이는 사람이나 신참자들뿐이었는데, 그들은 하나같이 모두 조소의 대상이 되었다. 대부분은 음울하고 생각에 잠긴 듯 말이 없었다. 자기의 범죄에 대해서는 아무도 말하는 사람이 없었다. 나는 단 한 번도 불평하는 소리를 들어본 적이 없다. 자기의 범죄에 대해서는 입 밖에 소리를 내어 말할 수도 없었다. 어쩌다 간혹 누군가가 도전하듯이 자랑스럽게 자기 이야기를 떠벌이는 일도 없지는 않았다. 그러면 『수인(囚人) 전부』가 모두 합세하여 그 떠버리를 짓눌러 버리곤 했다. 그런 것은 말해서는 안 되게 되어 있었던 것이다. 그러나 솔직히 말해서, 그들 중 어느 누구도, 자기 마음을 정화시키고 단련시키는 그 기나긴 정신적인 고통을 자기 내부 속에서 참아낼 수는 없었던 것 같았다.

— 도스토예프스키 / 作家日記

나는 나태와 방종에 대해서는 죄를 인정합니다. 나는 영원토록 고결한 인간이 되려고 하였습니다. 그런데 바로 그 순간에 운명의 채택을 받게 된 것입니다. ……이 드미트리 카라마조프는 악당이지만, 그래도 선을 좋아합니다. 선과 악이 항상 인간 속에 괴물처럼 혼합되어 있습니다. — 도스토예프스키 / 카라마조프가의 형제

【중국의 고사】

▣ **부형청죄**(負荊請罪) : 『가시나무를 등에 지고 때려 달라고 죄를 청한다』라는 뜻으로, 자신의 잘못을 인정하고 처벌해 줄 것을 자청한다는 말이다.

전국시대 조나라 혜문왕은 당시 천하의 제일가는 보물로 알려진 화씨벽(和氏璧)을 우연히 손에 넣게 되었다. 그러자 이 소문을 전해들은 진나라 소양왕(昭陽王)이 열다섯 개의 성(城)을 줄 테니 화씨벽과 맞바꾸자고 사신을 보내 청해 왔다.

진나라의 속셈은 뻔했다. 구슬을 먼저 받아 쥐고는 성은 주지 않을 작정이었다. 그러나 조나라로서는 그렇다고 이를 거절하면 거절한다고 진나라에서 트집을 잡을 것이 또한 분명했다.

이럴 수도 저럴 수도 없어 중신회의에서도 결론을 내리지 못하고 있을 때, 환자령(宦者令) 유현이 그의 식객으로 있는 인상여를 추천했다.

혜문왕은 인상여를 불러 대책을 물었다. 그러자 그는,

『조나라가 거절하면 책임은 조나라에 있고, 진나라가 속이면 책임은 진나라에 있습니다. 이를 승낙하여 책임을 진나라에 지우는 것이 옳을 줄 아옵니다.』하고 대답했다.

『그럼 어떤 사람을 사신으로 보내면 좋을는지?』

『마땅한 사람이 없으면 신이 구슬을 가지고 가겠습니다. 성이 조나라로 들어오면 구슬을 진나라에 두고, 성이 들어오지 않으면 신은 구슬을 온전히 하여 조나라로 돌아올 것을 책임지고 말씀드리겠습니다.』

이리하여 인상여는 화씨벽을 가지고 진나라로 가게 되었다. 소양왕은 구슬을 보고 크게 기뻐하며 좌우 시신들과 후궁의 미인들에게까지 돌려가며 구경을 시켰다.

인상여는 진왕이 성을 줄 생각이 없는 것을 눈치 채자 곧 앞으로 나아가, 『그 구슬에는 티가 있습니다. 신이 그것을 보여 드리겠습니다.』 하고 속여, 구슬을 받아 드는 순간 뒤로 물러나 기둥을 의지하고 서서 왕에게 말했다.

『조나라에서는 진나라를 의심하고 구슬을 주지 않으려 했습니다. 그런 것을 신이 굳이 진나라 같은 대국이 신의를 지키지 않을 리 없다고 말하여 구슬을 가져오게 된 것입니다. 구슬을 보내기에 앞서 우리 임금께선 닷새 동안 재계(齋戒)를 했는데, 그것은 대국을 존경하는 뜻에서였습니다. 그런데 대왕께선 신을 진나라 신하와 같이 대하며 모든 예절이 정중하지 못했을 뿐만 아니라, 구슬을 받아 미인에게까지 보내 구경을 시키며 신을 희롱하셨습니다. 신이 생각하기에, 대왕께선 조나라에 성을 주실 생각이 없으신 것 같습니다. 그러므로 신은 다시 구슬을 가져가겠습니다. 대왕께서 굳이 구슬을 강요하신다면 신의 머리는 이 구슬과 함께 기둥에 부딪치고 말 것입니다.』

머리털이 거꾸로 하늘을 가리키며 인상여는 구슬을 들어 기둥을 향해 던질 기세를 취했다. 구슬이 깨질까 겁이 난 소양왕은 급히 자신의 경솔했음을 사과하고 담당관을 불러 지도를 가리키며 여기서 여기까지 열다섯 성을 조나라에 넘겨주라고 지시했다. 그러나 모두가 연극이란 것을 알고 있는 인상여는 이번에는,

『대왕께서도 우리 임금과 같이 닷새 동안을 목욕재계한 다음 의식을 갖추어 천하의 보물을 받도록 하십시오. 그렇지 않으면 신은 감히 구슬을 올리지 못하겠습니다.』

이리하여 진왕이 닷새를 기다리는 동안 인상여는 구슬을 심복 부하에게 주어 샛길로 조나라로 돌아가도록 했다. 감쪽같이 속은 진왕은 인상여를 죽이고도 싶었지만, 점점 나쁜 소문만 퍼질 것 같아 인상여를 후히 대접해 돌려보내고 말았다.

귀국하자 조왕은 인상여가 너무도 고맙고 훌륭하게 보여서 그를 상경(上卿)에 임명했다. 그렇게 되자 명장 염파(廉頗)보다 지위가 위가 되었다. 염파는 화가 치밀었다.

『나는 조나라 장군으로서 성을 치고 들에서 싸운 큰 공이 있는 사람이다. 인상여는 한갓 입과 혀를 놀림으로써 나보다 윗자리에 오르다니, 이는 용납할 수 없는 일이다.』 하고 다시, 『상여를 만나면 반드시 모욕을 주고 말겠다.』 라고 선언했다.

이 소문을 들은 인상여는 될 수 있으면 염파를 만나지 않으려 했다. 조회 때가 되면 항상 병을 핑계하고 염파와 자리다툼하는 것을 피했다. 언젠가 인상여가 밖으로 나가다가 멀리 염파가 오는 것을 보자 옆 골목으로 피해 달아나기까지 했다.

이런 광경을 본 인상여의 부하들은 인상여의 태도가 비위에 거슬렸다. 그들은 상의 끝에 인상여를 보고 말했다.

『우리들이 이리로 온 것은 대감의 높으신 의기를 사모해서였습니다. 그런데 염장군이 무서워 피해 숨는다는 것은 못난 사람들도 수치로 아는 일입니다. 저희들은 이만 물러가겠습니다.』

그러자 인상여는 그들을 달랬다.

『공들은 염장군과 진왕 중 어느 쪽이 더 대단하다고 생각하는가?』

『그야 진왕과 어떻게 비교가 되겠습니까?』

『그 진왕의 위력 앞에서도 이 인상여는 그를 만조백관이 보는 앞에서 꾸짖었소. 아무리 내가 우둔하기로 염장군을 무서워할 리가 있소. 진나라가 우리 조나라를 함부로 넘보지 못하는 것은 염장군과 내가 있기 때문이오. 두 호랑이가 맞서 싸우면 하나는 반드시 죽고 마는 법이오. 내가 달아나 숨는 것은 나라 일을 소중히 알고, 사사로운 원한 같은 것은 뒤로 돌려버리기 때문이오.』

그 뒤 이 소식을 전해들은 염파는 자신의 못남을 뼈아프게 느꼈다. 웃옷을 벗어 매를 등에 지고 사람을 사이에 넣어 인상여의 집을 찾아가 무릎을 꿇고 사죄했다.

『못난 사람이 장군께서 그토록 관대하신 줄 미처 몰랐습니다.』

이리하여 두 사람은 다시 친한 사이가 되어 죽음을 함께 해도 마음이 변하지 않는 그런 사이가 되었다. 인상여도 위대하지만, 자기의 잘못을 뉘우치고 순식간에 새로운 기분으로 돌아가 깨끗이 사과를 하는 염파의 과감하고 솔직한 태도야말로 길이 우리의 모범이 아닐 수 없다.

이 이야기가 서술되는 마지막 부분에서 『염파는 웃옷을 벗어

매를 등에 지고 인상여의 집을 찾아가 사죄하였다. 이에 장군과 국상은 화해하고 문경지교를 맺게 되었다.』라고 쓰고 있다.

『육단부형(肉袒負荊)』이라고도 한다. 그리고 생사를 같이할 수 있는 친구 사이를 가리켜 『문경지교(刎頸之交)』라고 한다.

—《사기》 염파인상여열전

▣ **경죽난서**(罄竹難書) : 죄가 하도 많아 일일이 다 적을 수 없음.

중국에서는 종이가 발명되기 전인 한나라 때는 참대에 글을 썼다. 때문에 이 성구의 뜻은 죄가 하도 많아 나라 안의 참대를 다 사용해도 이루 다 적을 수 없다는 뜻이다.

그런데 오랜 관례상 좋은 일에 대해서는 이 성구를 쓰지 않는다. 요컨대, 수(隋)나라 말년 농민군의 우두머리 이밀은 수양제의 죄악을 성토하는 격문에서 『그 죄악은 남산의 참대를 다 허비해도 기록할 수 없다(罄南山之竹 書罪無窮).』라고 하였다.

그러나 『경죽난서』와 유사한 말은 벌써 서한 한무제 때 나타났다. 당시 주세안이라는 협객이 승상 공손하의 모함으로 옥에 갇혔을 때 공손하의 죄악을 고발하면서, 『남산의 참대를 다 써도 내가 하고 싶은 말을 다 적을 수 없다(南山之竹 不足受我詞).』라고 말한 적이 있다.

그리고 서한 말년 위효라는 사람이 왕망(王莽)을 성토하는 격문에서 또 이와 비슷한 말을 하였으며, 남조 양원제 때 하남왕 후경이 반란을 일으키자 양원제도 유사한 어구로 반란자를 성토하였다.

이와 같이 『경죽난서』라는 성구는 만들어진 지 오랜데, 뒤에 이밀의 격문에서 이 성구의 제한된 함의가 진일보하여 확정된 것이라 할 수 있다. —《구당서(舊唐書)》 이밀전

■ **여도지죄**(餘桃之罪) : 『먹다 남은 복숭아를 준 죄』라는 뜻으로, 총애를 받을 때는 용서되던 일이 사랑이 식고 나면 죄가 되는 경우의 비유를 말한다.

위(魏)나라에 미자하(彌子瑕)라는 미소년이 있었다. 아름다운 용모 때문에 임금으로부터 각별한 총애를 받았다.

어느 날, 어머니가 아프다는 소식을 들은 미자하는 급한 김에 임금의 수레를 타고 어머니 병문안을 다녀왔다. 당시 임금의 수레를 무단으로 쓰게 되면 발을 잘리는 형벌을 받아야 했다.

그러나 임금은 죄를 용서해 주며 이렇게 칭찬했다. 『훌륭하다, 미자하여! 어머니가 걱정되어서 발을 잘리는 형벌도 잊었구나!』

그러다가 세월이 흘러 미자하도 늙어 옛날처럼 고운 자태를 갖지 못하게 되자 임금의 사랑도 식어 갔다. 어느 날 임금이 미자하를 보더니 소리쳤다.

『네 이놈, 너는 전날 내 수레를 함부로 훔쳐 탔고 먹다 남은 복숭아를 내게 주었지. 고연 놈이로구나!』 세상의 일이란 워낙 다양하게 바뀌는 것이어서 대처하기가 참으로 어렵다. 그 한 측면을 보여주는 이야기라고 할 것이다. —《한비자》 세난편(說難篇)

■ **악관만영**(惡貫滿盈) : 『죄악으로 가득 차 있다』라는 뜻으로, 이루 헤아릴 수 없을 정도로 죄가 많음을 비유하는 말이다.

《상서》 태서편에서 유래되었다. 줄여서 관영(貫盈)이라고도

하고, 죄악만영(罪惡滿盈)이라고도 한다.

중국 은(殷)나라의 주왕(紂王)은 원래 총명한 인물이었으나, 애첩 달기의 미색에 빠진 뒤로는 주지육림을 일삼아 국정을 돌보지 않음으로써 백성들의 삶이 황폐해졌다. 이에 희발(姬發)이 군사를 일으켜 주왕을 벌하고 새로 주(周)나라를 세웠으니, 그가 바로 무왕(武王)이다.

은나라 정벌에 나선 무왕은 승리를 눈앞에 둔 상황에서 군사들을 모아 놓고 자신의 정당성을 훈시하였는데, 그 내용이 《상서》 태서 상편에 기록되어 있다.

무왕은 『상나라(은나라)의 죄가 이루 헤아릴 수 없이 많아 하늘의 명에 따라 그들을 죽이노라. 내가 하늘의 뜻에 순종하지 않는다면 그 죄가 클 것이다(商罪貫盈 天命誅之 予弗順天 厥罪惟鈞).』라고 하면서, 『때가 되었으니 놓쳐서는 안 된다(時哉弗可失).』라고 군사들을 독려하였다.

여기서 유래하여 『악관만영』은 이루 헤아릴 수 없이 많은 죄 또는 크나큰 죄악을 비유하는 말로 사용된다. 한편, 이 이야기에서 시불가실(時不可失 : 기회는 한 번밖에 오지 않으니 놓치지 말라)이라는 성어도 유래되었다. —《상서(尙書)》 태서(泰誓)편

■ **작법자폐**(作法自斃) : 제가 만든 법에 제가 걸려 죽는다는 뜻으로, 『제가 놓은 덫에 제가 치인다』는 속담과 같다.

상앙은 원래 위(衛)나라 사람이었으나, 진(秦)나라 효공(孝公)에게 등용되어 2차례의 변법(變法)을 실행하였다. 상앙은 효공의 지지를 받아 귀족의 세습 특권을 폐지하고 군공(軍功)의 크고 작

음에 따라 작위를 수여하는 제도를 시행하였고, 연좌법을 시행하였으며, 정전제 폐지, 토지매매 허가제, 도량형 통일 등의 정책을 시행하였다.

새로운 법령이 시행된 지 1년 만에 백성들 사이에 불편하다고 호소하는 자들이 많았다.

이때 태자가 법을 어기는 행위를 하였다. 상앙이 말했다.

『법이 지켜지지 않는 것은 위에서부터 법을 어기기 때문이다.』 그리고는 태자를 처벌하려 하였으나, 태자는 효공의 뒤를 이을 신분이었으므로 차마 형벌을 내릴 수는 없었다. 그 대신 태자의 태부(太傅)인 공자 건(虔)을 처벌하고 스승인 공손고(公孫賈)를 자자형(刺字刑 : 이마에 글자를 넣는 형)에 처했다. 이로부터 백성들이 두려워하여 모두 새 법령을 따르게 되었다.

상앙의 부국강병책에 힘입어 진나라는 경제적 번영을 이루고 강대국의 기초를 닦게 되었다. 그러나 이 과정에서 세습 귀족들의 이익을 침해하여 원성을 많이 사게 되었다. 효공이 죽고 혜왕(惠王)이 뒤를 잇자 귀족들은 상앙이 반란을 꾀한다고 모함하였다. 혜왕은 상앙을 체포하라는 명령을 내렸다.

상앙은 도망치다가 어느 객사에 이르러 묵으려고 하였는데, 상앙을 알아보지 못하는 주인은 신분이 불확실한 사람을 숙박시켰다가는 상앙이 제정한 연좌 죄를 범하게 되어 처벌받는다며 거절하였다.

이에 상앙은 이렇게 탄식했다. 『아, 신법(新法)의 피해는 급기야 내 몸에까지 미쳤구나(作法自斃)!』 결국 상앙은 거열형(車裂刑)에 처해졌다. 『자승자박(自繩自縛)』, 『자업자득(自業自得)』과

비슷한 뜻이며, 『제가 놓은 덫에 제가 먼저 걸려든다』라는 속담과도 비슷하다. —《사기》 상군열전

▣ **천망회회**(天網恢恢) : 『천망회회 소이불루(天網恢恢 疎而不漏)』에서 나온 말이다.

이 말은 하늘이 친 그물은 하도 커서 얼른 보기에는 엉성해 보이지만, 이 그물에서 빠져나가지 못한다는 뜻이다. 즉 악한 사람이 악한 일을 해도 금방 벌을 받고 화를 입는 일은 없지만, 결국 언젠가는 자기가 저지른 죄의 값을 치르게 된다는 말이다.

이 말은 《노자》 73장에 나오는 말인데, 원문에는 『소이불루』가 아닌 『소이불실(疎而不失)』로 되어 있다. 즉, 『……하늘이 미워하는 바를 누가 그 까닭을 알리요. 이러므로 성인도 오히려 어려워한다.

하늘의 도는 다투지 않고도 잘 이기며, 말하지 않고도 잘 대답하며, 부르지 않고도 스스로 오게 하며, 느직하면서도 잘 꾀한다. 하늘의 그물은 크고 커서 성긴 듯하지만 빠뜨리지 않는다(天網恢恢 疎而不失).』라고 되어 있다.

이 『소이불실』이란 말이 『소이불루』로 된 것은 《위서(魏書)》 임성왕전(任城王傳)에서 볼 수 있다. 즉, 『노담이 말하기를 『그 정치가 찰찰(察察)하면 그 백성이 결결(決決)하다고 하고, 또 말하기를, 하늘 그물이 크고 커서 성기어도 새지 않는다.』고 했다.』라고 했다.

찰찰은 너무 세밀하게 살피는 것을 말하고, 결결은 다칠까봐 조마조마한 것을 말한다. 결국 악한 사람들이 악한 일로 한때 세

도를 부리고 영화를 누리는 것처럼 보이지만, 결국 언젠가 하늘이 그물을 끌어올리는 날은 도망치지 못하고 잡힌다는 뜻이다.

— 《노자》 73장

■ **청천백일**(青天白日) : 푸른 하늘에 쨍쨍 빛나는 밝은 태양이란 뜻으로, 하는 일이 뒤가 깨끗하다든가, 억울한 것이 판명되어 죄에서 풀려 누명을 벗게 된다든가 하는 따위를 『청천백일』에 비유해 말한다.

중당(中唐)의 대문호인 한유(韓愈)가 최군(崔群)이라는 인품이 훌륭한 벗에게 보낸 『여최군서(與崔群書)』에 나오는 말이다.

이 『여최군서』는 한유가 양자강 남쪽의 선성으로 부임한 친구 최군에게 자신이 있는 곳으로 어서 돌아와 주기를 호소한 글이다. 한유는 이 글에서 최군에 대해 말이 많은 세상 사람들에게 자신이 대답한 말을 다음과 같이 기록하고 있다.

『그대는 빼어난 인품으로 어떤 경우에도 즐거워하고 어떤 일에도 근심하지 않소. 그러나 강남이라는 곳과 지금 그대가 맡고 있는 관직은 그대에게 어울리지 않소. 그대는 많은 나의 친구들 가운데 가장 마음이 순수하고 맑아 반짝이는 해와 같소. 그대와 나의 우정은 말할 수 없이 깊소. 그런데 당신을 의심하는 자들은 이렇게 말하고 있소. 「훌륭한 사람이라고 생각은 하지만 의심스럽다. 군자라도 좋은 감정과 나쁜 감정이 있는 법인데, 모든 사람들이 마음으로 복종한다고 하니, 그렇게 훌륭한 사람이 있을 수 있는가?」 이에 나는 사람들에게 이렇게 말했소. 「봉황과 지초(芝草)가 상서로운 조짐이라는 것은 누구나 다 아는 일이며, 청천백일(青天白日)이 맑고 밝다는 것은 노예조차도 알고 있다. 이것을 음식에 비유하여 말하면, 먼 곳의 진미는 즐기는 자도 있고 즐기지 않는 자도 있지만 쌀, 수수, 회(膾), 적(炙)을 싫어하는 사람이 있겠는가?」』

여기서 한유가 『청천백일』을 비유하여 말하고자 한 것은 최군의 인품이 매우 뛰어나서 그같이 훌륭한 인물은 누구든지 다 알아본다는 것이다. 즉, 푸른 하늘에 빛나는 태양의 맑고 밝음은 노예까지도 인정하는 것처럼, 훌륭한 인물은 청천백일 하에 드러나 만인들이 깨닫는 바라고 말하고 싶었던 것이다.

이는 『분명한 사실은 누구라도 알 수 있다』라는 뜻의 우리 속담 『청천백일은 소경이라도 밝게 안다』와 그 뜻이 통한다. 한편, 《주자전서(朱子全書)》에서는 주자가 맹자를 평하여, 『청천백일과 같이 씻어낼 때도 없고 찾아낼 흠도 없다.』고 했는데, 이것은 순결함의 극치를 보여준 것이다. — 한유 / 여최군서

▣ **포락지형(炮烙之刑)** : 말 그대로 산 사람을 굽고 지지는 가혹한 형벌을 말한다. 어느 해, 은(殷)나라 주왕(紂王)은 유소씨(有蘇氏)의 나라를 정벌했는데, 그때 유소씨는 복종하는 표시로 달기(妲己)라는 미녀를 헌상했다.

달기가 어느 정도로 아름다웠는지는 모른다. 그저 요염한 미인으로 세상에서도 드물게 보는 독부(毒婦)였었다고 적혀 있을 뿐이다. 어쨌든 그녀의 요염한 아름다움은 곧 주왕의 마음을 사로잡아, 그녀의 말은 그대로 주왕의 정령(政令)이 되었다.

정치는 달기의 마음을 사기 위한 도구가 되어버리고 말았다. 그 결과 주왕은 달기와의 음락(淫樂)을 유지하기 위해 새로운 세법을

계속 제정했다. 거교(鉅橋)의 창고는 징수한 미속(米粟)으로 가득 차고, 훌륭한 견마(犬馬), 진기한 보물 류는 속속 구웅으로 모여들었다. 그렇지 않아도 광대한 사구(沙丘)의 이궁(離宮)은 더욱더 확대되고 수많은 조수(鳥獸)가 그 안에 놓아길러졌다. 이런 상황 아래서 주지육림의 음락이 펼쳐진 것이다.

당연히 중세(重稅)에 허덕이는 백성들로부터 원망하는 소리가 높았다. 그 소리를 배경으로 반기를 드는 제후도 생기게 되었다. 그러자 주왕은 형벌을 가중시켜 새로운 『포락지형』을 제정했다. 이궁 뜰에 구리 기둥이 가로놓이고, 음락의 비방자들이 그 앞으로 끌려나와 기둥을 건너라는 명령을 받는다.

그런데 이 기둥에는 미리 기름이 칠해져 있어 발이 미끄러지고 도저히 건너갈 수가 없다. 사고팔고(四苦八苦 : 온갖 고통)를 겪은 끝에 미끄러지며 떨어져 버린다. 떨어지면 끝장, 아래에는 이글이글 타는 숯불이 있다. 글자 그대로 살아서 타죽는다. 이 괴로움에 몸부림치는 것을 보고 주왕과 달기는 박장대소를 하며 즐거워했다고 한다.

그 후 서백(西伯 : 뒷날 주문왕)이 하찮은 일로 주왕의 노여움을 사서 유리(羑里)의 옥에 감금당한 적이 있었다. 그러나 서백의 신하인 굉요(閎夭)와 산의생(散宜生) 들이 미녀 · 귀물 · 선마(善馬) 등을 푸짐하게 헌납하여 주왕의 노여움을 풀게 하고 겨우 형벌을 면할 수가 있었다.

다시 양광(陽光)을 보게 된 서백은 그가 소유하는 낙서(洛西)의 땅을 헌상하고 하다못해 『포락지형』만이라도 폐지할 것을 주상했다. 낙서 땅의 매력으로 주왕은 그것을 허락하여 이 잔혹한 형

벌은 중지되었다고 한다. —《사기》은본기(殷本紀)

▣ **각득기소**(各得其所) : 각자 그 능력이나 적성에 따라 적절히 배치되어 맡은 바를 다함.

모든 것이 그 있어야 할 곳에 있게 됨. 원래 사람들이 자기 분수에 맞게 하고 싶은 일을 해도 후에는 각자의 능력과 적성에 맞게 적절한 배치를 받게 되는 것을 이르는 말.

《한서》 동방삭전에 있는 이야기다.

전한(前漢)의 무제(武帝) 때 일이다. 무제의 여동생이 병으로 몸져누웠을 때, 자기가 죽은 뒤에 아들 소평군(昭平君)이 만약 죄를 지어 사형당할 경우가 있을지라도 황제에게 돈을 바쳐 미리 그 죄를 갚게 해줄 것을 청원하였다. 황제는 그것을 받아들였고 얼마 뒤 여동생은 죽었다.

황제의 조카인 소평군은 황제의 딸과 결혼한 뒤 차츰 교만하고 횡포해지더니 술에 취해 관원을 때려죽이고 마침내는 체포되고 말았다. 재판관은 난처했다.

죄는 마땅히 사형감이지만 피의자(被疑者)는 황제의 조카요 게다가 사위가 아닌가. 결단을 내리지 못한 재판관은 무제에게 어떻게 할 것인지를 아뢰었다.

무제도 난처하기는 다를 바가 없었다. 법을 거스를 수도 없고, 죽은 여동생과의 약속 또한 지키지 않을 수도 없는 일이었다. 대신들은 한결같이 말했다.

『이미 죄는 대속(代贖)되었으므로 사면하는 것이 옳은 줄로 아옵니다.』

무제가 말했다.

『비록 내 사위라 하지만 법을 어긴 자를 그대로 두면 백성들의 원성을 들을 것이다.』

그러고 나서 무제는 법률에 따라 사형을 명했다. 그때 동방삭(東方朔)이 술잔을 바치며 말했다.

『상벌이 공정하니 이는 천하의 복입니다.』

무제는 아무 말 없이 안으로 들어가 버렸다. 그날 저녁 황제는 동방삭을 불렀다.

『내 마음을 이해하지 못하다니, 그대는 정말 밉살스럽구려.』

『신은 폐하의 공명정대함을 찬양하고 슬픔을 위로해 드리기 위해 술잔을 바쳤을 따름입니다.』

재치 있는 동방삭의 말에 무제는 이전의 관직을 되돌려주고 비단 백 필을 내려 더욱 총애했다.

동방삭은 무제 때 태중대부, 중랑 등을 거친 전한의 학자、정치가로 널리 제자백가의 설에 달했으며, 무제를 가까이에서 모시면서 해학、변설、풍간(諷諫)으로 군주의 잘못을 고쳐나가게 했다.

속설에 태백성의 정기를 타고나 서왕모(西王母)의 천도복숭아를 먹어 장수하였다 하여 「삼천갑자(三遷甲子) 동방삭」이라 부른다.

— 《한서》 동방삭전

▣ **기화**(奇貨) : 뜻밖의 이익을 얻을 수 있는 물건. 또는 그런 기회. 빌미.

「기화(奇貨)」란 기이한 보화란 뜻이다. 그러나 지금은 본래의 뜻과는 달리 흔히 죄를 범한 사람이 그 죄를 범할 수 있은 좋은 기회를 말한다.

검찰관이 피의자의 논고에 흔히 쓰는 말로 「이를 기화로 하여」란 말이 자주 나온다.

이 말의 유래는 《사기》 여불위전에서 찾아볼 수 있다.

여불위는 한(韓)나라 수도 양적(陽翟)의 큰 장사꾼이었다. 각국을 돌아다니며 물건을 싸게 사다가 비싼 값으로 넘겨 수천 금의 재산을 모았다.

진소왕(秦昭王) 40년에 소왕의 태자가 죽고, 42년에 소왕은 둘째 아들 안국군(安國君)을 태자로 책봉했다.

안국군에게는 20여 명의 아들이 있었다. 또 그에게는 대단히 사랑하는 첩이 있어서 그녀를 정부인으로 세우고 화양부인(華陽夫人)이라 부르게 했는데, 그녀에게는 아들이 없었다.

안국군의 많은 아들 중에 자초(子楚)라는 아들이 있었는데, 그의 어머니 하희(夏姬)는 안국군의 사랑을 받지 못하고 있었다. 자초는 전국 말기에 흔히 있던 인질로 조나라에 가 있게 되었다. 인질이란 서로 침략하지 않겠다는 약속의 증거로 서로 교환되는 사람으로, 대개 왕자나 왕손들이 인질로 가 있었다.

그런데 진나라가 약속과는 달리 자꾸만 조나라를 침략해 왔기 때문에 자초에 대한 조나라의 대우는 갈수록 나빠져만 갔다. 감시가 심해질 뿐만 아니라 일상생활마저 어려워져 가는 형편이었다.

그럴 무렵, 여불위가 조나라 수도 한단(邯鄲)으로 장사차 들어오게 되었다. 그는 우연히 자초가 있는 집 앞을 지나치다가 자초의 남다른 행색을 보고 주위 사람들에게 그 내력을 물었다.

얘기를 다 듣고 난 여불위는 매우 딱한 생각을 하며, 타고난 장사꾼의 기질로 문득 혼자 이런 말을 던졌다.

『진기한 보물이다. 차지해야 한다(此奇貨 可居).』

여기서 기화는 「기화가거(奇貨可居)」를 줄인 말이다.

이 때, 자초는 이인(異人)이란 이름을 쓰고 있었다.

이리하여 여불위는 자초를 만나 그를 갖은 방법으로 도와주고 위로하고 하여, 마침내는 그와 뒷날을 굳게 약속한 다음, 그를 화양부인의 아들로 입양을 시켜 안국군의 후사를 잇게 하는 데 성공했다.

그가 자초의 환심을 사고 화양부인을 달래기 위한 교제비로 천금의 돈을 물 쓰듯 했다. 그러나 여불위는 약속 외에 무서운 음모를 품고 있었다. 그것은 그가 한단에서 돈을 주고 산, 얼굴이 기막히게 예쁘고 춤과 노래에 뛰어난 조희(趙姬)란 여자를 자초의 아내로 보내 준 것이다.

그녀의 뱃속에는 이미 여불위의 자식의 씨가 들어 있었다. 그것이 요행히 사내아이일 경우 진나라를 자기 자식의 손으로 남모르게 넘겨주겠다는 음모였다.

과연 아들을 낳았고, 조희는 정부인이 되었다. 이 아들이 뒤에 진시황이 된 여정(呂政)이었는데, 결국 여불위는 자기 아들의 손에 의해 목숨을 잃게 된다.

그러나 한 장사꾼으로서 불행 속에 있는 자초를 기화로 삼아 일거에 진나라 승상이 되어 문신후(文信侯)란 이름으로 10만 호의 봉록에, 천하에 그의 이름과 세력을 떨쳤으니, 장사꾼의 출세로서는 그가 아마 첫손에 꼽히고도 남을 것이다.

— 《사기》 여불위전(呂不韋傳)

■ **탁발난수(擢髮難數)** : 지은 죄가 헤아릴 수 없이 많은 것을 비유하는 말. 머리카락을 뽑아 헤아리기 어렵다는 뜻으로, 곧 지은 죄가 헤아릴 수 없이 많음을 비유하여 이르는 말.

전국시대 때 수고(須賈)는 위나라 소왕(昭王)의 명을 받아 제(齊)나라에 사신으로 갔는데, 범수(范雎)도 수행하였다. 수고는 제나라에 머무르기 몇 달이나 되었건만 아직도 제나라 왕으로부터 회답을 얻지 못했다. 그 사이에 제나라 양왕(襄王)은 범수가 변설(辯舌)에 능하다는 말을 듣고 범수에게 사람을 보내 금 10근과 쇠고기와 술을 내렸다. 그러나 범수는 사양하고 받지 않으려고 했다.

수고는 이 사실을 알고 크게 노했다. 수고는 귀국한 뒤에 재상인 위제(魏齊)에게 범수가 제나라와 밀통하여 나라를 팔아먹으려 한다고 음해하였다. 위제는 범수를 체포하여 혹독하게 고문을 하였고, 범수가 매질을 견디지 못하고 늘어지자 죽은 것으로 생각하여 변소에 버리게 하였다.

그러나 범수는 간신히 살아나 진(秦)나라로 도망쳤다. 범수는 이름을 장록(張祿)이라 바꾸고 출중한 재능을 발휘하여 재상의 지위에까지 올랐다. 얼마 후에 진나라가 위나라를 공격하려 하자, 위나라는 수고를 사신으로 파견하여 화친을 교섭하도록 하였다.

수고가 진나라에 도착하자 범수는 남루한 하인의 행색으로 가장하여 그를 만났다. 수고는 범수를 동정하며 솜옷을 한 벌 건네주고는, 재상 장록과 친한 사람이라도 알고 있느냐고 물었다. 범수는 자신이 모시는 주인과 잘 아는 사이라고 하면서 만남을 주선해 보겠다고 말하였다.

범수는 수고와 함께 재상의 관청에 가서 잠시 기다리라고 하고는 안으로 들어갔다. 한참이 지나도 범수가 나오지 않자 수고는 문지기에게 물어보고 나서야 범수가 바로 장록임을 알게 되었다. 이윽고 범수가 나타나자, 수고는 엎드려 머리를 조아리며 용서를 구하였다.

『저는 공께서 입신출세하셨음을 전연 모르고 있었습니다. 저는 이제 두 번 다시 천하의 글을 읽지 않을 것이며, 천하의 일에 관여하지 않겠습니다. 저에게는 솥에서 삶아져 죽음을 당할 정도의 큰 죄가 있는 까닭에 스스로 호락(胡貉 : 북쪽 오랑캐)의 땅에 은퇴하고 싶습니다만, 살리는 것도 죽이는 것도 단지 상공의 뜻에 있을 뿐이십니다.』

『너의 죄는 어느 정도나 되는지 네가 알고 있느냐?』

『저의 머리털을 뽑아 잇는다 해도 제가 지은 죄의 길이에는 미치지 못합니다(擢賈之髮 以續賈之罪 尙未足).』

그러자 범수가 꾸짖었다.

『너는 나를 대신하여 위나라 왕에게 가서 이렇게 전하라. 「당장 위 제의 목을 가지고 오라. 그렇지 않으면 당장에 대량(大梁)을 짓밟아버릴 것이다.」라고.』 — 《사기》

【우리나라 고사】

■ 홍계관(洪繼寬)의 복술(卜術)이 용하다는 말을 듣고 세조의 공신 홍윤성(洪允成)은 그에게 자기 일생의 운명을 물었다. 계관은 한참 생각에 잠기더니 무릎을 꿇고 절을 하며, 『공은 귀히 될 분이라 아무 해에 형조판서가 될 것인데, 그 때 소인의 자식이 죄를 짓고 옥에 갇혀 사형을 받게 될 것이니, 공께서는 소인을 생각하

시어 부디 살려 주십시오.』 하고 말하면서 아들을 불러 홍윤성에게 인사를 시키고 말하기를, 아무 해 아무 날에 네가 옥에 갇혀 심문을 받게 될 것이니 그 때에 홍계관의 자식이란 것을 말하라고 했다. 홍윤성은 놀랍기도 하고 기이하기는 하나, 자신이 형조판서가 아닌 이상 가부를 말할 수 없어 그대로 돌아왔다. 그 후 과연 그 해에 홍윤성은 형조판서가 되어 옥중 죄수를 검문하는데, 한 죄수가 홍계관의 아들이라고 했다. 홍윤성은 지난날의 부탁을 저버리지 않고 그를 석방했다.

【신화】

▣ 시시포스(Sisyphus) : 시시포스 또는 시지푸스는 그리스 신화에 나오는 코린토스의 왕. 아이올로스인의 시조인 아이올로스와 에나레테 사이에서 태어난 아들이다. 영원한 죄수의 화신으로 현대에 이르기까지 잘 알려져 있다. 현대 작품으로는 알베르 카뮈의 소설《시지프의 신화》가 있다.

그리스, 헬레니즘 시대의 코린토스 왕국에서는 그를 전설적인 시조로 받들었다. 전설에 따르면 테살리아의 왕 헬렌의 아들, 혹은 후손이었던 아이올로스와 에나레테의 아들이라 한다. 다른 설에는 그의 아버지가 바람의 신 아이올로스라고도 한다. 플레이아데스 메로페의 남편으로서 에피라(코린토스)를 건설해 왕이 되었다고 한다. 이후 기록에 따르면 오디세우스의 아버지라고도 한다(오디세우스의 어머니 안티클레아가 라에르테스와 혼인하기 전).

시시포스는 꾀가 많은 것으로 명성을 떨쳤는데 욕심이 많고 속이기를 좋아했다. 여객과 방랑자를 살해하기도 했다. 시시포스는 죽음의 신 타나토스가 그를 데리러 오자 오히려 타나토스를 잡아 족쇄를 채워 한동안 아무도 죽지 않았다. 결국 전쟁의 신 아레스가 와서 타나토스를 구출하고 시시포스를 데려갔다.

하지만 시시포스는 죽기 전 꾀를 내어 아내에게 죽으면 제사를 지내지 말라고 일러뒀었다. 그래서 저승에서 제사를 받지 못하자 저승의 신 하데스에게 아내에게 제사를 지내도록 설득하기 위해 이승으로 다시 보내줄 것을 부탁했다. 그러나 코린토스에 가서는 저승에 돌아오기를 거부해, 나중에 헤르메스가 억지로 돌려보냈다.

그는 저승에서 벌로 큰 돌을 가파른 언덕 위로 굴려야 했다. 정상에 올리면 돌은 다시 밑으로 굴러 내려가 처음부터 다시 돌을 굴려 올리는 일을 시작해야 했다. 그가 이 벌을 받은 정확한 이유는 확실하지 않다. 혹자는 그가 신들의 비밀을 인간에게 알린 벌이라 하고, 다른 이들은 그가 여행하는 이들을 살해한 벌이라고 한다.

▣ 타르타로스(Tartaros) : 그리스 신화에 나오는 계보 상으로는 천공(天空)의 신 아이테르와 대지의 신 가이아의 아들. 나중에 어머니인 가이아와 관계를 맺어 거인 티폰과 괴물 에키드나의 아버지가 되었다고 전해지기도 한다. 지하의 명계(冥界) 가장 밑에 있는 나락(奈落)의 세계를 의미하며 지상에서 타르타로스까지의 깊이는 하늘과 땅과의 거리와 맞먹는다고 한다. 주신(主神) 제우스의 노여움을 산 티탄 신(神) 일족이나, 대죄를 저지른 탄탈로스, 시시포스, 익시온 등과 같이 신을 모독하거나 반역한 인간들도 이곳에 떨어졌다고 한다.

【명작】

■ 죄와 벌(Преступление и наказание, Prestuplenie i nakazanie) : 러시아 작가 도스토예프스키(Fyodor Mikhailovich Dostoevskii, 1821~1881)의 세계문학 걸작이다. 근대 도시의 양상을 배경으로, 작중의 하급관리 마르멜라도프의 말대로 『아무데도 갈 데가 없는』 사람들로 가득 찬 상트페테르부르크의 뒷골목이 무대이다.

소설의 첫머리에서 주인공 라스콜리니코프(Raskolnikov)는 그 자신과 독자도 잘 이해할 수 없는 이유로 두 번의 살인을 저지르고는 남은 부분 내내 상트페테르부르크의 거리를 정처 없이 비틀거리며 걸어 다닌다. 그는 자신의 (죄라고 생각하지도 않는) 죄가 발각될까 두렵고, 그때까지 견고했던 세계는 몽롱하게 녹아내린다.

죄의식을 탐구한 소설이라고 알려져 있지만, 엄밀히 말하면 그것은 잘못된 생각이다. 라스콜리니코프는 죄의식을 느끼지 않는다. 그는 다만 공포와 다른 인간들로부터의 끔찍한 격리를 느낄 뿐이다. 친구들이 그를 돕고자 하지만, 그는 그들의 도움을 받아들일 수 없다. 아니, 심지어 그들의 사랑과 동정을 이해할 수조차 없는데, 이는 그가 자신을 이방인으로 느끼기 때문이다. 사람을 죽일 수 있다는 사실은 고립의 체현이지 어떤 원인이나 결과가 아니다.

소냐는 작자가 이상으로 여긴 복음서적인 사랑과 인종의 사도이며 무신론자 라스콜리니코프에 대립되는 구원의 담당자로 묘사되고 있다. 작자는 그리스도교적 신앙의 입장에서 서구의 합리주의 혁명사상을 단죄하려고 한 것같이 보이지만 작품은 그러한 의도를 뛰어넘어 폐색적(閉塞的)인 시대상황 속에서 인간회복에의 원망(願望)을 호소하는 휴머니즘을 표출하였다.

독자 역시 주위의 다른 인간들을 면밀히 관찰하기만 한다면 쉽게 빠져들 수 있는, 주인공의 착란에 함께 빠져들게 된다. 이 작품은 1866년에 쓰였지만, 카뮈와 베케트로 이어지는, 20세기 『고독의 문학』의 위대한 선조로 평가받고 있다.

【成句】

▣ 형(刑) : 형틀 모양인 幵자 변에 刂를 덧붙인 글자. 죄인을 형틀(幵)에 매고 칼(刀)로 벤다 하여 형벌의 뜻이 되었다.

▣ 벌(罰) : 詈(꾸짖을 리)자 곁에 칼 도(刀)를 덧붙인 글자. 칼을 들어 위엄을 보이며 꾸짖어 벌준다는 뜻. 詈자는 얼굴을 그물(罒)살처럼 찌푸리고 꾸짖음(言)을 나타냄.

▣ 초만영어(草滿囹圄) : 감옥에 풀이 무성하다는 말로, 정치가 잘 행해져서 죄인이 없음을 이름. / 《수서(隋書)》

▣ 죄업(罪業) : 죄가 되는 행위.

▣ 탄핵(彈劾) : 관리의 죄나 부정을 폭로하여 위에 알리고 고발하는 것. 탄(彈)은 탄알을 쏘는 활. 핵(劾)은 죄를 파헤치고 고발하는 것. 탄알을 쏘듯이 죄를 파헤친다는 뜻. / 《북사》

▣ 참회(懺悔) : 신이나 부처 앞에서 자기의 죄를 회개하고 용서를 빎.

▣ 만사무석(萬死無惜) : 만 번 죽어도 아깝지 않을 정도로 죄가 무거움.

▣ 탕척서용(蕩滌敍用) : 죄명(罪名)을 아주 씻어주고 다시 벼슬에 올려 씀.

▣ 회벽유죄(懷璧有罪) : 옥과 같은 귀중한 것을 가지고 있는 것이 죄가 된다는 뜻으로, 본디 죄 없는 사람도 분수에 맞지 않는 보물을 지니면 도리어 재앙을 부르게 됨을 비유하는 말. /《좌씨전》

▣ 풍류죄과(風流罪過) : 법률에 저촉되지 않는 풍류스런 죄. 경미한 죄.

▣ 죄의유경(罪疑惟輕) : 죄의 경중이 명확하지 않을 경우에는 경죄(輕罪)로 처리하여야 한다는 말. /《서경》 대우모편.

▣ 침자투적대우(鍼子偸賊大牛) : 『바늘 도둑이 소도둑 된다』와 같은 뜻으로, 가벼운 범죄를 예삿일로 아는 사람은 큰 범죄도 저지르게 됨을 이르는 말.

▣ 여수동죄(與受同罪) : 장물을 주는 것과 받는 것은 둘 다 죄가 같음.

▣ 영관(盈貫) : 돈꿰미에 돈을 가득히 꿴다는 뜻으로, 죄가 많거나 거듭 죄를 지음을 비유하는 말.《좌전》

▣ 오구지혼(梧丘之魂) : 죄 없이 살해되는 것. 제(齊)나라 경공(景公)이 오구(梧丘)에서 사냥을 한 날 밤 꿈에 선군인 영공(靈公)에 의하여 죄 없이 죽어간 다섯 사나이가 나타났다. 잠에서 깬 경공

은 신하에게 명하여 땅을 파서 찾게 했더니, 과연 다섯 구의 해골이 나왔다. 경공은 놀라서 그 해골을 새삼 정중히 장사지내게 했다는 고사에서 나온 말이다. / 《안자춘추》

▣ 오기죄불오기인(惡其罪不惡其人) : 죄를 범한 그 마음은 미워하지만, 그 사람은 미워하지 않음. / 《공총자》

▣ 원악대대(元惡大憝) : 반역죄를 범한 죄인. 흉악범.

▣ 종중추고(從重推考) : 벼슬아치의 죄과(罪過)를 무겁고 가벼움에 따라 엄히 따져 캐고 살핌.

▣ 위리안치(圍籬安置) : 죄인을 배소(配所)에서 달아나지 못하도록 가시로 울타리를 만들고 그 안에 가두어 둠.

▣ 구천용귀(屨賤踊貴) : 보통 신의 값은 싸고 용(踊 : 죄를 지어 발을 잘린 사람이 신는 신)의 값은 비싸다는 뜻으로, 죄인이 많음을 비유하는 말. / 《좌전》

▣ 석고대죄(席藁待罪) : 거적을 깔고 엎드려 처벌을 기다림.

▣ 기회지형(棄灰之刑) : 너무 무거운 형벌의 비유. 재를 버리는 데 대해서 형벌을 과한다는 것은 너무 가혹하다. 그러나 큰 죄는 작은 죄로부터 비롯되는 것이다. 쉽게 지킬 수 있는 규칙을 제대로 지키는 것이야말로 나라를 평화롭게 다스리는 기본이라고 역설한다. 법가(法家)의 설의 기본. / 《한비자》 내저설편.

▣ 망루탄주(網漏呑舟) : 큰 고기도 새어나갈 그물이란 뜻으로, 법령이 관후(寬厚)하여 큰 죄를 짓고도 능히 빠져나갈 수 있음을 비유

하는 말. 탄주(呑舟)는 배를 삼킬 만한 고기이니, 매우 큰 물고기를 이름. / 《사기》

▣ 배류(配流) : 먼 곳이나 섬으로 귀양 보냄.

▣ 물간사전(勿揀赦前) : 돌이킬 수 없는 죄.

▣ 우연거형방처(偶然去刑房處) : 우연히 형방 근처로 갔다 함이니, 죄지은 자가 저도 모르는 사이에 그 죄를 드러내어 죗값을 받게 된다는 뜻.

▣ 무염원죄(無染原罪) : 인류가 다 원죄와 그 벌에 속하나, 성모 마리아와 같이 이를 면한 특별한 은혜.

▣ 명고공지(鳴鼓攻之) : 죄를 낱낱이 들어 공박함. 명고는 죄를 탓하는 것으로, 실제는 북을 치는 것이 아님. / 《논어》 선진편.

▣ 물고(物故) : 사회적으로 이름난 사람의 죽음. 죄인이 죽음. 또 죄인을 죽임. 사람의 죽음을 완곡하게 나타내는 표현. 『물고가 나다』는 죄인이 죽다. 『물고를 내다』는 죄인을 죽이다의 뜻. / 《순자》

▣ 감사정배(減死定配) : 죽여야 할 죄인을 죽이지 않고 지정한 곳으로 귀양을 보냄.

▣ 부생지론(傅生之論) : 사형에 처할 죄에 이의가 있을 때 감형하기를 주장하는 변론.

▣ 육단부형(肉袒負荊) : 사죄하는 것. 복종·항복하는 것. 육단(肉袒)은 웃통을 벗는 것. 형(荊)은 가시나무 채찍. 웃통을 벗고 가시

나무 채찍을 메고 한껏 매를 쳐서 벌해 주십사 하고 사죄의 뜻을 표하는 예법 · 태도를 말한다. 부형청죄(負荊請罪). /《사기》

▣ 이수함옥(泥首含玉) : 머리를 진흙에 묻고 입에 구슬을 문다는 뜻으로, 사죄 · 항복할 때의 모습을 형용한 말. /《후한서》

▣ 검림지옥(劍林地獄) : 불교에서 말하는 16소지옥(小地獄)의 하나. 시뻘겋게 단 쇠알의 과일이 열려 있는 검수(劍樹)의 숲속에서 죄 많은 망자(亡者)가 온몸을 찔리는 단련을 받는 지옥. 불효, 불경(不敬) 무자비한 자가 떨어지는 곳.

▣ 비전지죄(非戰之罪) : 싸우지 못한 죄라는 뜻으로, 항우가 해하(垓下)의 싸움에 패하고 탄식한 말. 힘은 다했으나 운수가 글러서 성공 못함을 탄식한 말.

▣ 일벌백계(一罰百戒) : 한 사람의 악인을 처벌함으로써 다른 백 사람(大勢)이 죄를 범하지 않도록 경계하는 것. 범죄 예방의 비유.

▣ 삭탈관직(削奪官職) : 죄지은 자의 벼슬과 품계를 빼앗고 사판(仕版 : 벼슬아치의 명부)에서 깎아 버림.

▣ 작소대리정(鵲巢大理庭) : 대리(大理)는 사법(司法)을 관장하는 관청을 말한다. 태평한 세상에는 형이 행해지지 않으므로 옥(獄)에도 까치가 집을 지을 정도가 된다는 뜻으로, 세상이 평화롭고 죄인이 없는 것을 비유하는 말. /《당서》

▣ 장전추열(帳前推閱) : 죄인을 왕의 장전에 꿇리고 친히 국문(鞫問)함.

▣ 어사우(御史雨) : 초목을 적시는 단비, 자우(慈雨)의 비유. 또 억울한 누명을 벗는 것. 어사(御史)는 벼슬아치의 부정을 다스리는 벼슬. 당나라 개원 연간(開元年間) 안진경(顔眞卿)이 어사였을 때 오원(五原) 땅에서 무고한 죄로 옥에 갇혀 있던 자가 있어서 오랫동안 정당한 재판을 받지 못하고 있었다. 때마침 가뭄이 계속되고 있었다. 안진경이 무죄판결을 내리자 비가 내리기 시작했다. 오원 사람들은 그를 기념하여 『어사의 비』라 불렀다는 고사에서 나온 말이다.

▣ 양민오착(良民誤捉) : 죄인을 잡으려다가 죄 없는 사람을 잡는다는 뜻.

▣ 죄중벌경(罪重罰輕) : 죄는 무거운데 벌은 가벼움.

▣ 서미(胥靡) : 죄수. 쇠사슬로 연계(聯繫)한다는 뜻. 일설에는 미(靡)는 수(隨)로서, 옛날에 서로 잇달아 연좌(連坐)한 경형(輕刑)의 이름이라 함. / 《사기》 은본기.

▣ 피마불외편추(疲馬不畏鞭箠) : 지친 말은 채찍을 두려워하지 않는다는 뜻으로, 백성이 피폐하고 곤궁하면 어떤 형벌도 두려워하지 않고 죄를 범하게 됨을 비유하는 말. / 《염철론》

▣ 혜전탈우(蹊田奪牛) : 남의 소가 밭을 짓밟았다고 해서 그 소를 빼앗는다는 뜻으로, 지은 죄에 비해 벌이 지나치게 무거움을 이르는 말. / 《좌전》

▣ 불가사야(弗可赦也) : 용서할 수 없다는 말로서, 벌을 받는다는 뜻. / 《좌씨전》

▣ 각박릉력(刻剝凌轢) : 나라의 형법이 가혹함. / 《사기》 혹리열전.

▣ 격단무휘(擊斷無諱) : 거리낌 없이 함부로 형벌을 자행함. / 《사기》 범수채택열전.

▣ 곤겸(髡鉗) : 옛날 도형(徒刑)의 하나로, 삭발을 시키고 쇠사슬로 목을 묶는 형벌. / 《사기》 장이진여열전.

▣ 관궐지주(觀闕之誅) : 성문의 관궐에서 공자가 소정묘(小正卯)를 주살한 데서부터 부정(不正)한 신하를 주살함을 이름. / 《한서》

▣ 방축향리(放逐鄕里) : 유배보다 가벼운 형으로, 벼슬을 삭탈하고 제 고향으로 내려 보냄.

▣ 감당(勘當) : 죄를 조사하여 형(刑)을 줌. / 《당서》

▣ 대벽(大辟) : 벽(辟)은 형벌, 큰 형벌. 곧 중국에서 행하던 오형(五刑) 가운데 하나로서, 죄인의 목을 베던 형벌이다. / 《서경》 여형편.

▣ 원정정죄(原情定罪) : 사실을 구명한 연후에 형벌을 정함. / 《한서》

▣ 형기우무형(刑期于無刑) : 형벌을 만드는 소이는 악인을 징계하여 또다시 죄를 범하여 형벌을 받지 않도록 하기 위한 것임. / 《서경》 대우모편.

▣ 형불염경(刑不厭輕) : 형(刑)은 가벼운 것을 싫어하지 않는다는 뜻으로, 형벌은 관대하게 내릴수록 좋음을 이르는 말. / 《신어》

▣ 묵벽(墨辟) : 죄인의 이마에 문신(文身)을 하는 형벌. /《서경》 여형편.

▣ 말감(末減) : 말(末)은 박(薄), 감(減)은 경(輕)의 뜻으로, 형벌을 가볍게 내림을 이름. /《좌씨박》

▣ 창름실이영어공(倉廩實而囹圄空) : 광 속이 풍성하면 감옥이 소용없다는 말로, 경제적으로 여유가 있으면 범죄가 줄어든다는 말. /《관자》

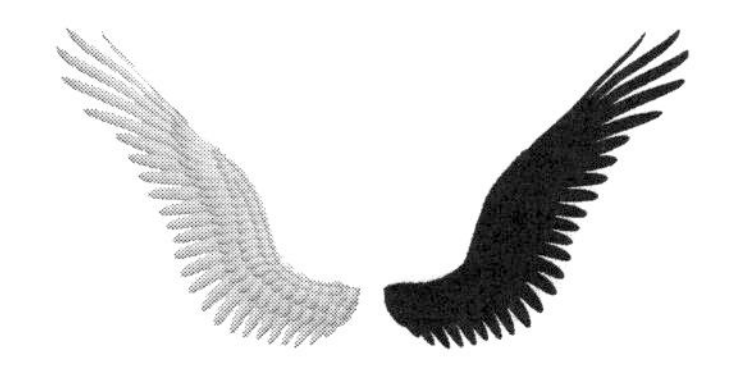

선악 good and evil 善惡

【어록】

■ 선을 쌓은 집에는 반드시 남은 경사가 있다(積善之家 必有餘慶).
— 《주역》 문언전(文言傳)

■ 선인은 불선인(不善人)의 스승이고, 불선인은 선인의 자질이다.
— 《노자》

■ 악한 도를 미워함이 심하면 곧 착한 도를 좋아함도 심하다(악에 강하면 선에도 강하다는 뜻). — 《설원(說苑)》

■ 사랑하여 그 악을 알고, 미워하여 그 선을 안다. — 《예기》

■ 선을 보면 목마른 것과 같이 하고, 악을 보면 귀먹은 것과 같이 한다. — 태공망(太公望)

■ 악한 일은 자기를 괴롭게 한다. 그러나 그것은 행하기 쉽다. 착한 일은 자기를 편안하게 한다. 그러나 그것은 행하기 어렵다(惡行危身 愚以爲易 善最安身 愚以爲難). — 《법구경》

■ 악한 일을 행한 다음 남이 아는 것을 두려워함은 아직 그 악 가운

데 선을 향하는 길이 있음이요, 선을 행하고 나서 남이 빨리 알아 주기를 바라는 것은 그 선 속에 악의 뿌리가 있는 까닭이다(爲惡而畏人知 惡中 猶有善路 爲善而急人知 善處卽是惡根).

—《채근담》

▣ 악한 일일수록 그늘에 숨어 있기를 싫어하며, 선한 일일수록 겉에 나타나기를 싫어하나니, 그러므로 악이 나타난 자는 재앙이 얕되, 숨어 있는 자는 재앙이 깊으며, 선이 나타난 자는 공이 적되 숨어 있는 자는 공이 크니라(惡忌陰善忌陽 故惡之顯者 禍淺 而隱者 禍深 善之顯者 功少 而隱者 功大). —《채근담》

▣ 악한 일을 들을지라도 곧 미워하지 말 것이니, 고자질하는 자가 저의 분을 풀까 두렵도다. 선한 일을 들을지라도 급히 친하지 말 것이니, 고자질하는 자가 저의 분을 풀까 두렵도다. 선한 일을 들을지라도 급히 친하지 말 것이니 간악한 자의 출세를 이끌어 줄까 두렵도다.(聞惡 不可就惡 恐爲讒夫洩怒 聞善 不可急親 恐引奸人進身). —《채근담》

▣ 올바른 사람의 앞길은 동틀 녘의 햇살 같아서 점점 밝아져 대낮처럼 환해지겠지만, 불의한 자들은 그 앞길이 캄캄하여 넘어져도 무엇에 걸렸는지 알지 못 한다. — 잠언

▣ 아, 너희가 비참하게 되리라. 나쁜 것을 좋다, 좋은 것을 나쁘다, 어둠을 빛이라, 빛을 어둠이라, 쓴 것을 달다, 단 것을 쓰다 하는 자들아! — 이사야서

▣ 선인이란 자기의 죄과를 기억하고, 자기의 착한 일, 착한 행위를

망각하는 사람을 말하고, 악인이란 이와는 반대로 자기의 착한 일, 착한 행위를 기억하고, 죄과를 망각하는 사람을 가리킨다.

— 《탈무드》

■ 악은 처음엔 달콤하고 나중엔 쓰며, 선은 처음엔 쓰고 나중엔 달다.

— 《탈무드》

■ 나의 아들이여, 예배의 일을 마치고, 남에게는 선을 권하고 악을 제어하고, 어떤 험한 일을 당하더라도 거기서 잘 견뎌내듯이 하라. 그것이야말로 올바른 본질이란 것이다.

— 《코란》

■ 나쁜 일을 하기란 얼마나 쉽고 비열한 일이며, 아무 위험도 없는 곳에서 착한 일을 하기란 얼마나 속된 일인가. 그러나 위험이 있는 곳에서 착한 일을 하기는 도덕군자의 마땅히 할 일이로다.

— 메텔루스

■ 올바른 사람은 매우 평정한 심경에 있어도 부정한 사람은 극도의 혼란에 차 있다.

— 에피쿠로스

■ 최고의 선은 쾌락, 최대의 악은 고통이다.

— 에피쿠로스

■ 너희가 착해지려고 하면 먼저 너희의 악한 것을 믿으라.

— 에픽테토스

■ 한 가지의 것이 동시에 선도 되고 악도 되고 그 어느 편도 되지 않는 일이 있을 수 있는 것이다. 예컨대, 음악은 우울한 사람에게는 선이지만, 상중(喪中)에 있는 사람에게는 악이며, 귀머거리에게 있어서는 선도 아니고 악도 아닌 것이다.

— 스피노자

▣ 어떠한 것도 자연이란 조물주의 손에서 나올 때에는 선이다. 인간의 손에 넘어와서 악이 된다. — 장 자크 루소

▣ 악은 손쉽고, 얼마든지 있다. 그러나 선은 오직 하나뿐이다. — 파스칼

▣ 인류의 본분은 완성을 향하여 전진하는 것밖에 없다. 자연의 역사는 선에서 시작한다. 이 역사는 신의 일이기 때문이다. 자유의 역사는 악에서 시작한다. 이 역사는 인간의 일이기 때문이다. — 임마누엘 칸트

▣ 인간은 아무리 소망해도 절대적 선인이나 절대적 악인이 되지 않는다. — 피에르 샤롱

▣ 선이든 악이든, 우리에게 쾌락과 고통을 주는 외에 아무것도 아니다. — 존 로크

▣ 악과 선은 그림자와 본체와 같이 어느 곳에든 같이 있다. 이 양자는 분립하기 어렵고, 더구나 서로 대항하는 것이 아니라 다만 서로 대립할 뿐이다. — 토머스 칼라일

▣ 어떤 성격이든지 둘로 나누어진다. 왜냐하면 선과 악은 하나로 되어 있으니까. 그러나 악의는 고치기 힘들며, 선의는 어린 시절에 죽어 버린다. — 에리히 케스트너

▣ 씨를 뿌리면 거두어야 한다. 남을 때렸으면 괴로워해야 한다. 남에게 착한 일을 했으면 너도 착한 일을 당하게 된다. — 랠프 에머슨

▣ 선과 악의 창조자가 되려면 우선 파괴자가 되지 않으면 안된다.

그리고 모든 가치를 파괴하지 않으면 안 된다. 즉 최고의 선에는 최고의 악이 필요하다. 그러나 최고의 선이란 창조적인 선을 말하는 것 이다. — 장 자크 루소

▣ 악은 그 사람이 죽은 후에도 살아남고, 선은 그 사람과 함께 묻힌다. — 셰익스피어

▣ 선악의 관념이란 악마를 알기 위하여 그렇게도 희생을 지불해야만 한다면, 뭐라고 그걸 알 필요가 있겠는가?

— 도스토예프스키

▣ 나는 뭔가 선을 행하려는 희망을 갖고, 거기에 기쁨을 느낄 수도 있다. 그러나 동시에 악을 행하고 싶다고 생각하고, 거기에도 기쁨을 느낄 수가 있다 — 도스토예프스키

▣ 선을 행하는 데는 노력이 필요하다. 그러나 악을 억제하는 데는 더 한층의 노력이 필요하다. — 레프 톨스토이

▣ 선이란 무엇인가—인간에게 있어서 권력의 감정과 권력을 바라는 의지를 고양(高揚)하는 일체의 것. 악이란 무엇인가—약한 데서 나오는 일체의 것. — 프리드리히 니체

▣ 사랑의 마음으로 하는 일은 언제나 선과 악의 피안에 있다.

— 프리드리히 니체

▣ 악과 선은 신의 오른손과 왼손이다. — 베이리

▣ 선과 악과의 투쟁은 끊임없이 가는 곳마다 지배하고 있다. 선악의 피안은 존재하지 않고, 다만 많은지 적은지 하는 것이다.

— 카를 힐티

▣ 나는 정직한 악보다도 완고한 선을 구한다. — 몰리에르

▣ 선의 궁극은 악이며, 악의 궁극은 선이다. — 라로슈푸코

▣ 세상에는 착한 사람이나 악한 사람이 따로 있는 것이 아니다. 다만 때에 따라 착한 사람이 되기도 하고 악인이 되기도 할 따름이다. — 헨리 레니에

▣ 선은, 자기가 희생이 되는 것이 아니면 선이 아니다. 승리는, 그것이 어떠한 것이든 악이다. 패배는, 그것이 자발적으로 한 것이 아니면 어떠한 것이든 선이다 — 로맹 롤랑

▣ 참으로 선한 것은 모두 염가이며, 유해한 것은 모두 고가(高價)이다. — 헨리 소로

▣ 사람은 선보다도 악에 기울어진다. — 마키아벨리

▣ 학습은 선인을 한층 더 좋게 하고 악인을 한층 더 악하게 한다. — T. 풀러

▣ 마음속에 아무런 선도 갖지 않은 악인은 없고, 마음속에 아무런 악도 갖지 않은 선인도 없다. — 조지프 애디슨

▣ 악이란 아무리 선량한 과거를 갖고 있다고 해도, 실로 타락의 길을 걸으려 하며, 선량함이 줄어드는 인간이다. 선이란 아무리 도덕적으로 가치가 적은 과거를 갖고 있다 해도, 또다시 선을 향하여 나아가고 있는 인간이다. — 존 듀이

▣ 선에는 항상 악이 섞여 있다. 극단적인 선은 악이 된다. 극단적인 악은 아무런 선도 되지 않는다. — A. V. 비니

■ 선인들이 흘리고 있는 해악(害惡) 중에서 가장 큰 것은 그들이 악이란 것을 법외(法外)에까지 중시해 버리는 일입니다.

— 오스카 와일드

■ 선인들은 역경에서도 즐거운 듯한 얼굴을 하고, 악인은 번영해 있을 때에도 고개를 꼬고 있다. — M. 사디

■ 선은 삶에 이바지하는 모든 것이고, 악은 죽음에 이바지하는 모든 것이다. 선은 삶을 존중하는 것이고 삶과 성장과 전개를 드높이는 모든 것이다. 악은 삶을 질식시키고 삶을 옹색하게 만들고 삶을 조각나게 하는 모든 것이다. — 에리히 프롬

■ 선은 우리들의 존재를 우리들의 본질에 접근하도록 바꾸어 놓으나 악은 존재와 본질을 더욱더 멀리 떨어지게 한다.

— 에리히 프롬

■ 인간에게 있어서 무엇이 선이며 무엇이 악인가 하는 것은 형이상학적 문제가 아니고, 인간성의 분석과 그리고 어떤 조건이 그에게 가져오는 결과에 근거하여 해답될 수 있는 하나의 경험적인 문제이다. — 에리히 프롬

■ 우리들은 결코 악을 선택할 수가 없다. 우리들이 선택하는 것은 항상 선이다. — 장 폴 사르트르

■ 실로 인간의 선도 신비스럽지만 인간의 악도 그만 못지않게 신비(?)한 면이 있다. 더욱이나 우리 일반 인간의 눈에는 악이라고 비친 그 심연 속에 우리의 지혜로써는 도저히 헤아릴 수 없는 천주의 은총이 깃들여 있을지도 모르고, 또 우리가 선이라고 부르고

성인이 라고 부르는 인간 내면에 우리가 상상도 못할 인간의 배역(背逆)과 허위가 숨겨져 있는지 누가 아는가? — 구상(具常)

악이란 원래 선(善)의 피부였다. 선의 핏줄과 뼈와 위장(胃湯)을 감싼 그의 시종무관이었다. 그러던 것이 하루아침에 선은 그의 피부인 악에서 도망쳤다. 악의 귀찮은 시중이 싫증났기 때문이다. 그때부터 악은 그의 내부(內部)를 찾기 위해 방황하기 시작했다. 사실은 무척 온순하였으나 때로는 너무 저돌적이기도 한 그의 방황이 계속되는 동안 인간은 그들 선과 악을 원수로 만들어 버렸다. — 미상

▣ 악은 마치 속눈썹과 같다. 속눈썹이 눈알을 보호하듯 악은 선(善)을 보호한다. 인간은 각기 엄청난 모순에 사로잡혀 선과 악의 참된 모습을 착각하고 있다. — 미상

▣ 어떻게 하면 자유를 얻을 수 있는가 하고 그대는 묻는다. 자유를 얻으려면 속른(俗論)에 따를 것이 아니라 그대 자신의 힘으로 선과 악을 구별할 수 있게 되도록 노력함이 필요하다. — 미상

【속담 · 격언】

▣ 선은 급하게 하고, 악은 연장시켜라. (Better early than late, repentance wipes out sin.) — 영국

▣ 선에 보답함에 선으로써 하는 것은 하늘의 도이며, 악에 보답함에 선으로써 하는 것은 사람의 도이다. — 영국

▣ 벌이 꿀을 빠는 곳에서 거미는 독을 딴다. (Where the bee

sucks honey the spider sucks poison.) — 영국

▣ 겉은 선인, 뱃속은 악인. — 프랑스

▣ 결혼하기 전에는 나쁜 인간이 없다. 그리고 죽기 전에는 착한 사람이 없다. — 덴마크

▣ 선량한 자에게는 분별이 필요하고, 악한 자에게는 몽둥이가 필요하다. — 몽고

【문장】

각국이 국어라고 하는 것이 만들어 내고 있는 선이라고 하는 말이 어원학적 관점에서는 무엇을 의미하는가? 라고 하는 문제가 나에게 바른 길을 가르쳐 주고 있다. 어느 나라의 국어든지 선이라고 하는 말은 모두 같은 개념의 변화를 겪어 왔다. 다시 말하면 어디서든지 신분을 표현하는 『귀현(貴顯)』, 『고귀(高貴)』라고 하는 것이 기본개념이 되어 있어서 거기서부터 『정신적 귀현』, 정신적 고귀』, 『정신적 고상』, 『정신적 우선』이라는 의미에서의 『선(善)』이라는 것이 필연적으로 나온다. 언제나 이 전개에 평행해서 나가는 또 하나의 것이 있다. 그것은 『범속』, 『비천』, 『저급』이 결국 열악의 개념에로 이행하는 전개이다. 후자에 관해서의 가장 웅변적인 실례(實例)가 독일어의 슐레히트(Das Schlechte : 劣惡)라고 하는 말이 스스로를 나타내고 있다. 이 『슐레히트』라는 말은 『슐리히트(素朴)』의 동의어로서— 『슐레히트베크(꾸밈새 없이)』, 『슐레히타링(솔직 단순)』에서 나온 말인데, 원래는 아직까지는 의심 같은 것을 가져 보지도 못한 소박하고도 범속한 사나이를 귀현의 인

사와 깨끗이 구별해서 쓰는 데 사용된 말이다. 이와 같았던 의미가 현재 곧잘 쓰이고 있는 『열악(劣惡)』이라는 뜻으로 변해서 쓰이게 된 것은 아마 30년 전쟁 시였으며 아주 뒤에 속하는 일인 것 같다. 다시 말하면 선이 있은 훨씬 뒤의 일에 속한다. — 프리드리히 니체

대홍수가 세상을 뒤엎을 때 온갖 것들이 살기 위하여 노아의 방주로 몰려들었다. 그 중에서는『선(善)』도 끼어 있었다. 그렇지만 노아는『선』을 방주에 태우지 않았다.『나는 짝이 없는 것은 태우지 않는다.』그래서『선』은 황급히 숲속으로 달려가 자기의 짝이 될 만한 상대를 찾아 헤맸다. 그리고는 이윽고『악(惡)』을 데리고 방주로 돌아왔고, 노아는 그들을 방주에 태워 주었다. 그때 이후로『선』이 있는 곳에는 언제나『악』이 함께 하게 되었다.

— 《탈무드》

【중국의 고사】

■ **적선지가필유여경**(積善之家必有餘慶) : 『선을 쌓은 집에는 반드시 남은 경사가 있다』는 말로서, 착한 일을 많이 함. 동냥질에 응하는 행위를 미화하여 이르는 말.

흔히 구걸하는 사람들이 『적선하십시오!』하고 머리를 숙이며 손을 내미는 것을 볼 수 있다. 좋은 일 하라는 뜻이다. 많은 착한 일 가운데 특히 딱한 사람과 불쌍한 사람을 동정하는 것을 『적선』이라고 하는 것은 여기 나오는 여경(餘慶)이라는 말과 관련이 있다. 『여경』은 남은 경사란 뜻이다. 남은 경사는 뒤에 올 복된 일을 말한다. 결국 『적선하십시오』하는 말은 『이 다음날의 행

복을 위해 내게 투자를 하십시오』하는 권유의 뜻을 동시에 지니고 있는 말이다.

이『적선지가에 필유여경』이란 말은 거의 우리말처럼 널리 보급되어 있는 말이다. 이 말은 『좋은 일을 많이 하면 뒷날 자손들이 반드시 그 보답으로 복을 누리게 된다』는 뜻이다.

이 말은《역경》곤괘(坤卦) 문언전에 있는 말이다. 이 말이 있는 부분만을 소개하면 다음과 같다.

『선을 쌓은 집은 반드시 남은 경사가 있고, 불선(不善)을 쌓은 집에는 반드시 남은 재앙이 있다(敵線之家 必有餘慶 積不善之家 必有餘殃). 신하가 그 임금을 죽이고, 자식이 그 아비를 죽이는 것이 하루아침 하루저녁의 까닭이 아니고, 그것이 싹튼 지는 오래다.』

착한 일이든 악한 일이든 오래 쌓은 뒤라야 복을 받고 화를 입게 된다는 뜻이다. 나무를 심어 과일을 따듯이 꾸준한 노력이 계속되지 않으면 그 성과를 볼 수가 없는 것이다. 나무에서 과일을 따지만, 그 관리를 소홀히 한다고 해서 금방 나무가 죽어 없어지는 것은 아니다. 몇 해를 거듭 게을리 하게 되면 비로소 그 과일밭은 완전히 버리게 된다. 그러나 노력을 쌓아 좋은 결과를 얻기는 어렵고, 게으름을 피워 얻은 결과를 망치기는 쉽다. 복과 화의 경우도 마찬가지다.

한나라 유향이 편찬한 《설원》이란 책에는 불선(不善)을 악(惡)이란 글자로 바꾸어 『적악지가 필유여앙(積惡之家 必有餘殃)』이라고 했다. 또 이 말이 너무 길기 때문에 『적선유여경(積善有餘慶) 적악유여앙(積惡有餘殃)』이라고도 하고, 적(積)을 약하고 『선유여경, 악유여앙』이라고도 한다.

그리고 《사기》에는 『착한 일을 한 사람에게는 하늘이 복으로써 보답하고, 그릇된 일을 한 사람에게는 하늘이 재앙으로써 보답한다.』라는 말이 있으며, 또 《안자(晏子)》에는 『착한 일을 한 사람에게는 하늘이 상을 내리고, 착하지 못한 일을 한 사람에게는 하늘이 재앙을 내린다.』는 말도 있다. 그리고 《명심보감》에도 같은 내용의 말이 수록되어 있다.

이런 여러 예문들이 주는 교훈은 악이든 선이든 참된 보상은 그것을 거듭 행함으로써 효과가 나타난다는 것이다. 악행은 차치하고 선행의 경우에도 한번 실천했다고 해서 보답이 오지 않는다고 원망한다면 어리석은 욕심이 될 뿐이다. 한 번의 선행이 그 사람의 인격의 모든 것을 대변하는 것은 아니다.

오히려 선을 쌓는 것 중에는 남이 아는 그런 선보다는 남이 알지 못하는 음덕(陰德)과 같은 선을 쌓는 것이 참복을 받게 된다는 것을 알아야 한다. 남이 몰라주는 노력과 봉사가 다 음덕에 속하는 일이다. ―《역경》 문언전(文言傳)

▣ **천도시야비야**(天道是耶非耶) : 하늘이 가진 공명정대함을, 한편으로 의심하면서 한편으로 확신하는 심정 사이의 갈등. 곧 하늘의 뜻이 과연 옳은지, 그른지? 이는 곧 옳은 사람이 고난을 겪고, 그른 자가 벌을 받지 않는 것을 보면서 과연 하늘의 뜻이 옳은가, 그른가 하고 의심해 보는 말이다.

《노자》 제70장에, 『하늘의 도는 친함이 없어서 항상 선한 사람의 편을 든다(天道無親 常與善人).』는 말이 있다. 이 말은 아무리 악당과 악행이 판을 치는 세상이라 해도 진정한 승리는 하늘이 항상 선한 사람의 손을 들어 준다는 뜻이다. 물론 이것은 일정 정도 정당한 논리이지만, 현실 속에서는 그렇지 못한 것을 우리는 비일비재하게 보아 왔다.

《사기》를 쓴 사마천은 한나라 무제 때 인물이다. 그는 태사령으로 있던 당시 장수 이능(李陵)을 홀로 변호했다가 화를 입어 궁형(宮刑 : 거세당하는 형벌)에 처해졌다. 『이능의 화(禍)』라고 하는데, 전말은 이렇다.

이능은 용감한 장군으로, 5천 명의 병력을 이끌고 흉노족을 정벌하다가 중과부적(衆寡不敵)으로 부대는 전멸하고 자신은 포로가 되었다. 그러자 조정의 중신들은 황제를 위시해서 너나없이 이능을 배반자라며 비난했다. 그때 사마천은 이능의 억울함을 알고 분연히 일어나 그를 변호하였다. 이 일로 해서 사마천은 투옥되고 사내로서는 가장 치욕적인 형벌인 궁형을 당했던 것이다. 그러나 사마천은 여기에 좌절하지 않고 치욕을 씹어가며 스스로 올바른 역사서를 쓰리라고 결심하였다. 그리하여 마침내 완성한 130권에 달하는 방대한 역사서가 《사기》이다.

그는《사기》속에서, 옳은 일을 주장하다가 억울하게 형을 받게 된 자신의 울분을 호소해 놓았는데, 이것이 바로 백이숙제열전에 보이는 유명한 명제 곧 『천도는 과연 옳은가, 그른가(天道是耶非耶).』이다. 그는 이렇게 말한다.

『흔히 「하늘은 정실(情實)이 없으며 착한 사람의 편이다.」라고 말한다. 그러나 이는 인간이 부질없이 하늘에 기대를 거는 이야기에 지나지 않는다. 이 말대로 진정 하늘이 착한 사람의 편이라면 이 세상에서 선인은 항상 영화를 누려야 할 것이다. 그러나 실상은 그렇지가 않으니 어쩐 일인가?』 이렇게 말한 그는 다음과 같은 예를 들었다.

『백이 숙제가 어질며 곧은 행실을 했던 인물임은 세상이 다 아는 일이다. 그런데 그들은 수양산에 들어가 먹을 것이 없어 끝내는 굶어죽고 말았다. 공자의 70제자 중에서 공자가 가장 아꼈던 안연(顔淵)은 항상 가난에 쪼들려 쌀겨조차 배불리 먹지 못하다가 결국 젊은 나이에 죽고 말았다. 이런데도 하늘이 선인의 편이었다고 할 수 있는가. 한편 도척은 무고한 백성을 죽이고 온갖 잔인한 짓을 저질렀건만, 풍족하게 살면서 장수하고 편안하게 죽었다. 그가 무슨 덕을 쌓았기에 이런 복을 누린 것인가.』

이렇게 역사 속에서 억울하게 죽어간 사람들의 이야기를 하고 나서 사마천은 그 처절한 마지막 질문을 던진다.

『과연 천도(天道)는 시(是)인가, 비(非)인가?』

과연 인과응보(因果應報)란 있는 것인가? 사마천이 궁형을 당한 덕택에 결국 《사기》라는 대저술을 남기게 됨으로써 역사에 이름을 남기게 되었으니, 그것이 하늘이 그에게 보답을 한 것이라고 말할 수 있을까? —《사기》 백이숙제열전

■ **경죽난서**(罄竹難書) : 죄가 하도 많아 일일이 다 적을 수 없음.

중국에서는 종이가 발명되기 전인 한나라 때는 참대에 글을 썼다. 때문에 이 성구의 뜻은 죄가 하도 많기에 나라 안의 참대를 다 사용해도 이루 다 적을 수 없다는 뜻이다. 그런데 오랜 관례상 좋은 일에 대해서는 이 성구를 쓰지 않는다.

요컨대, 수나라 말년 농민군의 우두머리 이밀은 수양제의 죄악을 성토하는 격문에서 『그 죄악은 남산의 참대를 다 허비해도 기록할 수 없다(罄南山之竹 書罪無窮).』라고 하였다.

그러나 경죽난서와 유사한 말은 이미 서한 한무제 때 나타났다. 당시 주세안이라는 협객이 승상 공손하의 모함으로 옥에 갇혔을 때 공손하의 죄악을 고발하면서,

『남산의 참대를 다 써도 내가 하고 싶은 말을 다 적을 수 없다(南山之竹 不足受我詞).』라고 말한 적이 있다.

그리고 서한 말년 위효라는 사람이 왕망(王莽)을 성토하는 격문에서 또 이와 비슷한 말을 하였으며, 남조 양원제 때 하남왕 후경이 반란을 일으키자 양원제도 유사한 어구로 반란자를 성토하였다.

이와 같이 경죽난서라는 성구는 만들어진 지 오랜데, 뒤에 이밀의 격문에서 이 성구의 제한된 함의가 진일보하여 확정된 것이라 할 수 있다. ―《구당서(舊唐書)》 이밀전

▣ **교왕과정**(矯枉過正) : 굽은 것을 바로잡으려다가 지나쳐 오히려 반대로 굽게 되었다는 뜻으로, 착오나 오류를 바로잡으려다가 나쁜 결과를 가져와 절충이 지나친 것을 비유하는 말이다.

춘추시대 말기 오나라와 월나라가 패권을 다투던 사건을 주요 내용으로, 오월지방과 관련된 인물, 역사와 지리 등을 소개한 《월절서》는 중국 수많은 고전 중에서도 아주 드문 복수를 주제로 한 특이한 저술이다.

「월절(越絕)」이라는 책이름은 「월왕(越王) 구천(句踐)의 절대적 위엄」, 「악을 끊고 선으로 되돌림」, 「그처럼 위대한 월나

라 역사에 대한 기록이 끊어짐」 등의 복합적 의미를 지니고 있다.

《월절서(越絕書)》에 이런 말이 있다.

『원수를 갚고 적을 무찌르는 것은 그 지성이 하늘에 통하지만, 잘못을 고치려다가 오히려 정도가 지나친다(子之復仇 臣之討賊 至誠感天 矯枉過直).』

또 《후한서》 중장통전에서 후한시대의 학자 중장통(仲長統)은 당시의 정치적 혼란의 원인과 후세 사람들이 이러한 혼란을 바로잡는 방법 등을 분석하였다.

그는 다음과 같이 주장하였다.

『제왕(帝王)들 가운데 어떤 이는 그다지 총명하지 못하여, 나라 안에 자신을 반대하는 사람이 없다고 생각하고 스스로 대단하다고 믿게 된다. 그리하여 나라 안의 모든 공적(功績)을 모두 자기의 공로로 돌리며 아무도 자신을 뒤엎지 못하리라 확신하게 된다. 그는 방종에 빠져 환락만을 추구하며, 신하들과 함께 못된 짓만 저지르게 된다. 그 결과 온 나라가 분란에 휘말리게 되고, 이민족들은 이 틈을 노려 침범해 오며, 마침내 나라는 와르르 무너지고 왕조는 멸망하게 되는 것이다.』

그는 이어서 말했다.

『정치가 잘 이루어지는 시기가 되면, 사람들은 모두 부정(不正)한 기풍과 혼란을 바로잡기를 바라지만, 굽은 것을 바로 잡으면서 마땅한 정도를 지나치게 되기도 한다(復入于矯枉過正之檢). 이 때문에 효과를 얻으려다 도리어 예상한 목적에 이르지 못하는 수도 있다.』

결점을 고치려다가 장점마저 없어져 오히려 나쁘게 되었을 때 쓰이는 말로서, 잘못을 바로잡는 데 있어 그 정도가 지나침을 이르는 말이다.

「교왕과직(矯枉過直)」이라고도 한다.

—《후한서》 중장통전(仲長統傳)

▣ **권선징악**(勸善懲惡) : 글자 그대로 착한 일을 권장하고 악한 짓을 징계한다는 말이다.

좌구명(左丘明)의 《춘추좌씨전》에 다음과 같은 글이 있다.

『춘추시대의 말은 알기 어려운 듯하면서도 알기 쉽고, 쉬운 듯 하면서도 뜻이 깊고, 완곡하면서도 정돈되어 있고, 노골적인 표현을 쓰지만 품위가 없지 않으며, 악행을 징계하고 선행은 권한다. 성인이 아니고서야 누가 이렇게 지을 수 있겠는가(春秋之稱 微而顯 志而晦 婉而成章 盡而不汚 懲惡而勸善 非聖人誰能修之).』

이 글의「징악이권선(懲惡而勸善)」이라는 어구에서 「권선징악」이라는 말이 나온 것이다. 《춘추》는 오경(五經)의 하나로 주대(周代) 노(魯)나라를 중심으로 한 사서(史書)이다.

노나라의 12대 242년의 역사를 노나라의 사관(史官)이 편년체로 기록한 것을 공자가 윤리적 입장에서 필삭(筆削)하여 정사선악(正邪善惡)의 가치판단을 한 책으로 어느 경전보다 이른바 권선징악적 기술이 많다.

공자는《춘추》를 자신의 분신처럼 알고 후세 사람들의 비판과 모범을《춘추》로 받으려 했을 만큼 심혈을 기울여 적었으며, 후세에 당당하게 내놓을 만한 내용을 담은 책이다.

《춘추좌씨전》은 《춘추》의 주석서(註釋書)이며 좌구명(左丘

明)의 저작으로 전해지고 있다.

중국 역사상 대부분의 왕들은 공자나 맹자의 왕도정치를 이상으로 알았고, 도덕적으로 권선징악을 해야 한다고 하면서 실행 면에서 한비(韓非)의 법가(法家)식 권선징악을 더 따랐던 것을 볼 수 있다.

한비는 춘추시대 말의 정치가 · 법률가로서, 이사(李斯)와 함께 순자(荀子)에게 법률을 배웠다. 나라가 날로 어지러워짐을 슬퍼하여 왕에게 새로운 개혁과 질서 확립을 건의하였으나 허락을 얻지 못하였다. 이에 법률제도를 밝혀 군주의 권력을 확립하고, 신하를 법률로써 다스려 부국강병(富國强兵)을 도모하였다.

너무 글을 읽는 데만 치우친 유교의 무기력한 교육을 배척하고, 순자의 성악설(性惡說), 노장(老莊)의 무위자연설(無爲自然說)을 받아들여 법가의 학설을 대성시켰다. 그의 학설은 당시의 현실정치를 직접 반영시킨 것으로 진왕이 실시하였으나 뒤에 질투심 많은 이사와 요가(姚賈)의 참소로 독살당했다. 형법의 여러 이론들을 설명하고 풀이한 《한비자(韓非子)》란 유명한 저서를 남겼다.

《한비자》는 한비 및 그 일파의 저술 55편을 수록한 것으로, 법치주의를 근본으로 한 사상을 전개하고 있으며 법률과 형벌로써 정치의 기초를 설명하고 있다. —《춘추좌씨전(春秋左氏傳)》

▣ **마중지봉**(麻中之蓬) : 사람은 주위 환경에 따라 선악이 달라질 수 있다.

삼밭 속의 쑥이라는 뜻으로, 곧은 삼밭 속에서 자란 쑥은 곧게 자라게 되는 것처럼 선한 사람과 사귀면 그 감화를 받아 자연히 선해

짐을 비유적으로 이르는 말.

『서쪽 지방에 나무가 있으니, 이름은 사간(射干)이다. 줄기 길이는 네 치밖에 되지 않으나 높은 산꼭대기에서 자라 백 길의 깊은 연못을 내려다본다. 이는 나무줄기가 길어서가 아니라 서 있는 자리가 높기 때문에 그런 것이다. 쑥이 삼밭에서 자라면 붙들어 주지 않아도 곧게 자라고, 흰 모래가 진흙 속에 있으면 함께 검어진다(蓬生麻中 不扶而直 白沙在涅 與之俱黑). ……이런 까닭에 군자는 거처를 정할 때 반드시 마을을 가리고(擇), 교유(交遊)할 때는 반드시 곧은 선비와 어울린다. 이는 사악함과 치우침을 막아서 중정(中正)에 가까이 가기 위함이다.』

「마중지봉」은 앞글의 「봉생마중 불부이직(蓬生麻中 不扶而直)」에서 취한 것이다. 앞의 「봉생마중」을 그대로 쓰기도 한다.

쑥은 보통 곧게 자라지 않지만, 똑바로 자라는 삼과 함께 있으면 붙잡아주지 않더라도 스스로 삼을 닮아 가면서 곧게 자란다는 뜻이다. 하찮은 쑥도 삼과 함께 있으면 삼이 될 수 있다는 말이니, 사람도 어진 이와 함께 있으면 어질게 되고 악한 사람과 있으면 악하게 된다는 것을 비유한 것이다. —《순자》 권학편

【成語】

▣ 견양(犬羊) : 개와 양이란 뜻으로, 악한 사람과 선한 사람이란 뜻.

▣ 선악도두종유보지쟁내조여내지(善惡到頭終有報只爭來早與來遲) : 선악에는 마침내 보답이 있는 것으로 단지 빠름과 늦음이 있을 뿐이란 뜻. /《통속편(通俗編)》

▣ 낭패위간(狼狽爲奸) : 흉악한 무리들이 모략을 꾸미는 것을 이르는 말. 「낭(狼)」과 「패(狽)」는 「이리」를 가리키는데, 낭은 앞다리가 길고 뒷다리가 짧은 동물이며, 패는 앞다리가 짧고 뒷다리가 긴 이리로 낭은 패가 없으면 서지 못하고, 패는 낭이 없으면 걷지 못하므로 늘 함께 다녀야 한다. 그런데 본래 이리의 앞다리와 뒷다리의 길이는 많이 차이나지 않고, 패는 실제로 존재하지 않는 동물로 추정된다. 동물인 낭과 패가 함께 어울려 다니는 것처럼 악한(惡漢)들이 모여서 나쁜 짓을 하려고 수단과 방법을 꾀하는 것을 비유하는 말이다. 난감한 처지에 있다는 뜻으로는 낭패, 「낭패불감(狼狽不堪)」이라는 말을 쓴다. 당(唐) 학자 단성식(段成式) / 《유양잡조(酉陽雜俎)》

▣ 도량발호(跳梁跋扈) : 악인이 거리낌 없이 날뛰는 행동이 만연하는 것. 악한 자들이 멋대로 세력을 떨치는 모양.

▣ 동악상조(同惡相助) : 나쁜 짓을 위해서는 악인이라도 서로 돕는다는 뜻으로, 악인끼리 서로 도와 나쁜 짓을 한다는 말. / 《사기》

돈 money 貨
(재물)

【어록】

▣ 검약에 뜻을 두면 물건을 사려는 욕망이 생기지 않으므로 돈이 하찮게 여겨지고, 사치를 일삼으면 물건을 탐내게 되므로 돈이 매우 귀중하게 여겨진다(儉則金賤 侈則金貴). —《관자》

▣ 자공, 『여기 아름다운 옥이 있다면 궤 속에 감춰두리까, 또는 좋은 값으로 팔 것입니까?』 공자, 『팔고말고! 팔고말고! 나는 귀한 값으로 사는 사람을 기다리고 있다.』 하였다.

—《논어》 자공

▣ 사람들은 재산이 쌓여도 쓸 줄을 모르고, 이로 인하여 마음을 졸이고 걱정에 꽉 차 있으면서도 더욱 재산을 쌓으려고 애쓰고 있으니 이를, 사서 하는 근심이라 하겠다. —《장자》

▣ 알맞으면 복이 되고 너무 많으면 해가 되나니, 세상에 그렇지 않은 것이 없거니와 재물에 있어서는 더욱 그것이 심하다.

—《장자》

▣ 소매가 길면 춤을 잘 추고 돈이 많으면 장사를 잘한다(長袖善舞 多錢善賈 : 무슨 일이든지 조건이 나은 사람이 큰 성과를 거둔다는 것을 비유한 말). —《한비자》

▣ 천금을 거래하는 사람은 푼돈을 다투지 않는다(決千金之貨者 不爭銖兩之價). —《회남자》

▣ 부잣집 자식은 저잣거리에서 죽지 않는다(千金之子 不死於市 : 부잣집 자식은 부모가 자식의 목숨을 중시하여 도적과 같은 하찮은 인간에게 죽지 않는다는 말). —《사기》 월세가(越世家)

▣ 사람들은 돈 냄새가 난다고 해서 싫어한다(人嫌其銅臭 : 돈으로 벼슬을 사는 것을 혐오한다). —《후한서(後漢書)》

▣ 책이 배 속에 가득 찼어도 한보따리 금전보다 못하다(文籍雖滿腹 不如一囊錢 : 학문을 아무리 잘해도 실행이 따르지 않으면 주머니에 든 돈만 못하다). — 왕충(王充)

▣ 현자가 재물이 많으면 그 뜻을 잃고, 우자가 재물이 많으면 그 과오를 더한다. —《한서》

▣ 황금을 흙 값과 같게 한다{黃金同土價 : 황금을 흙 값과 같이 해서 돈이 필요 없는 사회를 만드는 것. 제(齊)나라 태조(太祖)는 항상 말했다. 만일 내가 십 년간 정치를 한다면, 백성에게 검약하는 덕을 가르쳐서 황금 같은 것은 흙 값과 같은 싼 불필요한 것으로 만들어 보겠다고}. —《십팔사략》

▣ 돈은 관청 일을 이룰 수 있고, 불은 돼지머리를 삶을 수 있다.(錢到公事辦 火到猪頭爛). —《유림외사(儒林外史)》

▣ 부귀는 내가 원하지도 않았고, 천제의 나라는 기대할 수도 없구나.(富貴非吾願 帝鄕不可期). — 도연명(陶淵明)

▣ 세상 사람들의 교제는 황금에 달렸던가. 황금이 적으면 결국 교분도 깊지 않네(世人結交須黃金 黃金不多交不深). — 장위(張渭)

▣ 날개 없이 날고, 발 없이 달린다. — 노포(魯褒)

▣ 어진 사람에게 재물이 많으면 지조(志操)를 손상하게 되고, 어리석은 사람에게 재물이 많으면 허물을 더하게 된다.

— 소광(疎廣)

▣ 괴상하게 들어온 돈은 또한 괴상하게 나간다. — 《대학》

▣ 재물이 모이면 백성이 흩어지고, 재물이 흩어지면 백성이 모인다(財聚則民散 財散則民聚). — 《대학》

▣ 사람이 살아가는 데 덕(德)이 뿌리가 되고 재물(財物)은 사소한 부분이다(德本財末). — 《대학》

▣ 불의로 취한 재물은 끓는 물에 뿌려지는 눈(雪)과 같고, 뜻밖에 얻어지는 전지(田地)는 물살에 밀리는 모래와 같다. 교활한 죄로 생활하는 병법을 삼는다면 그것은 흡사 아침에 피는 구름, 저녁에 지는 꽃과 같은 것이다. — 《명심보감》

▣ 재산을 많이 가진 자가 그 재산을 자랑하고 있더라도, 그가 그 재산을 어떻게 쓰는지를 알 수 있을 때까지는 그를 칭찬해서는 안된다. — 소크라테스

▣ 인간은 이웃이 돈을 쌓는 것을 부러워한다. — 헤시오도스

▣ 돈을 수중에 넣는 것은 여자보다 더 잘하는 사람이 없다.
— 아리스토파네스

▣ 저 부자는 재산을 소유함에 있지 않고, 놈의 재산이 놈을 소유하는 것이다. — 디오게네스

▣ 마치 돈에 번식 능력이 있는 것처럼 돈이 돈을 낳게 하는 것은 가장 부자연하다. (金利 죄악의 사상은 중세기까지 계속되었다)
— 아리스토텔레스

▣ 돈과 쾌락과 명예를 사랑하는 자는 인간을 사랑할 수 없다.
— 에픽테토스

▣ 돈을 벌려면 돈을 써야 한다. — 플라우투스

▣ 재산이 흔들리면, 그와 함께 친구들도 동요하기 시작한다. 재산이 친구를 얻어 주니까. — 플라우투스

▣ 재물은 소유주를 섬기거나 지배하거나의 어느 한쪽이다.
— 호라티우스

▣ 돈에 대한 욕심은 피할 일이다. 부(富)를 사랑하는 것만큼 협량(狹量)하고 또한 비천한 정신은 없다. — M. T. 키케로

▣ 빌려오는 재물은 바닥없는 바다다. — M. T. 키케로

▣ 큰 재산은 큰 노예 신세이다. — L. A. 세네카

▣ 부귀의 힘으로 영달한 사람 치고 진정으로 위대한 자는 없다. 왜 이런 자가 위대해 보이는가? 그 사람의 대좌(臺座)를 그 사람인 듯이 측정하기 때문이다. — L. A. 세네카

■ 돈과 사랑은 사람을 철면피로 만든다. — 오비디우스

■ 여하한 수단에 의하여 입수된 돈이라도 현금이 되면 좋은 향기가 풍긴다. — 유베날리스

■ 재물을 원하되 불의(不義)로 얻은 것은 싫다. 그것에는 불행이 따르기 때문이다. — 플루타르코스

■ 돈을 가진 사람이 되는 것보다 돈을 가진 사람을 정복하는 것을 더 명예로 생각한다. —《플루타르크 영웅전》

■ 적은 돈을 빌리면 채무자를 낳고, 많은 돈을 빌리면 적을 낳는다. — 푸블릴리우스 시루스

■ 자기 몫의 재산에 자신을 적응시켜라. — 마르쿠스 아우렐리우스

■ 돈은 사업을 위해 쓰여야 할 것이지 술을 위해 쓰여야 할 것은 아니다. —《탈무드》

■ 돈은 악이 아니며 저주도 아니다. 돈은 사람을 축복하는 것이다. —《탈무드》

■ 돈은 쫓을 때는 도망가고 필요 없다고 여기면 따라와 자연히 모인다. —《탈무드》

■ 돈은 하느님으로부터의 선물을 살 기회를 준다. —《탈무드》

■ 돈은 필요악이다. 부유한 채로 죽는 것은 인간의 치욕이다. —《탈무드》

▣ 돈을 빌려준 사람에 대해서는 화를 참아야만 한다.

— 《탈무드》

▣ 돈이면 세상 모든 것을 다 살 수 있다. 그러나 한 가지 살 수 없는 것이 있으니 바로 상식이다. — 《탈무드》

▣ 재물은 한눈파는 동안에 날개가 돋아 하늘로 날아간 독수리처럼 사라지고 만다. — 잠언

▣ 돈을 사랑하는 것이 모든 악의 뿌리입니다. 돈을 좇다가 믿음에서 떠나 헤매기도 하고, 많은 고통을 겪기도 한 사람이 더러 있습니다. — 디모데전서

▣ 재물을 땅에 쌓아두지 말라. 땅에서는 좀먹거나 녹이 슬어 못쓰게 되며, 도둑이 뚫고 들어와 훔쳐간다. 그러므로 재물은 하늘에 쌓아두어라. 하늘에서는 좀먹거나 녹슬어 못쓰게 되는 일도 없고 도둑이 뚫고 들어와 훔쳐가지도 못한다. — 마태복음

▣ 모든 선 가운데서 가장 훌륭하다고 여겨지는 것들은, 다음 세 가지로 표현될 수 있다. 즉 재산 · 명예 · 쾌락이 그것이다. 이 세 가지는 너무나 마음을 사로잡기 때문에 마음은 그 밖의 어떠한 것도 거의 생각할 여지가 없다. — 스피노자

▣ 돈보다 아름다움이 더 빨리 도적의 마음을 자극시킨다.

— 셰익스피어

▣ 돈은 스무 사람의 웅변가의 역할을 한다. — 셰익스피어

▣ 도박하는 모든 사람은 불확실한 것을 얻기 위해서 확실한 것에

돈을 건다. — 파스칼

▣ 재산에 대한 정신의 힘은 인간의 힘을 배가한다. — 볼테르

▣ 내 호주머니 속의 작은 돈이 남의 주머니 속 큰돈보다 낫다. 알을 품고 있는 것은 좋은 것이다. 티끌도 쌓이면 산이 된다. — 세르반테스

▣ 재물의 빈곤은 손쉽게 가시지만, 정신(精神)의 빈곤은 결코 가시지 않는다. — 몽테스키외

▣ 돈은 최선의 종이요, 최악의 주인이다. — 프랜시스 베이컨

▣ 돈은 비료 같아서 뿌리지 않으면 아무 소용이 없다. — 프랜시스 베이컨

▣ 재물은 쓰기 위한 것이다. — 프랜시스 베이컨

▣ 지식(知識)은 사람을 웃게 하나, 재산은 사람을 우둔하게 만든다. — 조지 허버트

▣ 악의 근원이 되는 것은, 돈 그 자체가 아니라, 돈에 대한 애착 이다. — 새뮤얼 스마일스

▣ 독점 재산은 자연에 대한 도둑질이다. — J. P. 브리소

▣ 돈은 새로운 형태의 노예제도이다. 그것이 밝은 형식의 노예제도와 다른 것은 노예에 대해서 아무런 인간적인 관계를 갖지 않는 비인격적인 데 있다. — 레프 톨스토이

▣ 재화는 똥오줌과도 같이 그것이 쌓여 있을 때에는 냄새를 피우

고, 뿌려졌을 때에는 땅을 기름지게 한다. — 레프 톨스토이

▣ 아아, 돈, 돈! 이 돈 때문에 얼마나 많은 슬픈 일이 이 세상에 일어나고 있을까! — 레프 톨스토이

▣ 우리가 부동산이라고 부르는 것, 즉 집을 지을 수 있는 단단한 땅은 이 세상의 거의 모든 죄가 머물러 있는 넓은 기반(基盤)이다. — 너대니얼 호손

▣ 악화(惡貨)는 양화(良貨)를 구축한다. — 토마스 그레셤

▣ 가난이 자존심을 타락시킬 수 없고, 재물이 비열한 마음가짐을 높여 주지는 못한다. — 보브나르그

▣ 돈은, 필요에 의해서만 돈을 구하는 무리들을 회피한다. — 알랭

▣ 돈 벌기를 잘하는 사람은, 돈 한 푼 없이 되어도 자기 자신이라는 재산을 갖고 있다. — 알랭

▣ 돈을 가지는 데도 여러 가지 형태가 있다. 소위 돈을 잘 번다는 사람은 돈이 한푼도 없게 되었을 때에도 자기 자신이라는 재산만은 가지고 있다. — 알랭

▣ 재물의 빈곤은 손쉽게 가시지만 정신의 빈곤은 결코 가시지 않는다. — 몽테뉴

▣ 재물이란 아주 유익한 머슴인가 하면, 제일 무서운 주인이기도 하다. — 토머스 칼라일

▣ 돈은 주조(鑄造)된 자유다. — 도스토예프스키

■ 시민으로서의 가장 중요한 미덕은 멋지게 돈을 모으는 재능이다. 다시 말해서, 어떠한 일이 있더라도 남에게 폐를 끼치지 말라는 것이다. — 도스토예프스키

■ 돈은 물론 절대적인 위력이다. 동시에 또한 평등의 극치다. 돈이 갖는 위대한 힘은 바로 그런 데 있는 것이다. 돈은 모든 불평등을 평등하게 한다. — 도스토예프스키

■ 돈은 무엇보다도 천하지만 그리운 것은, 그것이 인간에게 재능까지 부여하기 때문이다. — 도스토예프스키

■ 재산은 그것을 소유한 사람들을 다른 사람들보다 행복하게 하기 때문에 공격되는 것이 아니다. 재산이 공격되는 것은, 그것이 소수의 사람들의 행복을 조금 증가시키기 때문이다. — 구르몽

■ 나는 왕이 되어 돈을 거지처럼 쓰느니 거지가 되어 마지막 가진 달러를 왕처럼 쓰겠다. — 잉거솔

■ 재산을 가지고도 그것을 즐기지 못하는 사람은, 황금을 나르고 엉겅퀴를 먹는 당나귀와 같다. — T 풀러

■ 큰 재산과 만족은 좀처럼 동거하지 않는다. — T 풀러

■ 새로운 빳빳한 지폐를 쥐면 새로운 행복이 뒤따라온다. — N. 고골리

■ 재산은 그 자체의 권리뿐 아니라 의무도 있다. — 벤저민 디즈레일리

■ 흔히 돈이 불행을 만든다는 말을 한다. 그러나 그것은 다른 사람

의 경우를 말하는 것이다. — 사샤 기트리

▣ 부정으로 얻는 것은 헛되게 소비되고 그 소유자 역시 타락한다. — 세르반테스

▣ 돈은 나의 힘을 나타낸다. — 장 폴 사르트르

▣ 현존하는 재산은 다수의 가능한 해악과 재해에 대한 장벽으로 볼 것이지, 세상의 쾌락을 손에 넣는 허가로 볼 것이 아니며, 항시 그 의무로 볼 것은 아니다. — 쇼펜하우어

▣ 돈—놓칠 경우는 차치하고라도 갖고 있어도 아무런 이익도 없다. 주지 않는 무던한 대용물, 교양의 표적, 혹은 사교계의 입장권, 가지고 있어도 나쁘지 않고 갖고 다니기가 자유스런 재산. — 앰브로즈 비어스

▣ 재산이 없는 곳에는 불의가 없다. — 존 로크

▣ 돈을 갖지 않고 지내는 것도 돈을 버는 것과 같은 노고와 가치가 있다. — 쥘 르나르

▣ 재산이란 것은, 인간의 도덕적 가치나 지능적 가치를 만드는 것이 아니다. 평범한 인간에게는 그것은 다만 타락의 매개가 될 뿐이지만, 확고한 인간의 수중에 있으면 유력한 연장이 된다. — 모파상

▣ 돈이라는 것은 남에게는 행복하게 보이는 모든 것을 부여해 준다. — 헨리 레니에

▣ 금전은 어느 나라 사람이든 이해하는 하나의 언어로 뜻을 말한

다. — 애프라 벤

▣ 양심 · 명예 · 정결 · 사랑 · 존경이라고 하는 것은 금력으로 얻을 수 있다. 따라서 혜택을 받으려고 하지만 않으면 부(富)의 이익은 배가 된다. — 보브나르그

▣ 돈이란 지상의 모든 악의 근원이다. — 허먼 멜빌

▣ 사람이 자기 재산을 소유하지 않는 것은, 그의 재산이 그를 소유하기 때문이다. — 프랑수아 비용

▣ 돈은 직접적이고 무한한 가능성이다. — 아나톨 프랑스

▣ 친구에게 금전을 꾸어 주는 사람은 벗과 금전 양쪽을 다 잃는다. — 아나톨 프랑스

▣ 돈이란 끝판에 가서는 항상 사람을 우울하게 한단 말이야. — 제롬 D. 샐린저

▣ 돈은 천하를 돈다! 다만 언제나 이쪽은 제쳐놓고 도는 것이 마음에 걸린다. — 투르게네프

▣ 다만 금전 때문에 결혼하는 것보다 나쁜 것이 없고, 다만 애정 때문에 결혼하는 것보다 어리석은 것이 없다. — 새뮤얼 존슨

▣ 시간이 돈이라는 것을 기억하라. — 벤저민 프랭클린

▣ 화폐는 번식력과 결실력을 갖는 것임을 알라. — 벤저민 프랭클린

▣ 돈은, 돈이 많은 곳에서 돈이 귀한 곳으로 밀수됩니다. 돈의 밀수

와 이자의 액수는 끝없이 늘고, 혁신은 시작되지 않고 있습니다.
— 에리히 케스트너

▣ 인간은 그가 내버려둘 수 있는 물건의 수효에 비례하여 부유하다. — 헨리 소로

▣ 필요 이상의 재물은 필요 없는 것을 살 뿐이다. 영혼에게 필요한 것을 사는 데 돈은 필요치 않다. — 헨리 소로

▣ 재산을 유산으로 물려받는다는 것은 자신이 이 세상에 태어나지 않은 것과 마찬가지다. 아니, 차라리 사산(死産)된 셈이다.
— 헨리 소로

▣ 인간의 대부분은 이내 흙 속으로 갈려 들어가서 비료가 되고 만다. 그런데 사람들은 흔히 필연이라고 불리는 진짜 운명에게 고용되어, 성서의 말씀과 같이 좀먹고 녹슬어 썩으며 도둑이 들어와서 훔쳐갈 재물들을 모으고 있다. 그러한 생활을 미리는 모르더라도 끝장에는 알게 되듯이, 어리석은 모든 사람의 생활도 이와 같다. — 헨리 소로

▣ 우리가 자유롭지 않고서는 행복할 수가 없으며, 우리의 재산이 보장됨이 없이는 자유로울 수가 없다. 우리의 동의도 없이 타인이 정당한 권리인 양 우리의 재산을 탈취해 간다면 우리의 재산은 확보될 수 없다는 이러한 진리를, 우리는 마음 가운데 결코 지워지지 않게 새겨 두어야 하겠다. — 찰스 디킨스

▣ 돈, 그 망할 놈의 돈이 그들을 다 버려 놓은 거야. ……그것이 그들을 나로부터 멀게 해놓은 거야. 어리석은 나는 그것을 모으

느라 고생한 끝에 나 스스로를 도난당하고 나 스스로를 빈곤하게 하고, 그들까지도 나쁘게 만들어 놓았어…….— 슈테판 츠바이크

▣ 남이 부러워하기에는 너무 적고, 남이 멸시하기에는 너무 많은 정도의 재산만을 나에게 달라. — A. 카울리

▣ 근대사회에서는, 확신이 없고 돈을 갖고 있지 않은 남자는 절조가 없고 가난한 여자보다도 훨씬 위험하다. — 조지 버나드 쇼

▣ 재산은 오는 것이지, 만들어지는 것은 아니다. — 헨리 포드

▣ 악의 근원은 돈 그 자체가 아니라 돈에 대한 사랑이다.
— 새뮤얼 스마일스

▣ 점유하는 것과 실제로 소유하는 것은 물론 차이가 있다.
— 펄 벅

▣ 돈은 매정한 놈이야, 돈은 어수룩하지 않다. 돈에겐 더 많은 돈 이외엔 친구가 없는 법이야. — 존 스타인벡

▣ 다만 물질적 이익만을 위해 일한다면, 우리 자신이 우리의 감옥을 짓는 것이다. 우리는 살 만한 가치가 조금도 없는 재와 같은 돈을 가지고 외로이 유폐(幽閉)되어 있는 것이다.
— 생텍쥐페리

▣ 돈만이 재산이 아니다. 지식도 재산이고 재능도 재산이다. 그리고 의지는 다른 어떤 재산보다도 훌륭한 재산이다. 누구든 굳은 의지만 있으면 자기 마음대로 사용할 수 있기 때문이다.
— 찰스 슈와브

▣ 우리의 재산은 우리의 한계가 되는 것이다. 재산을 모으는 데 열중한 사람은 사리(私利)만이 자꾸 부풀어 가니까 정신적 세계를 향한 이해의 문을 통과해 갈 수가 없다. 이 정신적 세계는 완전 조화의 세계다. 따라서 그러한 사람은 자기의 한정된 취득물(取得物)의 좁은 장벽 안에 갇혀 있는 것이다. — R. 타고르

▣ 사람의 재산은 이미 고결할 수가 없다. 그저 엄청나게 커 갈 뿐이다. 사람의 욕구들은 그들의 목적의 한계를 굳게 지켜 가되 사람의 생(生)에 도움이 되지 않는다. 욕구는 욕구 자체로서 목적이 되어 사람의 생에 불을 붙이고는 큰 불꽃의 무시무시한 빛 속에서 거문고를 뜯는다. — R. 타고르

▣ 내가 돈에서 얻으려고 하는 것은 안전과 한가(閑暇)다. 전형적인 현대인이 목적으로 하는 것은 돈을 더더욱 많이 모으는 것이요, 돈을 많이 모으는 목적은 허영과 명성과 타인에 대한 우월감이다. — 버트런드 러셀

▣ 사유재산을 안정하게 보장받기 위한 최선의 방법은, 그것을 획득하는 방법을 공공의 이해와 조화시키는 것이다. — 윈스턴 처칠

▣ 돈은 육감(六感)과 같은 것이다. 그것이 없으면 당신은 다른 다섯 가지 감각을 완전히 잃게 된다. — 서머셋 몸

▣ 돈 같은 일에 대해 내가 주로 갖고 있는 생각은 매우 웃긴다는 겁니다. 모든 관심이 거기에 집중돼 있죠. 하지만 돈은 나에게 일어날 수 있는 모든 일 가운데 가장 통찰력 있는 일도 아니고 가치 있는 일도 아닙니다. — 스티브 잡스

▣ 재물과 여자가 주는 재앙은 독사(毒蛇)보다 심하다. — 지눌

▣ 재물은 몸 밖에 뜬 티끌이요, 목숨은 이 한때의 물거품이다.
— 기화(己和)

▣ 대개 덕은 근본이요, 재물은 지말(末)입니다. 그러나 근본과 지말은 어느 한쪽이 폐지되어서도 아니 됩니다. 근본으로써 지말을 견제(制)하고 지말로써 근본을 견제한 뒤에야 사람의 도(人道)가 궁하지 아니합니다. 재물을 생하는 방법에도 역시 본(本)과 말(末)이 있습니다. 농사가 본이고 염철(鹽鐵)은 말입니다. 본으로써 말을 견제하고 말로써 본을 보충한 뒤에야 온갖 재용(百用)이 결정되지 아니합니다. — 이지함

▣ 대저 재물은 우물과 같다. 퍼 쓸수록 자꾸 가득 차고, 이용하지 않으면 말라버린다. — 박제가

▣ 재물이라는 것은 우리의 커다란 욕망의 대상이다. 그러나 우리의 욕망은 재물보다 더 큰 것이 있다. 그런 까닭에 재물을 버리고 취하지 않는 것이다. — 정약용

▣ 다만 식구를 헤아려 식량을 대며 몸을 재어서 베를 마련해 준다면 일생에 이렇듯 만족하리니 어찌 재물로써 마음을 괴롭히겠는가. — 박지원

▣ 어떤 의미에서는 돈은 사람에게 충실하고 정직한 심부름꾼일 뿐이다. 돈이 주인인 것이 아니라 사람이 주인 노릇을 제대로 못하기에 돈의 가치가 떨어지기도 하고 돈을 요물로 만들기도 한다.
— 홍승면

▣ 돈이 큰 구실을 하는 시대가 인류에게 가장 바람직한 시대라고 말할 수도 없는 것이지만, 폭력이나 관권이 큰 구실을 하던 시대와 비교하면 더 나쁠 것도 없는 것이 아닌가 하는 생각이 든다. 돈을 덮어놓고 천시할 것은 아니다. — 홍승면

▣ 돈은 똥이다. 쌓아두면 악취를 풍기지만, 뿌리면 거름이 된다. — 미상

【속담 · 격언】

▣ 돈만 있으면 귀신도 부린다. — 한국

▣ 돈 모아 줄 생각 말고 자식 글 가르쳐라. (자식에게 가장 좋은 유산은 자식교육 잘 시키는 것이다) — 한국

▣ 돈 없는 놈이 큰 떡 먼저 든다. (자격도 갖추지 못한 자가 더 값나가는 것을 취한다) — 한국

▣ 돈에 범 없다. (돈만 있으면 호랑이도 무섭지 않다) — 한국

▣ 돈에 침 뱉는 놈 없다. (누구나 돈은 소중히 여긴다) — 한국

▣ 돈 나는 모퉁이 죽는 모퉁이. (돈 벌기가 그리 어수룩하지 않다) — 한국

▣ 개미 금탑(金塔) 모으듯 한다. (애써 부지런히 일하고 알뜰히 모아서 큰 재산을 이룬다) — 한국

▣ 돈 떨어지자 입맛 난다. (돈을 다 쓰고 나면 더 간절하다) — 한국

■ 남편은 두레박, 아내는 항아리. (두레박이 물을 길어 항아리에 채우듯 남편은 밖에서 돈을 벌어 오면 아내는 그것을 저축한다)
— 한국

■ 남의 돈 천 냥이 내 돈 한 푼만 못하다. (아무리 보잘 것 없더라도 제 것이 소중하다)
— 한국

■ 돈은 더럽게 벌어도 깨끗이 쓰면 된다.
— 한국

■ 돈이 없으면 적막강산이요, 돈이 있으면 금수강산이라. (경제적으로 넉넉해야 삶을 즐길 수 있다.
— 한국

■ 돈이 장사라. (세상 일이 돈으로 좌우된다)
— 한국

■ 돈이 자가사리 끓듯 한다. (돈이 많다고 함부로 구는 사람)
— 한국

■ 돈만 있으면 개도 멍첨지라. (천한 사람도 돈만 있으면 남들이 귀하게 대접해 준다)
— 한국

■ 도깨비를 사귀었나. (까닭 없이 재산이 부쩍부쩍 늘어 감)
— 한국

■ 돈이 돈을 번다. (자본이 많아야 큰 이익을 남길 수 있다)
— 한국

■ 돈 주고 못 살 것은 기개. (기개 있는 사람은 재물에 팔리지 않는다.)
— 한국

■ 돈만 있으면 처녀 불알도 산다. (돈만 있으면 세상에 불가능한 일이 없다)
— 한국

- ▣ 북어껍질 오그라들 듯. (재산이 점점 줄어듦) — 한국
- ▣ 피천 대푼 없다. (가진 돈이 한 푼도 없다) — 한국
- ▣ 계(契) 술에 낯내기. (공동의 소유물을 가지고 자기 면목을 세운다) — 한국
- ▣ 돈이 제갈량. (세상 일이 돈으로 좌우된다) — 한국
- ▣ 잔돈을 쓰고 있는 동안에는 큰돈이 들어오지 않는다. — 중국
- ▣ 흔들면 돈이 쏟아지는 나무가 어디에 있는가? 그것은 바로 너의 두 손이다. — 중국
- ▣ 집안에 있는 일만 꾸러미의 돈이라도 굳센 아들 낳는 것만 못하다. — 중국
- ▣ 부친 모친도 전친(錢親 : 돈)만 못하다. — 중국
- ▣ 뜨내기 부부는 돈이 떨어지면 인연도 끝난다. — 중국
- ▣ 딸은 돈나무이고 하늘로 올라가는 사다리다. — 중국
- ▣ 돈만 있으면 귀신도 부릴 수 있다. — 중국
- ▣ 담력이 작으면 큰돈을 벌 수 없다. — 중국
- ▣ 천금을 가진 부잣집 아들은 마루 끝에 앉지 않는다. (위험한 자리나 위험한 일을 하지 않는다) — 중국
- ▣ 부자지간에도 돈은 타인. — 일본
- ▣ 자기 돈은 꽃이요 술이다. 그러나 타인의 돈은 잡초에 지나지 않는다. — 인도

▣ 조물주는 실수를 했다. —더욱이 두 번이나 실수를 했다. 한 번은 돈을 만들고, 두 번째는 여자를 만들었다. — 인도

▣ 돈이라면 신(神)도 웃는다. — 영국

▣ 재산이 적으면 근심도 적다. — 영국

▣ 돈을 벌어라, 되도록이면 정직하게. 그러나 역시 돈은 벌어라. — 영국

▣ 탐욕이 사람들을 부자로 만들기보다는 재산이 사람들을 욕심쟁이로 만든다. — 영국

▣ 돈이 그대의 하인이 되지 않는다면 돈은 그대의 주인이 될 것이다. — 영국

▣ 인간은 황금을 지배하여야지 황금에 봉사해서는 안 된다. (Man must govern, not serve gold.) — 영국

▣ 돈은 비료와 마찬가지로 뿌릴 때까지는 아무 효력이 없다. — 영국

▣ 돈의 가치는 그것을 소유하는 데 있는 것이 아니라 그것을 사용하는 데 있다. — 영국

▣ 돈의 모양은 둥글고, 늘 굴러 사라진다. — 영국

▣ 돈은 포켓에 구멍을 뚫는다. — 영국

▣ 무거운 돈주머니는 마음을 가볍게 한다. — 영국

▣ 돈주머니가 주름 잡히면 얼굴도 주름진다. — 영국

▣ 돈은 세계 속의 대여행자이다. — 영국

▣ 돈을 가지고 노크하면 문은 저절로 열린다. — 영국

▣ 말은 모래알에 지나지 않는다. 실제로 땅을 사는 것은 돈이다. — 영국

▣ 황금이 말하면 모든 혀는 조용해진다. (When gold speaks, every tongue is silent.) — 영국

▣ 돈 때문에 잃은 벗이 돈 때문에 만들어진 친구보다도 더 많다. — 아일랜드

▣ 돈은 신사를 만든다. 그러나 돈에 대한 지나친 갈망은 악한을 만든다. — 아일랜드

▣ 돈이 말을 하면 진실은 침묵한다. — 로마

▣ 돈 있는 사람은 악마의 춤도 볼 수 있다. — 독일

▣ 금이 아름답다는 것을 알게 되면 별이 아름답다는 것을 잊어버린다. — 독일

▣ 돈이 있을 때는 화(禍)가 있다. 그러나 돈이 아주 없어지면 최대의 화가 온다. — 독일

▣ 산토끼는 개로, 어리석은 자는 찬사로, 여자는 돈으로 잡는다. — 독일

▣ 돈이 많으면 벗이 많다. — 독일

▣ 현금은 웅변이다. — 프랑스

▣ 재산의 과다에 따라서 사람이 평가된다. — 프랑스

▣ 돈은 위(胃)와 가슴의 약이다. (돈이 있으면 음식도 사랑도 마음대로다) — 프랑스

▣ 돈이 없으면 빛마저 어둡다. — 네덜란드

▣ 돈은 모든 것의 척도(尺度)다. — 포르투갈

▣ 술이 떨어지면 이야기도 끝난다. 돈이 떨어지면 친구도 사라진다. — 유고슬라비아

▣ 사랑은 많은 일을 한다. 그러나 돈은 더욱 많은 일을 할 수 있다. — 유고슬라비아

▣ 돈은 영혼의 파괴자다. — 유고슬라비아

▣ 아무리 악처라도 50피아스타의 값어치는 있다. 양처는 돈으로 칠 수는 없다. — 유고슬라비아

▣ 공짜로 생긴 돈은 싸고, 땀 흘려 번 돈은 비싸다. — 러시아

▣ 돈이 많으면 죄가 크다. 그러나 돈이 없으면 죄는 더욱 커진다. — 러시아

▣ 돈을 가졌으면 현자요, 가지지 못했으면 바보다. — 터키

▣ 형제 사이에도 돈은 남이다. — 터키

▣ 미(美)는 힘이고, 돈은 만능(萬能)이다. — 라틴

▣ 여인과 돈에 싫증난 사람도 있을까? — 타밀족

▣ 재산을 뽐내는 사람은 그 외에 자랑할 만한 것이 없는 사람이다. — 로마

▣ 자기의 재산을 세 개로 나누라. 그 하나는 토지에, 그 하나는 사

업에, 그 하나는 저축에. — 헤브루族

【시】

부자는 돈이 많아 괴롭고 가난뱅이는 가난으로 괴로우니
굶주리고 배부름이 비록 고르지 못하나 괴로움은 같도다.
가난과 부유 모두 내 원하는바 아니니
부유하지도 않고 가난하지도 않는 사람 되기가 원이로다.

富人困富貧困貧 부인곤부빈곤빈
飢飽誰殊困即均 기포수수곤즉균
貧富俱非吾所願 빈부구비오소원
願爲不富不貧人 원위불부불빈인

— 김삿갓(金笠) / 돈

요 닷돈을 누를 줄꼬? 요 마음.
닷돈 가지고 갑사댕기 못 끊갔네.
은가락지는 못 사겠네 아하!
마코를 열 개 사다가 불을 옇자 요 마음.

— 김소월 / 돈타령

돌 하나
집 두 채
세 개의 폐허
땅 파는 사람 넷
정원 하나

꽃 몇 포기
곰 한 마리
귤 한 다스, 시트론 하나, 빵 한 개.

— 자크 프레베르 / 재산목록 중에서

떳떳 상(常) 평할 평(平) 통할 통(通) 보배 보(寶) 자(字)
구멍은 네모지고 사면(四面)이 둥글어서
댁대굴 구울러 간 곳마다 반기는구나
어떻다 조그만 금(金)조각을 두 창이 다투거니 나는 아니 좋아라.

— 무명씨

【중국의 고사】

▣ **아도물**(阿睹物) : 돈. 『아도물』은 원래는 『이 물건』이라는 말이다. 중국의 옛사람들은 돈이라는 말을 입 밖에 내어 말하는 것을 비천한 일로 꺼려 왔다. 그것은 자신의 청렴함과 당당함을 나타내기 위해 돈을 가리켜 아도물이라고 이르게 되었다. 《진서》 왕연전에 나오는 이야기다.

왕연은 죽림칠현(竹林七賢)의 한 사람인 왕융(王戎)의 종제(從弟)로서 명문가 출신이었다. 그런데 그는 요직을 두루 거치면서도 정무를 돌보는 일은 뒷전으로 미룬 채 오로지 청담(淸談)으로 세월을 보냈는데, 그래도 정무는 순조로웠다고 한다. 그는 세속에 관한 것들을 혐오했는데, 특히 돈에 관한 말은 입에 담기조차 꺼려했다. 그래서 아내 곽씨는 온갖 방법을 써서 그의 입에서 돈이라는 말을 하게 하려고 했지만 한 번도 성공하지 못했다.

어느 날 밤, 곽씨는 왕연이 깊이 잠든 사이에 하녀에게 시켜 동전을 침상 주변에 가득 쌓아 놓게 했다. 왕연이 깨어 침대에서 내려올 수 없게 되면 반드시 돈이라는 말을 하리라고 생각했던 것이다. 이튿날 아침 왕연이 잠이 깨어 침상 주변에 빼곡히 들어차 있는 동전들을 가리키면서 『이것들을 집어치워라!(擧却阿賭物)』라고 했다. 그래서 『아도물』은 본래 이것이라는 말이었는데 이때부터 돈의 별칭이 되었다고 한다.

옛사람들은 『돈이라는 말을 입에 담지 않는다(口不言錢)』는 경구로 자신의 청렴결백을 표시하기도 했는데, 그것은 우리 조선시대 양반들 역시 마찬가지였다.

— 《진서(晋書)》 왕연전(王衍傳)

▣ **도주지부**(陶朱之富) : 『와신상담(臥薪嘗膽)』 고사에 나오는 월왕(越王) 구천(句踐)은 오(吳)나라의 포로에서 풀려나온 20년 뒤에, 마침내 오나라를 멸하고 남방의 패자가 되었다. 월왕 구천을 도와 이 날이 있게 한 것은 대부분이 범려(范蠡)의 공로였다. 오나라를 멸망시키고 당당히 상장군이 되어 돌아온 범려는, 『나는 새가 죽으면 좋은 활은 광으로 들어가고, 날랜 토끼가 죽으면 사냥개는 삶아 먹힌다.』라는 옛말의 교훈도 교훈이려니와, 월왕 구천이란 인물 됨됨이가 고생은 같이할 수 있어도 낙은 같이할 수 없는 사람이라는 것을 알기 때문에 보물만을 싣고 월나라를 떠나 바다 건너 멀리 제나라로 가버렸다.

나라를 부강하게 만들 수 있었던 범려는, 그의 뛰어난 경제적 두뇌로 축재(蓄財)에 힘쓴 나머지 얼마 안 가서 수천만의 재산을 모았다. 그러자 제나라에서는 그가 비범한 사람인 것을 알고 그를 재상으로 맞아들였다. 이 때 범려는 치이자피(鴟夷子皮)라는 이름으로 행세를 했던 것이다. 그러나 범려는, 『집은 천금의 부를 이루고 벼슬은 재상에 올랐으니 이는 평민으로서는 극도에 달한 것이다. 오래 높은 이름을 누린다는 것은 상서롭지 못한 일이다.』 하고 재상의 자리에서 물러나 있는 재산을 모조리 친구와 고을 사람들에게 흩어 준 다음 값비싼 보물만을 가지고 남몰래 도(陶 : 산동성 도현)란 곳으로 가 숨어 살며 주공(朱公)이란 이름으로 행세를 했다.

범려는 도란 곳이 천하의 중심에 위치하여, 길이 사방으로 통하고 물자의 유통이 원활한 것을 알고, 재산을 모아 무역에 종사함으로써 남에게 해를 끼치는 일 없이 19년 동안에 세 번이나 천금의 재산을 모을 수가 있었다. 이 중 두 번까지는 모은 재산을 가난한 친구와 먼 친척들에게 다 나누어 주었다. 범려야말로 잘 살게 되면 남에게 덕을 입히기를 좋아하는 사람이었다. 뒤에 그의 나이가 많아지자 모든 일을 자손들에게 맡기게 되었는데, 자손들 역시 그를 닮아 재산을 모으고 불리는 데 남다른 무엇이 있어 억만금의 재산을 모으기에 이르렀다. 그러므로 재산을 놓고 말할 때면 온 세상 사람들이 다 도주공(陶朱公)을 일컫게 되었다. 그리고 거만의 부자를 일컬어 『도주지부』라 하게 되었다.

— 《사기》 화식열전(貨殖列傳)

■ **천금지자불사어시**(千金之子不死於市) : 천금을 가진 사람의 아들은 설사 죽을죄를 지었다 하더라도 시장바닥에 끌려 나가 사형을

당하지 않는다는 말이다. 돈의 위력을 말한 속담이다. 요즈음 우리 사회에서 흔히 듣는 말 가운데 『유전무죄 무전유죄(有錢無罪無錢有罪)』란 자조적인 말이 있다.

전국시대 월나라의 범려가 도주공(陶朱公)이란 이름으로 억만장자가 된 뒤의 이야기다. 범려가 도(陶)란 곳으로 와서 늦게 작은아들을 보았는데, 그 아들이 장성했을 때 범려의 둘째아들이 사람을 죽이고 초나라에 갇혀 있었다. 범려는 소식을 듣자, 『사람을 죽였으면 죽는 것이 당연한 일이다. 그러나 내가 들으니 『천금의 자식은 시장바닥에서 죽지 않는다.』 고 했다.』 하고, 작은 아들을 시켜 가보라고 했다.

범려가 순금 천 일(溢)을 한 자루 속에 숨겨 소가 끄는 수레에 실어 작은아들을 떠나보내려고 하는데, 큰아들이 제가 가겠다고 야단이었다. 범려가 듣지 않자, 『집에 큰 자식이 있는데도 굳이 어린 동생을 보내시려 하니, 이것은 저를 못난 놈으로 생각하시기 때문입니다. 아버지에게 못난 자식 취급을 받을 바엔 차라리 죽고 말겠습니다.』 하고 설쳐댔다. 그러자 범려의 부인이 보다 못해, 『여보 영감, 지금 작은 자식을 보낸다고 해서 둘째 녀석이 꼭 살아오는 것이 아니잖습니까. 죽을 자식 살리기 전에 산 자식 먼저 죽이게 생겼으니 이를 어쩌면 좋습니까.』 하고 사정을 했다.

범려는 하는 수 없이 큰아들을 보내기로 하고 그에게 밀봉한 편지 한 통을 주며, 『이것은 나와 아주 친한 장(莊)선생에게 보내는 편지다. 초나라에 도착하는 즉시 편지와 함께 천금을 장선생께 드리고 그 분이 시키는 대로 해라. 절대로 네 의견을 말해서는 안된다.』하고 타일렀다.

큰아들이 초나라에 가서 장생(莊生)의 집을 찾아가니 가난하기가 이루 말할 수가 없었다. 그러나 아버지 분부대로 편지와 돈 천금을 주었다. 편지를 본 장생은, 『알았네. 급히 집으로 돌아가게. 절대로 머물러 있어서는 안되네. 동생이 곧 나오게 될 걸세. 어떻게 나오게 되는지 까닭은 묻지 말게.』하고 타일렀다. 그러나 큰아들은 여관에 묵으면서 자기 나름대로 세도 쓰는 귀인을 찾아 교제를 하곤 했다. 장생은 비록 가난하나 청렴한 학자로서 초왕 이하 모든 대신들이 스승처럼 존경하고 있었다. 범려가 준 돈 천금은 받을 의도가 아니고, 일이 끝나면 도로 돌려보내 줄 작정이었다. 처음부터 받지 않으면 친구의 부탁을 거절하는 뜻이 되기 때문이다.

장생은 한가한 틈을 타서 초왕을 알현하고 이렇게 천연덕스럽게 말했다. 『이러이러한 별이 지금 이러이러한 곳에 나타나 있으니, 이것은 초나라에 불길한 징조입니다.』초왕은 장생을 믿는 터라, 어떻게 하면 그것을 미리 막을 수 있겠느냐고 물었다. 『오직 착한 덕만이 이를 없앨 수 있습니다.』『알겠소. 내 곧 전국에 대사령을 내리겠소.』하고 왕은 곧 각 창고의 문을 봉하고 물자의 출납을 일체 금지시켰다.

범려 큰아들의 교제를 받은 귀인이 이 소식을 듣자 즉시 그에게 머지않아 특사가 있을 거라고 전했다. 그러자 까닭을 알지 못하는 범려의 큰아들은 공연히 천금을 장생에게 던져 준 것이 속이 쓰려 견딜 수가 없었다. 그는 생각다 못해 다시 장생을 찾아갔다. 장생은 깜짝 놀라며 어째서 아직 가지 않았느냐고 물었다.『아우

일로 왔는데, 아우가 절로 풀려났으니 인사나 하고 가려고 왔습니다.』 장생은 내심 그가 주고 간 천금을 다시 찾으러 온 것임을 알아차리고, 『방에 자네가 가져온 돈이 그대로 있으니, 들어가 가지고 가게.』 하고 말했다.

아들은 서슴지 않고 방으로 들어가 돈을 들고 나오며 속으로 좋아 어쩔 줄을 몰랐다. 철없는 놈에게 팔린 꼴이 된 것이 장생은 괘씸했다. 그는 다시 초왕을 만났다. 『그런데 도중에 들리는 소리가, 이번 특사는 대왕께서 백성들을 불쌍히 생각해서가 아니라 도주공의 아들이 사람을 죽이고 갇혀 있어 왕의 좌우에게 뇌물을 바친 때문에 내려진 특사라고들 하옵니다.』 이 말을 들은 초왕은 노한 끝에 먼저 도주공의 아들을 처형시킨 뒤 이튿날 대사령을 내렸다.

큰아들은 죽은 아우의 시체를 싣고 집으로 돌아왔다. 그 어머니와 고을 사람들이 다 슬퍼했다. 그러나 범려만은 혼자 쓴웃음을 지으며 이렇게 말했다. 『보낼 때부터 제 아우를 기어코 죽여서 돌아올 줄 알았다. 제 아우를 사랑하지 않아서가 아니다. 놈은 이 아비와 함께 돈 벌기가 얼마나 어려운지를 체험해 왔기 때문에 천금을 차마 버리고 올 수 없었던 것이다. 내가 작은 자식을 보내려 했던 것은 놈이 돈 아까운 줄을 모르고 자라났기 때문이다. 나는 매일같이 시체가 돌아오기만을 기다리고 있었다. 죽게 되어 죽은 자식을 슬퍼할 것이 무엇 있겠는가?』 자수성가한 사람들은 깊이 한 번씩 생각해 볼 이야기다. —《사기》 화식열전

▣ **전가통신**(錢可通神) : 돈이면 귀신도 통한다는 말로, 돈의 힘은

일의 결과를 좌우하고 사람의 처지를 변화시킨다는 말. 당(唐)나라 사람 장연상(張延賞)은 경사(經史)를 많이 읽어 정치를 다스리는 일에 정통하였으므로 그의 벼슬길은 매우 순탄하여 조정대신들의 칭찬이 자자했다. 그가 하남 부윤(府尹 : 한나라 때의 경조윤) 벼슬을 하고 있을 때 굉장히 중대한 사건을 처리하게 되었는데, 이 사건에 관련된 사람들 중에는 전직 고관과 지방 유지를 비롯해서 적지 않은 황제의 친척도 끼어 있었다.

명 관리인 장연상은 이 사건의 공정을 기하기 위하여 그의 부하 직원들에게 아직 출두치 않은 범인들을 모조리 체포토록 명령을 내렸다. 그 때 관료 한 사람이 그를 만류하였다. 『이러는 것이 너무 과한 처사가 아니오?』 장연상은 냉엄한 표정을 지으면서 말했다. 『임금의 녹(祿)을 먹는 자는 임금의 근심을 감당해야 하고, 백성의 봉(俸)을 받는 자는 백성의 마음을 달래 주어야 한다(食君之祿 擔君之憂 愛民之俸 撫民之心)는 것을 알고 있으니만큼 무슨 고관대작이니 황친국척(皇親國戚) 할 것 없이 내 손에서는 모두 중하게 다스려질 것입니다.』

명령이 하달된 이튿날 부윤(府尹) 공관의 책상 위에 한 장의 쪽지가 날아들었다. 『3만 꿰미의 돈을 바치니, 고충을 헤아리시어 더 이상 본 사건을 추궁치 말아 주시기 바랍니다.』 라는 내용이었다. 장연상이 읽어 본 후 안색이 돌변하면서 치미는 화를 참지 못해 손에 쥔 종이쪽지를 마룻바닥에 내던졌다. 그의 부하들이 공포에 떨며 쥐죽은 듯 아무 소리를 못했다. 아마도 그들이 사람을 잘못 본 모양이다.

그 다음날 장연상의 책상에는 또 다른 한 장의 쪽지가 놓여 있었는데, 십만관(十萬貫)이란 세 글자가 씌어 있었다. 10만 냥의 돈이 남몰래 장연상의 손아귀에 전해지자 그는 이 사건을 무마시켜 버렸다. 하마터면 영어(囹圄)의 신세가 될 뻔한 사람들은 법망에서 벗어나 태연히 한가한 나날을 보내며 지냈다. 이 사건이 뇌리에서 거의 잊힐 무렵 그의 부하직원이 어찌 된 영문이냐고 묻자, 장연상은 조금도 부끄러운 기색이 없이 자랑삼아 말했다.

『10만 꿰미의 숫자는 뇌물로서 신선을 통하고도 남음이 있는 것으로—전가통신(錢可通神)—세상에는 만회하지 못할 일이 어디 있겠는가? 이를 또 받아들이지 않으면 화를 입는 것이니 무릇 일은 적당하게 처리하면 되는 것이야.』

이 성어는 유전능사귀추마(有錢能使鬼推磨)—돈만 있으면 신에게 연자매도 끌어 돌리게 한다—와도 같은 뜻으로 불합리한 사회를 풍자하는 데 널리 쓰이고 있다.

— 노포(魯褒) / 《전신론(錢神論)》

■ **지족자부**(知足者富) : 만족할 줄 아는 사람이 부자다. 《노자》 33장에 있는 말이다. 부(富)란 여유가 있다는 뜻이다. 먹고 입고 쓰고 남는 것이 부자다. 그러나 사람은 먹고 입고 쓰는 것이 한이 없다. 한 끼에 한 홉 밥으로 만족한 사람이 있는가 하면, 남이 잘 먹어 보지 못한 요리를 먹기 위해 남이 알까 무서울 정도의 엄청난 돈을 들이는 사람도 있다. 한두 벌 옷으로 몸을 가리면 족한 사람이 있는가 하면, 유행을 따르다 못해 창조를 해가며 매일같이 값비싼 새 옷을 사들이는 여인들도 있다.

『아흔 아홉 섬 가진 사람이 한 섬 가진 사람보고 백 섬 채우자.』고 한다는 말이 있다. 아흔 아홉 섬 가진 사람이 한 섬 가진 사람보다 마음이 가난하기 때문인 것이다. 만일 그가 그 한 섬 가진 사람을 보고 마흔 아홉 섬을 주어 똑같이 50석씩 가졌으면 하는 마음이 생겼다면 그는 천 석 가진 부자 이상으로 풍족함을 느끼는 사람일 것이다.

부는 마음에 있다. 먹을 것을 걱정하지 않는 성자는 천하의 모든 식량이 다 자신을 위한 것으로 느껴지는 것이다. 하느님은 일용할 양식을 우리에게 준비하고 계시니까. 《설원》 담총(談叢)에는, 『부는 만족할 줄 아는 데 있고(富在知足), 귀는 물러가기를 구하는 데 있다(貴在求退).』고 했다. — 《노자》 33장

▣ **금의환향**(錦衣還鄕) : 「금의(錦衣)」는 화려하게 수놓은 비단옷이다. 옛날에는 왕이나 고관들이 입는 옷으로 출세의 상징이었다. 반면 평민들은 베옷을 입었는데, 이것은 「포의(布衣)」라 하였다. 즉, 비단옷을 입고 고향에 돌아간다는 뜻으로, 출세하여 고향을 찾음을 뜻한다.

《사기》 항우본기에 있는 이야기다.

초(楚)와 한(漢)이 천하를 놓고 싸움이 한창일 때의 이야기이다. 유방이 먼저 진(秦)나라의 도읍 함양(咸陽)을 차지하자, 화가 난 항우가 대군을 몰고 홍문(鴻門)까지 진격하였다. 이때 유방은 장량(張良)과 범증(范增)의 건의로 순순히 항우에게 함양을 양보하였다.

함양에 입성한 항우는 유방과는 대조적으로 아방궁을 불태우는가 하면 궁중의 금은보화를 마구 약탈하고 궁녀들을 겁탈했으며,

시황제의 묘까지 파헤쳤다. 항우는 스스로 망쳐 놓은 함양이 마음에 들지 않아 고향인 팽성(彭城)에 도읍을 정하려 하였다.

신하들은 항우가 예로부터 패왕(覇王)의 땅이었던 함양을 버리고 보잘것없는 팽성으로 도읍을 옮기겠다고 하자 모두 할 말을 잃었다. 이때 간의대부(諫議大夫) 한생(韓生)이 간언했지만, 항우는 오히려 화를 내면서 이렇게 말했다.

『지금 길거리에서『부귀하여 고향에 돌아가지 못하면 비단옷을 입고 밤길을 가는(錦衣夜行) 것과 무엇이 다르리!』라는 노래가 떠돌고 있다고 하더군. 이건 바로 나를 두고 하는 말이야. 그러니 어서 길일(吉日)을 택하여 천도하도록 하라.』

그래도 한생이 간언을 그치지 않자, 항우는 그를 끓는 기름 가마에 던져 넣어 죽이고 말았다. 하지만 이 노래는 항우가 천하의 요새인 함양에 있는 한 유방이 승리할 수 없으므로 항우를 함양에서 내쫓기 위해 장량이 퍼뜨린 것이었다.

그렇지 않아도 함양을 싫어했던 항우는 그 노래가 하늘의 뜻이라고 판단하여 마침내 팽성으로 천도하게 되었다.

결국 항우는 함양을 차지한 유방에게 해하(垓下)에서 크게 패함으로써 천하를 넘겨주고 만다.

「금의환향」으로 자신의 공덕을 고향사람들에게 널리 알리기는 하였지만 천하를 잃고 만 셈이다. ―《사기》 항우본기(項羽本記)

▣ **농단(壟斷)** : 이익을 혼자 차지함. 독점함.

《맹자》 공손추에 있는 이야기인데, 원문은 용단(龍斷)으로 되어 있지만, 여기서는 「용(龍)」이 「농(壟)」의 뜻으로 쓰인다. 설(說)

이 열(悅)로 쓰이는 것과 같은 이치다. 농(壟)은 언덕, 단(斷)은 낭떠러지, 즉 높직한 낭떠러지를 말한다.

다시 말해 앞과 좌우를 잘 살펴볼 수 있는 지형과 위치를 말하는데, 이곳에 서서 시장 상황을 종합적으로 판단한 뒤에 그 날의 물가 동향을 예측하고 나서 물건이 부족할 만한 것을 도중에서 모조리 사들여 폭리를 취하는 행동에서 생긴 말이다.

《맹자》 에 있는 원문의 내용을 소개하면 이렇다. 맹자가 제나라 객경(客卿)의 자리를 사퇴하고 집에 물러나와 있게 되자, 맹자를 굳이 붙들고 싶었던 제선왕(齊宣王)은 시자(時子)라는 사람을 통해 자기 의사를 맹자에게 이렇게 전하게 했다.

『수도 중심지에 큰 저택을 제공하고 다시 만 종(鍾 : 1종은 8곡斛, 1곡은 10두斗)의 녹을 주어 제자들을 양성시킴으로써 모든 대신들과 국민들로 하여금 본보기가 되게 하고 싶다.』

이야기를 진진(陳臻)이란 제자를 통해 전해들은 맹자는,

『시자는 그것이 옳지 못한 것인 줄을 알지 못할 것이다. 만 종의 녹으로 나를 붙들고 싶어 하지만, 내가 만일 녹을 탐낸다면 10만 종 녹을 받는 객경의 자리를 굳이 사양하고 만 종의 녹을 받겠느냐? 옛날 계손(季孫)이란 사람이 자숙의(子叔疑)를 이렇게 평했다. 자신이 뜻이 맞지 않아 물러났으면 그만둘 일이지 또 그 제자들로 대신이 되게 하니 이상하지 않은가. 부귀를 마다 할 사람이야 있겠는가. 하지만 부귀 속에 혼자 농단을 해서야 쓰겠는가(人亦孰不欲富貴 而獨於富貴之中 有私壟斷焉).』

이렇게 계손의 말을 인용하고 나서 다시 농단에 대한 설명을 다음과 같이 했다.

『옛날 시장이란 것은 각자가 가지고 있는 것을 서로 바꾸는 곳이었는데, 시장은 그런 거래에서 흔히 일어나는 시비를 가려 주는 소임을 하고 있었다. 그런데 한 못난 사나이가 있어, 반드시 농단을 찾아 그 위로 올라가 좌우를 살핀 다음 시장의 이익을 그물질했다. 사람들이 이를 밉게 보아서 그에게 세금을 물리게 되었는데, 장사꾼에게 세금을 받는 일이 이 못난 사나이에서 비롯된 것이다.』

아주 소박한 상행위의 성립과 이에 대한 세금의 징수 등 경제사적인 설명으로서 꽤 흥미 있는 이야기다. 그러나 맹자가 이 이야기를 하게 된 본래의 의도는, 「농단」 즉 이익의 독점행위가 정정당당한 일이 될 수 없는 것과 마찬가지로, 부귀를 독점할 생각은 조금도 없다는 것을 밝히려고 한 것뿐이다. 이와 같이 「농단(壟斷)」이란 원래는 우뚝 솟은 언덕을 말하였으나, 바뀌어서 「혼자 차지」 즉 「독점(獨占)」이란 뜻으로 쓰이게 된 것이다.

—《맹자》 공손추(公孫丑)

▣ **부귀여부운**(富貴如浮雲) : 부귀는 한갓 덧없는 인생이나 세상과 같다. 부(富)니 귀(貴)니 하는 것은 떠가는 구름이나 다를 바가 없다는 것이 「부귀여부운」이다. 이 말은 원래 공자가 한 말에서 비롯된다. 《논어》 술이편에 보면 이런 얘기가 나온다.

『나물밥(疏食소사) 먹고 맹물 마시며 팔 베고 자도 즐거움이 또한 그 속에 있다. 옳지 못한 부나 귀는 내게 있어서 뜬구름과 같다.』

소사(疏食)는 거친 밥이란 뜻으로 풀이된다. 거친 밥 중에는 아마 나물에 쌀알 몇 개씩 넣은 것이 가장 거친 밥일 수 있을 것이다.

그러나 소(疏)는 채소라는 소(蔬)로도 통할 수 있다. 그래서 그런지 우리나라 노랫가락 속에도 이런 것이 있다.

나물 먹고 물마시고 팔 베고 누웠으니
대장부 살림살이 이만하면 족하구나.

아무튼 진리와 학문을 즐기며 가난을 잊고 자연을 사랑하는 초연한 심정이 약간 낭만적으로 표현된 멋있는 구절이라 아니할 수 없다. 다만 주의할 일은 불의(不義)라는 두 글자가 붙어 있는 점이다.

세상을 건지고 도를 전하려면 역시 비용이 필요하고 권세가 필요하다. 그러나 그것은 어디까지나 정당한 방법으로 얻어진 것이 아니면 안된다. 단순히 부만을 위한 부나, 귀만을 위한 귀는 올바르게 살려는 사람에게는 아무런 의미도 없다. 그야말로 떠가는 구름과 같은 것이다.

불의라는 두 글자 속에는 공자의 세상을 차마 버리지 못하는 구세(救世)의 안타까움이 깃들어 있다.

사실 「부귀여부운」이란 단순한 말 가운데는 세상과는 전연 관련이 없는 은자(隱者)의 심정 같은 것이 풍기고 있다.

— 《논어》 술이편(述而篇)

▣ **무항산무항심**(無恒産無恒心) : 「항산이 없으면 항심이 없다」는 뜻으로, 생활이 안정되지 않으면 바른 마음을 견지하기 어렵다는 말이다.

《맹자》 양혜왕편에 있는 말이다.

맹자는 성선설(性善說)을 바탕으로 인(仁)에 의한 덕치(德治)를 주장한 유가의 대표적인 학자이다.

주(周)의 난왕(赧王) 8년(BC 307) 경, 맹자는 그 이념인 왕도정치를 위하여 여러 나라를 유세하며 돌아다녔으나, 어느 나라에서도 그 의견이 용납되지 않아 고향인 추(鄒 : 산동성)로 되돌아왔다. 그 무렵 등(滕 : 산동성)이라는 소국에서는 정공(定公)이 죽고 그 아들 문공(文公)이 즉위하였다. 문공은 전부터 맹자에게 사숙하고 있던 까닭에 맹자를 초빙하여 정치의 고문을 삼았다.

문공은 나라를 어떻게 다스리면 좋으냐고 물었다. 맹자도 문공의 정열에 감격하여 당당하게 자기 견해를 말하였는데, 이것이 유명한 정전설(井田說)이다. 그 요지는 이렇다.

《시경》 가운데, 『봄에는 파종으로 바쁘니, 겨울 동안에 가옥의 수리를 서둘러라.』 하고 경계한 시가 있는데, 국정도 우선 민중의 경제생활의 안정으로부터 시작된다. 항산(恒産), 즉 일정한 생업과 항심(恒心), 즉 변치 않는 절조와의 관계는, 『항산이 있는 자는 항심이 있고, 항산이 없는 자는 항심이 없다.』 라고 말할 수 있다.

항심이 없으면 어떠한 나쁜 짓이라도 하게 된다. 민중이 죄를 범한 후에 처벌하는 것은 법망을 쳐 놓는 것과 마찬가지다. 옛날 하(夏)는 1인당 50무(畝), 은(殷)은 일인당 70무, 주(周)는 백 무의 밭을 주어, 그 10분의 1을 조세로 받아들였다.

하의 법은 공법(貢法)이라 하여, 수년간의 평균 수입을 잡아 가지고, 일정액을 납부시켰기 때문에 풍년이 들면 남아돌아가고, 흉년 들어 부족하여도 납부시키는 결점이 있었다. 은의 법은 조법(助法)이라 하여, 사전(私田)과 공전(公田)으로 나누어 공전에서의 수확을 납부시켰다. 주의 법은 철법(撤法)이라 하지만, 조법을 이어받고 있는 점을 고려한다면, 조법이야말로 모범이라 할 수 있겠다.

이리하여 맹자는 「항산」을 구체화한 후, 다음으로 「항심」을 기르는 방법으로서 학교에 있어서의 도덕 교육을 강조하고 있다. 이어 문공은 신하인 필전(畢戰)에게 정전법(井田法)에 대하여 질문토록 한 일이 있는데, 여기서 맹자는 조법을 더욱 명확하게 말하고 있다.

국가는 군자(君子 : 치자)와 야인(野人 : 피치자)으로 성립되는데, 그 체제를 유지하자면 먼저 군자의 녹위(祿位)를 세습제로 하여야 한다. 야인은 조법에 의한 9분의 1의 세를 납부토록 한다.

그러기 위하여, 10리 사방의 토지를 우물 정(井)자 형으로 구분하여, 9백 무는 여덟 집이 각각 백 무씩 사유토록 한다. 공전(公田)의 공동작업이 끝난 후 각자의 밭일을 한다. 민중은 상호 부조의 체제가 이루어지기 때문에 토지를 떠나려 하지 않게 된다.

이상에 의하여 분명해진 바와 같이 이 정전법은 원시 공산적인 것이었으리라는 것이다. 그러나 그 전제로 치자(治者)와 피치자(被治者)를 구별하는 주장은 후세의 지배계급에 의하여 맹자가 존경을 받게 된 최대의 이유가 되었다.

《맹자》 등문공편에도 나온다.

「창고가 찬 연후에 예절을 안다(倉廩實則知禮節)」와 같이 공·맹의 주장이 단순한 수신(修身)만이 아니었던 것을 말해 준다.

— 《맹자》 양혜왕 · 등문공편

【에피소드】

■ 마크 트웨인이 실업가 강철왕 앤드루 카네기에게 보낸 편지.

『귀하께서는 매우 돈이 많을 뿐더러 신앙이 두텁다는 말을 들었습니다. 저는 오래 전부터 찬송가 한 권을 갖고 싶은데, 저에게는 분에 넘치게 1달러 50센트나 합니다. 저에게 찬송가 한 권을 보내 주십시오. 귀하에게 하느님의 축복이 있기를 빕니다. 귀하를 존경하는 마크 트웨인. (추신 : 저에게 찬송가 책 한 권을 보내주실 바에는 차라리 현금 1달러를 보내 주십시오)』

▣ 미국의 강철왕 앤드루 카네기는 열렬한 기독교 교인이었다. 어느 날, 그는 어느 시골교회에 출석하였다. 헌금함에 백 달러 지폐를 봉헌했다. 예배가 끝나고 목사는 언제나와 마찬가지로 헌금 결과를 알려주고 이런 말을 덧붙였다. 『타지에서 오신 분이 넣은 지폐가 가짜가 아니면 보통 때보다 백 달러가 더 헌금되었습니다. 자 여러분, 타지에서 오신 분이 진짜 지폐로 헌금하였기를 하느님께 기도합시다.』

【成句】

▣ 일확천금(一攫千金) : 대수롭지 않은 일로 단번에 큰돈을 손에 넣는 것.

▣ 문전옥답(門前沃畓) : 집의 문 앞에 있는 기름진 논. 곧 알토란같은 재산을 일컫는 말.

▣ 경구비마(輕裘肥馬) : 가벼운 가죽옷과 살찐 말이라는 뜻으로, 중국에서 부유한 사람들이 외출할 때의 모습을 비유한 말이다. 《논어》 옹야편(雍也篇)에 「적이 제나라에 갈 때 살찐 말을 타고 가

벼운 가죽옷을 입었다(赤之適齊也乘肥馬衣輕裘)」라는 구절이 있는데, 그 주석에 「비마(肥馬)를 타고 경구(輕裘)를 입는다는 것은 부(富)를 뜻한다」고 하였다. 가벼운 갖옷과 살찐 말의 뜻으로, 귀인이 출입할 때의 차림새를 이름. 구(裘)는 짐승의 모피 옷.

▣ 가렴주구(苛斂誅求) : 백성들로부터 가혹하게 세금을 거두어들이고 무리하게 재물을 빼앗음.

▣ 교취호탈(巧取豪奪) : 온갖 술책을 다하여 백성을 착취하고 약탈하다. 백성들의 재물을 약탈하는 데 여념이 없는 탐관오리(貪官汚吏)의 포악한 행위를 규탄하는 말이다.

▣ 만당금옥(滿堂金玉) : 집에 가득한 금은보화.

▣ 상치분신(象齒焚身) : 코끼리는 상아 때문에 몸이 태워진다는 뜻으로, 재산이 많은 사람은 화(禍)를 입기 쉬움의 비유.

▣ 부즉다사(富則多事) : 재산이 있으면 어려운 일이 많음. /《장자》천지편.

▣ 고량자제(膏粱子弟) : 부귀한 가문에서 태어난 사람. 부유한 가정의 어린아이. 미식(美食)하는 자제. 고(膏)는 기름진 고기. 량(粱)은 맛있는 밥. 곧 이 둘로 미식을 나타낸다. 변해서 부귀한 집, 재산가의 비유가 되었다.

▣ 석부만재(石富萬財) : 진(晋)나라 석숭(石崇)의 만석 재산.

▣ 부즉다사(富則多事) : 재산이 많으면 귀찮은 일이 많음.

▣ 민고민지(民膏民脂) : 백성의 피와 땀이란 뜻으로, 백성에게서 조

세로 받아 거둔 돈이나 곡식을 일컬음.

▣ 위부불인(爲富不仁) : 재산을 모으자면 남에게 어진 덕을 베풀지 못함을 이름. / 《맹자》 등문공.

▣ 비전불행(非錢不行) : 돈을 쓰지 않고는 되는 일이 없다는 뜻으로, 관기(官紀)가 문란함을 비유하는 말.

▣ 사전여수(使錢如水) : 돈을 아끼지 않고 물 쓰듯 함.

▣ 수무푼전(手無分錢) : 수중에 돈이 한 푼도 없음.

▣ 영관(盈貫) : 돈꿰미에 돈을 가득히 꿴다는 뜻으로, 죄가 많거나 거듭 죄를 지음을 비유하는 말. / 《좌전》

▣ 음마투전(飮馬投錢) : 말에게 물을 마시게 할 때 먼저 돈을 물속에 던져 물 값을 낸다는 뜻으로, 결백한 행실을 이름.

▣ 유전능사귀추마(有錢能使鬼推磨) : 돈만 있으면 귀신에게 연자매도 끌어 돌리게 한다.

▣ 탐부순재(貪夫徇財) : 욕심 많은 자는 재물을 위해서는 목숨까지도 버린다. 재물이나 돈 때문에 목숨의 위험도 개의치 않거나 목숨을 버리기까지 하는 수가 있다는 것. 순(徇)은 순(殉)과 통하여 어떤 일 때문에 목숨을 던진다는 뜻. / 《사기》

▣ 달러에 그려진 초상화 : 1달러(조지 워싱턴), 5달러(제16대 대통령 에이브러햄 링컨), 10달러(알렉산더 헤밀턴 : 워싱턴 대통령 밑에서 재무장관, 국립은행 창설), 100달러(제18대 대통령 율리시스 그랜트).

거짓 false 僞
(진실)

【어록】

▣ 말 잘하고 표정을 꾸미는 사람치고 어진 이가 드물다(巧言令色鮮矣仁).
— 《논어》 학이

▣ 평소에 공손하고, 일을 함에 신중하고, 사람을 대함에 진실하라. 그러면 비록 오랑캐 땅에 간다 할지라도 버림을 받지 않으리라.
— 《논어》

▣ 무지를 두려워 말라, 다만 거짓 지식을 두려워하라. 세계의 모든 악은 거짓 지식에서부터 일어나는 것이다. — 《논어》

▣ 아무리 교묘한 거짓말도 어설픈 진실에 미치지 못한다(巧詐不如拙誠).
— 《한비자》

▣ 사이비한 것을 미워한다(惡似而非者 : 사이비란, 행동은 위선이요 가면이요 술책이다. 가짜가 횡행하게 되면 세상에는 진짜가 행세를 할 수 없게 된다. 가짜는 진짜의 적인 것이다). — 《맹자》

▣ 흔적을 없애려고 눈 속을 달린다. — 《회남자》

▣ 새(鳥)는 궁하면 아무거나 쪼아 먹고, 짐승이 궁하면 사람을 해치며, 사람이 궁하면 거짓말을 하고, 말(馬)이 궁하면 내처 달아나버린다 하니, 예부터 오늘에 이르기까지 그 아랫자리에 처해 있으면서 능히 위태롭지 않은 자가 없다고 합니다. —《공자가어》

▣ 아주 간사한 사람은 충신과 비슷하고, 큰 속임수는 사람들로 하여금 믿게 만든다(大姦似忠 大詐似信 : 겉으로는 질박하게 보이면서도 가슴 속에는 간사한 음모가 있으며, 교만하고 음험하여 황실을 업신여기고 남을 해치려 하는 간특한 인간이다).

—《십팔사략》

▣ 모양을 꾸며서 억지 미인이 되고자 하면 참다운 제 모습을 잃게 되고, 문장을 꾸며서 억지 명문이 되고자 하면 진솔한 제 감정을 잃게 된다(飾貌以强類者失形, 調辭以務似者失情).

—《논형(論衡)》

▣ 거짓말하는 자들의 입이 합쳐지면 저자에 범이 있다는 말도 믿게 되고, 간교한 자들이 떠들어대면 모기들이 모여 우렛소리를 이루듯 한다(讒口交加 市中可信有虎 衆奸鼓釁 聚蚊可以成雷).

—《유학경림(幼學瓊林)》

▣ 진인 앞에서는 거짓말을 못한다(眞人面前說不得假話).

—《경세통언》

▣ 어린 자식에게는 항상 속임이 없는 행위를 보여준다(幼子常視毋誑 : 어릴 때의 기억은 오래 가기 때문이다). —《소학》

▣ 이름을 가까이 하려는 데 뜻이 있으면 이는 거짓이 된다(有意近

名 則是僞也 : 학문을 하면서 그것으로 인해 이름을 얻고자 하는 생각이 조금이라도 있다면 그것은 이미 거짓이 된다).

— 《근사록》

▣ 원수가 하는 일이 어떻다 해도, 적이 하는 일이 어떻다 해도, 거짓으로 향하는 내 마음이 내게 짓는 해악보단 못한 것이다.

— 《법구경》

▣ 거짓말을 하면 지옥에 떨어진다. 거짓말을 하고도 하지 않았다고 하면 두 겹의 죄를 함께 받나니, 제 몸을 끌고 지옥에 떨어진다.

— 《법구경》

▣ 죄악에는 허다한 도구가 없지만, 그 모든 것에 공통적으로 적용되는 것은 거짓말이다. — 호메로스

▣ 사람들은 종종 모방을 청찬하고, 참된 진실을 가볍게 본다.

— 이솝

▣ 한 사람보다는 대중을 기만하는 것이 더 쉽다. — 헤로도토스

▣ 진실은 최고의 것이다. 최고의 것은 진실이다. 진실에 의해서 인간은 결코 하늘로부터 떨어지는 일은 없다.

— 《우파니샤드(Upanisad)》

▣ 거짓말이 나이를 먹은 적은 없다. — 에우리피데스

▣ 진실이 모습을 나타낸다고 언제나 득이 되는 것은 아니다.

— 핀다로스

▣ 거짓말은 갓 말했을 때가 그 절정기이다. — 플라우투스

▣ 거짓말쟁이는 진실을 말한다 해도 신용하지 않는다.
— M. T. 키케로

▣ 거짓말이 거짓말을 낳는다. — 테렌티우스

▣ 우리는 혼자 있을 때라도 늘 남 앞에 있는 것같이 생활하지 않으면 안 된다. 우리들은 마음의 모든 구석구석에 남의 눈이 비치더라도 두려울 것이 없도록 사색(思索)해야 한다. — L. A. 세네카

▣ 시는 거짓말하는 특권을 가진다. — 플리니우스 2세

▣ 속임수로 얻어먹는 빵에 맛을 들이면 입에 모래가 가득 들어갈 날이 오고야 만다. — 잠언

▣ 거짓 예언자들을 조심하여라. 그들은 양의 탈을 쓰고 너희에게 나타나지마는 속에는 사나운 이리가 들어 있다. — 마태복음

▣ 진실은 사람이 가지고 있는 최고의 것이다. — 제프리 초서

▣ 인간은 진실에 대해서는 얼음처럼 차고, 거짓에 대해서는 불과 같다. — 라퐁텐

▣ 진실의 최대의 벗은 『시간』이며, 최대의 적은 『편견』이며, 구원의 동지는 『겸손』이다. — 피에로 코르토나

▣ 대부분의 경우 말 잘하는 요령은 거짓말하는 방법을 배우는 데 있다. — 에라스무스

▣ 진실에의 길은 엄하고 또한 험하다. — 존 밀턴

▣ 진실을 사랑하라. 그러나 잘못은 용서하라. — 볼테르

▣ 모든 역사는 거짓말이다. — 볼테르

▣ 진실은 악마의 얼굴을 붉히게 한다. — 셰익스피어

▣ 먼저 내가 할 일은 내가 나 자신에게 진실해야 한다는 점이다. 어찌 스스로는 진실치 못하면서 남이 나에게만 진실하기를 바라는가? 만약 그대가 자신에게 진실하다면, 밤이 낮을 따르듯 어떠한 사람도 그대에게 거짓말을 하지 않게 되리라! — 셰익스피어

▣ 진실한 사람의 마음은 언제나 평온하다. — 셰익스피어

▣ 만일 거짓말이 진실처럼 하나의 얼굴밖에 없다면 우리의 형편은 훨씬 더 나아질 것이다. 그렇다면 거짓말쟁이가 말하는 것을 거꾸로 잡으면 틀림없을 테니 말이다. 불행히도 진실의 반대는 무수한 얼굴과 무한한 벌판을 가지고 있는 것이다. — 몽테뉴

▣ 우리들은 이성(理性)뿐만 아니라 마음에 의해서도 진실을 안다. — 파스칼

▣ 진실은 늘 우리의 가장 가까운 곳에 있다. 다만 사람들이 그것에 주의하지 않을 뿐이다. 언제나 진실을 찾으라. 진실은 우리를 기다리고 있다. — 파스칼

▣ 거짓말을 내포하지 않은 역사책은 퍽 권태롭다. — 아나톨 프랑스

▣ 사람은 때때로 거짓말인 줄 알면서도 칭찬을 즐긴다. — 보브나르그

▣ 거짓은 천성(天性)의 악덕이 아니라, 이성(理性)의 걸작(傑作)이다. — 보브나르그

▣ 진실을 견디며, 진실을 표현하기 위한 충분한 근거를 가지고 있는 사람은 드물다. — 보브나르그

▣ 진실은 진실처럼 보이지 않을 때가 있다. — 니콜라 부알로

▣ 남자는 여자에게 거짓말하는 것만 가르치고, 그리고 여자에 대해서는 거짓말만 한다. — 플로베르

▣ 어떤 사람은 거짓된 말을 해서 나쁜 평판을 얻고, 어떤 사람은 거짓된 행동을 하고 좋은 평판을 얻는다. — 헨리 소로

▣ 인간이 진실만을 똑바로 지켜보고 기만당하기를 용납하지 않는다면 인생은 우리가 아는 일들과 비교해 볼 때 동화나 아라비안나이트와 같은 것이 될 것이다. — 헨리 소로

▣ 진실을 말하려면 두 사람이 필요하다. 말하는 사람에 들어 주는 사람. — 헨리 소로

▣ 역사가의 의무는 진실과 거짓, 확실과 의문을 분명히 구별하는 일이다. — 괴테

▣ 남이 나를 속인다고 하지 말라! 사람은 늘 자기가 자신을 속이고 있는 것이다. 그대의 생각이 올바른 중심을 벗어나서 자기를 괴롭히고 있는 것이다. — 괴테

▣ 깊게, 무섭게 진실을 말하는 자가 되어라. 자신이 느끼는 것을 표현하는 데 결코 주저하지 말라. 가령 공정 사상과 반대가 된다는 것을 알았을 때도 마찬가지다. 모르면 몰랐지 처음에는 그대들은 해되지 않을 것이다. 그러나 외톨박이가 되는 것을 겁내지 마라.

친구들은 끝내는 그대들에게 올 것이다. 왜냐하면 한 사람의 인간에 깊고 진실 됨은 모든 사람에게도 그러하기 때문이다.

— 오귀스트 로댕

▣ 자연은 사자에게는 날카로운 이빨과 발톱을, 그리고 여자에게는 거짓말하는 능력을 주었다. — 쇼펜하우어

▣ 우리의 육체가 의복으로 감싸여 있듯이 우리의 정신은 허위로 감싸여 있다. — 쇼펜하우어

▣ 거짓은 여인의 본능이다. 자연은 사자에게 발톱과 이빨을, 소에게는 뿔을, 문어에게는 먹물을 준 것처럼 여자에게는 자기 방어를 위해 거짓말하는 힘을 주었다. — 쇼펜하우어

▣ 진실은, 그 반대자의 반론에서보다도 그 찬성자들의 열정에 의해서 때로 괴로워한다. — 윌리엄 펜

▣ 하나의 거짓말을 참말처럼 하기 위해서는 항상 일곱 개의 거짓말을 필요로 한다. — 마르틴 루터

▣ 거짓말은 눈덩이 같아서, 굴리면 굴릴수록 점점 더 커진다.

— 마르틴 루터

▣ 진실을 말한다는 것은, 특히 여기에 열중하는 많은 윤리학자가 생각하는 바와 같이 그렇게 쉬운 일이 아니다. 우선 첫째로, 사람이 아직 그 사상생활에 있어서 이 세상 사물에서 많은 영향을 받는 동안은 절대로 진실을 보지 못한다. — 카를 힐티

▣ 한 가지 거짓말을 하는 자는 자기가 얼마나 무거운 짐을 지게 되

는지를 전연 모른다. 즉 한 가지 거짓말을 하기 위해서는 다른 거짓말을 스무 개나 지어내지 않으면 안 된다. — 조나단 스위프트

■ 과오는 사람을 결합시키는 힘이다. 진실은 진실한 행위를 통해서만 남에게 전해진다. — 레프 톨스토이

■ 타인에게 대한 거짓은 자기 자신에게 대한 거짓만큼 중대한 것도 아니며 또한 유해(有害)한 것도 아니다. 타인에게 대한 거짓은 흔히 즉흥일 수도 있고, 혹은 일장의 허영심의 만족에 불과한 것이다. 이에 반하여 자기 자신에게 대한 거짓은 항상 진리에 대한 배반이며, 인생의 요구에 대한 배반인 것이다. — 레프 톨스토이

■ 온전한 잘못도 없고, 온전한 진실도 없다. 어떠한 잘못 속에도 아직 진실의 껍질은 있다. 어떠한 진실 속에도 무릇 그릇된 씨앗은 있는 것이다. — 프리드리히 뤼케르트

■ 가난한 자가 말하면 진실도 믿지 않지만, 부자와 악당이 말하면 거짓말이라도 믿는다. — 프리드리히 뤼케르트

■ 진실을 말하는 데 겸손은 위선이다. — 칼릴 지브란

■ 이상한 노릇이다. 어느 시대에 있어서도 악인은 자기의 비열한 행위를 종교나 도덕이나 애국심 때문에 했다고 하는 가면을 씌우려고 애쓴다. — 하인리히 하이네

■ 인생의 의의는 거짓을 미워하며 진실을 사랑하는 데 있다. — 로버트 브라우닝

■ 절대적인 선(善)은 진실이며, 진실은 결코 말하는 사람을 다치게

하지 않는다. — 로버트 브라우닝

▣ 거짓이란 무엇인가? 그것은 변장한 진실에 불과하다.

— 조지 바이런

▣ 자기 자신의 사상을 믿고, 자기에게 있어서 진실 된 것을 믿고, 자기 마음속에서 만인의 진실을 믿는 자, 바로 그것이 천재다.

— 랠프 에머슨

▣ 사실에 대한 침해는 거짓말한 사람에게 있어 일종의 자살행위일 뿐만 아니라 건전한 인간사회에 대해 칼을 꽂는 행위다.

— 랠프 에머슨

▣ 사람은 혼자 있을 때 정직하다. 혼자 있을 때 자기를 속이지는 못한다. 그러나 좀 더 깊이 생각한다면 그것은 남을 속이는 것이 아니고 자기 자신을 속인다는 것을 알 것이다. — 랠프 에머슨

▣ 참뜻의 진실이란 항상 진실답지 않은 것이다. 진실을 보다 진실답게 보이기 위해서는 어떻게 해서라도 거짓을 덧붙여야 한다. 고로 인간은 늘 그렇게 해 내려왔던 것이다. — 도스토예프스키

▣ 인생에 있어 무엇보다 어려운 것은—거짓말을 않고 사는 것이다……그리고 자기 자신의 거짓말을 믿지 않는 것이다.

— 도스토예프스키

▣ 진실을 말하는 것은 기지(機智)가 없는 인간뿐이다.

— 도스토예프스키

▣ 거짓말은 모든 유기체에 대한 인간의 유일한 특권입니다. 거짓말

을 하는 동안에 진리에 도달하게 됩니다. — 도스토예프스키

■ 거짓말을 하는 사람은 누구보다도 쉽게 화를 내는 법이다.
— 도스토예프스키

■ 진실한 한 마디는 웅변과 같은 가치가 있다. — 찰스 디킨스

■ 허위의 탈 속에 자기를 감추려고 하지 말라! 그것은 도리어 적에게 공격하기 좋은 빈틈을 줄 뿐이다. 당신이 최후의 승리를 원한다면 진리를 따라야 한다. 한때 불리하고 비참한 처지에 빠지더라도, 그것은 치료받을 수 있는 상처이니 겁내지 말라!
— 앙드레 지드

■ 어린이와 바보는 거짓말을 할 수 없다. — 존 헤이우드

■ 남자는『거짓말하는 나라』의 서민이지만, 여자는 그 나라의 확실한 귀족이다. — 리처드 엘먼

■ 모든 악덕 중에서 거짓과 불성실한 행위를 했다고 인정받는 것만큼 그 사람에게 치욕감을 주는 것은 없다. — 프랜시스 베이컨

■ 진실을 발견하기 위해서 거짓말을 하라. — 프랜시스 베이컨

■ 많은 진실을 손아귀에 쥐고 있다면, 나는 그 손을 펴지 않도록 조심할 것이다. — 퐁트넬

■ 분노한 사람만큼 거짓말 잘하는 사람은 없다.
— 프리드리히 니체

■ 말이란 모두 무거운 자들을 위해서 만들어진 것이 아닌가. 가벼운 자에게 있어서는 말이란 모두 거짓이 아니겠는가. 노래 불러라,

이제 그만 이야기하라고. — 프리드리히 니체

▣ 사람은 입으로 거짓말을 하지만, 그 주둥이가 진실을 고백한다.
— 프리드리히 니체

▣ 거짓말을 하면서도 천진한 것, 그것이 어떤 일에 대한 좋은 신앙의 징조다. — 프리드리히 니체

▣ 진실이라고 어느 것이나 다 믿어도 좋은 것은 아니다.
— 피에르 드 보마르셰

▣ 시인해서는 안 될 것을 시인하는 데에 거짓이 있다면, 그것 자체로서는 좋은 것일지라도, 몸에 어울리지 않는 장점이 제법 몸에 배어 있는 듯한 얼굴을 하고 뽐내게 되면 역시 거짓이 되기 쉽다.
— 라로슈푸코

▣ 선(善)이 없는 진실은 겨울과 같은 것이다. 그 때는 모든 지표는 얼어버리고 아무것도 자라지 않는다. 선에서 생긴 진실은, 봄꽃이나 여름의 공기 같은 것이다. 거기서는 꽃이 피고 생장(生長)한다.
— 에마누엘 스베덴보리

▣ 오늘날의 신문 · 잡지는 거짓말의 복마전이다. 그리고 독자의 십중팔구가 거짓말에 휘말릴 가능성이 있다. — 로맹 롤랑

▣ 진실은 웅변과 미덕의 비결이며, 윤리적 근거의 기초이며, 미술과 인생의 극치다. — 헨리 F. 아미엘

▣ 거짓의 입장에서 가장 심한 것은, 그것이 끝나지 않는다는 사실이다. — 헨리 F. 아미엘

▣ 과장은 거짓의 곁가지다. — 그라시안이모랄레스

▣ 여자는 자신의 환상이 아름다운 거짓이라는 것을 알고 있다. 그래서 하나의 아름다운 거짓을 지키기 위하여 천 가지 나쁜 거짓말을 하게 된다. — 페렌츠 몰나르

▣ 허위의 세계에서는 정직한 여자만큼 사람을 속이는 것은 없다. — 샤를 생트뵈브

▣ 내가 두려워하거나 세상에 알려지지 않기를 바라는 진실은 없다. — 토머스 제퍼슨

▣ 거짓말만큼 비열하고 가련하고 경멸스러운 것은 없다. 한 번 거짓말하면 두 번 세 번 하게 되고, 결국은 버릇이 되고 만다. — 토머스 제퍼슨

▣ 엄청난 거짓말은 땅 위의 큰 물고기와 같다. 펄떡거리고 뛰고 큰 법석을 떨겠지만 결코 너를 해치지는 못한다. 너는 그저 가만히 있기만 하라. 그러면 그것은 저절로 죽는다. — 조지 크래브

▣ 달걀은 거짓으로 가득 찬 여자만큼 속이 차 있지 못하다. — 리처드 스틸

▣ 종교에 있어서는 신성한 것만이 진실이다. 철학에 있어서는 진실한 것만이 신성이다. — 포이에르바하

▣ 반쯤의 진실을 포함한 거짓말은 더욱 악한 것이다. — 앨프레드 테니슨

▣ 그대 무엇을 꾸미고자 하는가! 우리들은 먼저 허위의 탈을 벗어

던지지 않으면 안 된다. 진실은 허위를 벗어던지면 저절로 나타나게 되어 있다. 봄에서 여름에 걸쳐 입던 의복을 하나하나 벗어던지듯이 그대의 허위의 탈을 벗어던져라. 진실을 얘기하는 자리에 장식은 필요 없다. — 가브리엘 마르셀

▣ 철학자와 현자는 마음이 흔들리지 않는다고 한다. 거짓은 거짓말이다. 마음이 흔들리지 않는다는 것은 정신의 마비요, 요절(夭折)이다. — 안톤 체호프

▣ 모든 사람을 얼마 동안 속일 수는 있다. 또 몇 사람을 늘 속일 수도 있다. 그러나 모든 사람을 언제까지나 속일 수는 없다.
— 에이브러햄 링컨

▣ 진실을 거칠게 다룬다고 겁낼 필요는 없다. 진실은 허약하지 않다. — 올리버 홈스

▣ 죄악은 많은 연장을 가지고 있다. 그러나 거짓말은 그 모두에게 맞는 손잡이다. — 올리버 홈스

▣ 우리 딸에 관한 모든 것에 대해서 신사답게 거짓말해 주기를 바란다. — 제임스 캐벌

▣ 네가 진실을 가두고, 땅에 매장해도, 그것은 싹이 트고……모든 것을 불어버릴 만한 폭발적인 힘으로 집중될 것이다.
— 에밀 졸라

▣ 용모는 결코 거짓말을 하지 않는다. — 발자크

▣ 진리야말로 내가 무덤에 들어갈 때까지 언제나 지켜야 하는 것이

다. — 에드먼드 카트라이트

▣ 어떤 바보라도 진실을 말할 수는 있으나, 거짓말을 잘할 수는 없다. 그것은 여간 머리가 똑똑한 사람이 아니면 안 되기 때문이다.
— 새뮤얼 버틀러

▣ 가장 잔혹한 거짓말은 때로 침묵 속에 말해진다.
— 조지 스티븐슨

▣ 어느 누구나 자기가 생각하고 있는 진실을 발언할 권리를 가지며, 어느 누구도 그것을 파괴할 권리를 가진다. — 새뮤얼 존슨

▣ 나의 사상은 나 자신이 확인한 것이 아니면 어떤 것도 진실로 인정하지 않는 것이다. — 앙드레 지드

▣ 가장 혐오스런 거짓말은 가장 진실에 가까운 허언이다.
— 앙드레 지드

▣ 절대적으로 비난할 수 없는 유일한 거짓말의 형태는, 자기 자신을 위해서 거짓말을 하는 일이다. — 오스카 와일드

▣ 쓰라린 진실은 그것이 진실인 이상 인정할 가치가 있긴 하지만 그것에 매달리는 것은 좋지 않습니다. — 버트런드 러셀

▣ 우리가 거짓을 믿어서는 안 되는 것과 같이 의심스런 것은 의심해야 한다고 명령적으로 요구하는 것이 진리라고 생각하네.
— 버트런드 러셀

▣ 진실은 우리들이 가진 가장 가치 있는 것이다. 그것을 경제적으로 사용하자. — 마크 트웨인

▣ 거짓말에도 경험이 풍부한 것, 기를 쓰고 하는 것, 야심에 찬 것 등이 있지만 흔히는 환히 들여다보인다. — 마크 트웨인

▣ 어떻게 말할까 미심쩍을 땐 진실을 말하라. — 마크 트웨인

▣ 팔백예순아홉 가지의 거짓말 방법이 있다. 그 중에서도 유일하게 단호히 금지되어야 할 것은 이웃에게 거짓 증언을 하지 말라는 것이다. — 마크 트웨인

▣ 미신은 엄청난 진실의 그림자이다. — 조나단 에드워드

▣ 인간은 사실을 보아야 한다. 사실이 인간을 보고 있기 때문이다. — 윈스턴 처칠

▣ 자연은 거짓말을 하는 날이 있는가 하면 참말을 하는 날도 있다. — 알베르 카뮈

▣ 진실은 미움을 낳는다. — 앰브로스 비어스

▣ 외교—조국을 위해서 거짓말을 하는 애국적 행위. — 앰브로즈 비어스

▣ 진리의 신에 대한 충성은 다른 모든 것에 대한 충성보다 낫다. — 마하트마 간디

▣ 시간이 귀중하지만 진실은 그것보다 훨씬 귀중하다. — 벤저민 디즈레일리

▣ 헛된 말은 진실하지 않을 뿐만 아니라 항상 그 속에 싸움을 갖고 있다. — 데이비드 웹스터

▣ 진실이란 뭔가? ……일이 없어, 힘이 없어, 이것이 진실이야! 몸

둘 곳이 없어! 객사할 수밖에 없어, 이것이 그 진실이야!

— 막심 고리키

▣ 거짓말은 노예와 군주의 종교다. 진실은 자유스런 인간의 하느님이다. — 막심 고리키

▣ 절제와 노동은 인간에게 있어서 진실 된 두 사람의 의사이다.

— 장 자크 루소

▣ 또다시 거짓말을 하려면, 좋은 기억이 필요해진다.

— 코르네이유

▣ 거짓말쟁이는 맹세를 항상 아끼지 않는다. — 코르네이유

▣ 진실의 길이란 한 가닥의 밧줄이다. 그 밧줄은 공중에 쳐 놓은 것이 아니라 땅 바로 위에 쳐 놓은 것이다. 타고 건너기 위한 줄이라기보다 아무래도 걸려서 넘어지라는 줄인 것 같다.

— 프란츠 카프카

▣ 모든 위대한 진실은 신성한 것을 모독하는 데서부터 시작된다.

— 조지 버나드 쇼

▣ 가상적인 이야기는 거짓말이 아니다. 왜냐하면 그것은 일어나지 않는 일을 말하고 있으니까. — 조지 버나드 쇼

▣ 나는 진실을 말하기 위한 방편으로 농담을 한다. 그것보다 더 재미있는 농담은 없다. — 조지 버나드 쇼

▣ 반쪽 진실은 허위보다도 무섭다. — 포이히타스레벤

▣ 적에게 젖은 옷을 입히고, 그들을 욕하기 위해서 거짓말을 하는

것은 그 자신에게 복수하는 것으로서, 너무나도 큰 이익을 적에게 준다.

— 라브뤼예르

■ 진실은 모든 미덕을 담고 있으며, 어느 종파나 학파보다도 오래다. 그리고 자비와 마찬가지로 인류보다도 먼저 이 세상에 있었다.

— 에이머스 올컷

■ 거짓이란 내가 만든 것은 아니고, 계급으로 나눠진 사회에서 생겨난 것이다. 그러므로 나는 나면서부터 거짓말을 상속하고 있다.

— 장 폴 사르트르

■ 하느님과 함께 하는 편은 한 사람이라도 항상 다수파이다. 그러나 표결이 아직 진행 중일 때 많은 순교자가 화형을 당했다.

— 토머스 리드

■ 진실을 이야기할 때, 그것이 너무나 진실일 때는 화산에서 용암이 분출하듯 우리는 거리낌 없이 이야기를 다 털어놓을 수 있다.

— C. V. 게오르규

■ 단 한 마리의 파리가 한 접시의 요리를 모두 못 먹게 만들고, 보이지 않는 미세한 바이러스가 건강하고 아름다운 사람을 죽게 만들 듯, 한 마디의 거짓말만으로도 세계의 조화는 깨질 수 있다.

— C. V. 게오르규

■ 너무나 많이 알고 있는 사람으로서 거짓말하지 않기란 힘들다.

— 비트겐슈타인

■ 거짓말을 하지 않는 사람은 거짓말을 하지 않는 것만으로 독창적이라 할 수 있다.

— 비트겐슈타인

▣ 진실을 말하는 것은 거짓말을 하는 것보다 그저 약간만 더 고통스러운 데 지나지 않는다. 그것은 설탕을 탄 커피를 마시는 것보다 블랙커피를 마시는 게 어려운 것과 같다. 그런데도 나는 거짓말을 하는 쪽으로 강하게 이끌려 간다. — 비트겐슈타인

▣ 자기의 명성이 자기의 진실보다 더 빛나지 않는 자는 복이 있다.
— R. 타고르

▣ 참된 것은 탐욕이 아니라 사랑이다. — R. 타고르

▣ 진실은 오늘날 피압박자에 있다. 진실은 압박하는 자를 반대한다. 그 밖에 어느 것도 필요치 않다. — 맬컴 엑스

▣ 미움에는 아첨의 사탕을 바르고, 탐욕에는 거짓의 껍데기를 씌워서 서로 속이고 속고 의심하고 넘겨짚고 살아가는 것.— 이광수

▣ 진실은 언제나 사람을 고독하게 하는 것인가 보옵니다.
— 유치환

▣ 그것은 실과(實果)와 같은 것. 누구에게 먹혀서도 아니 되며 오직 인간의 땅에 떨어져 외롭게 썩음으로써 있음을 다하는 것.
— 유치환

▣ 개미나 파리는 본능만으로 살아가지만, 사람은 본능 이외의 지성으로 살아간다. 본능을 육체의 지혜라고 한다면, 지성은 정신의 지혜다. 동물들은 본능인 육체의 지혜로 살아가므로 거짓이 없다. 허위와 가식이 있을 수 없다. 자연 그대로다. 그러나 인간은 지성이라는 정신의 지혜를 가지고 있기 때문에 허위가 많다. 사람만이 거짓말할 줄 아는 동물이다. 그는 남을 속이는 동시에 자기 스스

로를 속인다. — 안병욱

▣ 인간의 허위는 두 가지 옷을 입고 나타난다. 하나는 위선(僞善)이요, 하나는 위악(僞惡)이다. 악하면서 선한 체하는 것이 위선이요, 악하지 않으면서 악한 체하는 것이 위악이다. — 안병욱

▣ 인간이 한 평생 가질 수 있는 진실은 그렇게 많지 못하다. 그리고 한 번 진실이었던 것은 다시 변하지는 않아, 잊고 사는 것이다. 그 다음부터는 진실이 아니래도 살 수 있더군. 전에는 미처 상상도 못했던 일이다. — 최인훈

▣ 거짓에는 거짓의 진실이 있다. 마치 위험한 줄타기를 하는 곡예사들에게 그들대로의 우정이 있듯이. — 최인훈

▣ 진심과 진정이란 과연 좋은 것입죠. 사람이 가지고 있는 가장 보배스러운 자랑거리올시다. 진심, 진정은 곧 사(邪)가 없다는 말인데, 사 없다는 앞에 원망과 저주가 있을 까닭이 없습니다.

— 박종화

▣ 진실이란 항상 감상적인 일면을 지니고 있다. — 정비석

▣ 우리는 일시적 편의와 순간적 성공을 위하여 사실이 아닌 것을 사실인 체 말하는 때가 있다. 이것이 이른바 거짓말이다.

— 백낙준

▣ 거짓말은 쉽게 할 수 있으나 진실은 말하기 어렵다. 진실에는 책임이 뒤따르기 때문이다. — 김성식

▣ 하나의 참(眞)은 아흔 아홉의 거짓을 이기게 되어 있으며, 참을

위해 사는 사람은 반드시 어떤 사명감 밑에 살게 되는 것이다.
— 김형석

▣ 영국에서는 남에게 해를 끼치지 아니하는 거짓말을 하얀 거짓말이라 하고, 죄 있는 거짓말을 까만 거짓말이라고 한다. 이야기를 재미있게 하기 위하여 하는 거짓말은 오색이 영롱한 무지갯빛 거짓말인 것이다. — 피천득

▣ 색칠을 벗겨 놓고 보면 거짓말이란 하나의 창조, 생산의 한 근원이랄 수도 있다. — 장용학

▣ 대부분의 거짓말은 장난으로 시작되지만, 결과적으로는 자기 자신까지를 속이게시리 발전한다. — 이어령

▣ 거짓말에는 『새빨간 거짓말』과 『새하얀 거짓말』의 두 가지가 있게 된다. 그 동기가 악한 거짓말은 새빨간 거짓말이나, 암 환자에게 하는 의사의 거짓말은 그 동기로 보아 선한 것이므로 흰 거짓말이다. — 신일철

▣ 정직과 성실이 한국 사회의 기초가 되도록 국민 모두가 동참할 때 한국은 세계 속에 우뚝 서게 될 것이다. — 김수환

【속담 · 격언】

▣ 거짓말이 외삼촌보다 낫다. (거짓말이 때로는 이로울 수가 있다)
— 한국

▣ 뒤웅박 차고 바람 잡는다. (맹랑하고 허황된 말을 떠벌이고 돌아다니는 사람) — 한국

▣ 거짓말하고 뺨 맞는 것보다 낫다. (좀 무안하더라도 사실을 사실대로 말해야지, 거짓말을 하면 안 된다) — 한국

▣ 미친개가 천연한 체한다. (온전하지 못한 이가 온전한 체한다) — 한국

▣ 눈 가리고 아웅 한다. (결코 넘어가지 않을 얕은 수로 남을 속이려 한다) — 한국

▣ 벼락 치는 하늘도 속인다. (악한 자에게 벼락을 내리는 하늘도 속인다는 말로, 남을 잘 속인다) — 한국

▣ 물 먹은 배만 튕긴다. (속은 하잘것없이 가난하면서도 겉으로는 잘 사는 체 뽐낸다) — 한국

▣ 시골 놈이 서울 놈 못 속이면 보름씩 배를 앓는다. (시골사람이 서울 사람을 더 잘 속인다) — 한국

▣ 거짓말을 하지 않으면 부처가 될 수 없다. — 일본

▣ 능숙한 거짓말보다 서투른 성실. — 일본

▣ 거짓말도 건더기가 있어야 한다. — 일본

▣ 근거도 없는 거짓말에서 싹이 튼다. — 일본

▣ 애매한 말은 거짓말의 시초다. — 서양속담

▣ 죽어 가는 자는 진실을 말한다. (Dying men speak true.) — 서양격언

▣ 술 속에 진실이 있다. (In wine is truth.) — 서양속담

▣ 어린애와 바보는 정말을 말한다. (어린애 앞에서는 말을 삼가라)
— 영국

▣ 거짓말은 다리가 짧다. (거짓말은 오래 가지 않아 탄로 난다)
— 영국

▣ 진실은 미움을 낳게 한다. (Truth begets hatred. : 여간한 용기 없이는 진실을 밝혀 말하기가 어렵다) — 영국

▣ 거짓말은 눈처럼 녹는다. — 영국

▣ 하나의 거짓말을 하면, 그것을 은폐하려고 많은 거짓말을 하게 된다. — 영국

▣ 농담 속에 진실이 많다. (Many a true word is spoken in jest.)
— 영국

▣ 거짓말과 도둑질은 이웃사촌이다. — 영국

▣ 여자는 개가 접시를 핥는 것과 같은 속도로 거짓말을 한다.
— 영국

▣ 한 입에 두 혀를 갖지 말라. (한 가지를 두 가지로 말하는 것. 거짓말을 하는 것) — 영국

▣ 거짓말에는 다리가 없다. 그러나 추문에는 날개가 있다.
— 영국

▣ 거짓말은 때에 따라 방편이다. — 영국

▣ 거짓말쟁이는 절름발이보다 빨리 붙들린다. — 영국

▣ 헛소문과 거짓말은 서로 손을 잡고 있다. — 영국

▣ 말의 참된 용도는 진실을 말하는 데 있다. — 프랑스

▣ 거짓말에는 세금이 붙지 않는다. 그러므로 나라에는 거짓말이 차고 넘친다. — 독일

▣ 수다스런 사람은 대개 거짓말쟁이다. — 독일

▣ 아내는 세 가지 눈물을 가지고 있다. 괴로움의 눈물, 초조의 눈물, 거짓의 눈물. — 네덜란드

▣ 어머니의 마음은 거짓을 말하지 못한다. — 네덜란드

▣ 거짓말을 할 때마다 이빨이 하나씩 빠진다면 이빨이 성한 사람은 하나도 없을 것이다. — 스웨덴

▣ 진실이라는 코트에는 거짓말이라는 안감이 들어 있는 경우가 많다. — 덴마크

▣ 거짓말이 라틴어로 말해져야 한다면 라틴어 학자가 차고 넘칠 만큼 우글거릴 것이다. — 덴마크

▣ 가난하면 훔치고, 궁하면 거짓말을 한다. — 스페인

▣ 거짓말은 꽃은 피우지만 열매를 맺지 못한다. — 스페인

▣ 대여행(大旅行)을 꿈꾸는 사람은 많은 거짓말을 안고 돌아오기 마련이다. — 스페인

▣ 거짓말은 퇴색하는 일도 없이 되풀이된다. — 그리스

▣ 거짓말은 남에게 던져주는 뼈다귀이지만, 그 뼈다귀가 자기 목에 걸린다. — 루마니아

▣ 여자는 눈물에 의지하고, 도둑은 거짓말에 의지한다.
— 유고슬라비아

▣ 사람은 거짓으로 세상을 통과하지만 결코 뒤로 돌아갈 수는 없다.
— 러시아

▣ 집 대문 앞에 오기까지는 거짓말을 믿어도 좋다. — 이집트

▣ 거짓말은 신을 두려워하지 않는 사람의 무기다. — 모로코

▣ 한 가지 거짓말은 거짓말이고, 두 가지 거짓말도 거짓말이나, 세 가지 거짓말은 정치다.
— 유태인

▣ 거짓말을 하지 않으면 중매쟁이가 못 된다. — 유태인

▣ 거짓은 파리나 모기처럼 앵앵 소리를 낸다. 그러나 진실은 태양처럼 아름답게 빛난다.
— 무어人

▣ 거짓은 아니라도 두 개의 얼굴을 가진 말은 많다.
— 마다가스카르

【시 · 문장】

약삭빠르게 교활하게
거짓말만 꾸며대니 지금이야 믿는다만
언젠간 너도 당하리.

— 《시경》

사랑이 거짓말이 님 날 사랑 거짓말이
꿈에 와 뵈단 말이 그 더욱 거짓말이

나같이 잠 아니 오면 어느 꿈에 뵈이리.

— 김상용

저기 황새 간다
어데
오 우리 큰 개 눈 띈다
저기 뱁새 간다
어데
오 우리 강아지 눈 떴다
(동무를 속인 뒤에 조롱)

— 영주지방 민요

한 번 속고 깜백이
두 번 속고 깜백이
또랑 건너 쥐새끼

— 공주지방 민요

사람에게 있어서 가장 큰 힘을 주는 것은 한 가지 진실에 있다. 그 마음속에 진심이 일관하고 있다면 그는 그 진심의 힘으로 거의 못할 일이 없을 것이다. 뙤약볕이 내리쬐는 오뉴월에 서릿발을 내리게 하였다는 연왕 때의 이야기가 다 이를 말하는 것이라 할 것이다. 주자(朱子)의 말에도, 밝은 빛깔은 금과 돌을 뚫는다고 했다. 진실 일념은 무엇이고 뚫고 나가지 못함이 없다. 그러나 사람으로서 가장 그 몸을 버리는 것은 진실에서 떠나 허위 속을 헤맬 때다. 허위는 먼저 그 사람의 얼굴 모양부터 일그러뜨리고 만다. 허위에 사는 사람은 인간 본래의 빛깔을 떠난 것이니, 그의 추잡한 그림자에 스스로 몸부림치게 된다. — 《채근담》

그대가 순진하고 맑고 결백한 마음을 간직했다면 열 개의 진주 목걸이보다도 더 그대 행복을 위한 빛이 될 것이다. 그대가 비록 지금 불행한 환경에 있더라도 만일 그대 마음이 진실하다면 아직 힘찬 행복을 간직하고 있는 것이다. 왜냐하면 진실한 마음에서만이 인생을 헤어날 힘찬 지혜가 우러나오기 때문이다. 아무리 그대가 지위 있고 지식이 많아도 인간의 진실을 잃는다면 그 지위도 지식도 그대의 몸에 붙지 못할 것이다. — 페스탈로치

어디까지가 가면이오, 어디까지가 진면(眞面)인고. 사람은 아주 가면을 벗어버리고 진정한 진면목을 가질 수는 없지 아니한가. 아마 가면과 진면이란 결국 정도 문제가 아닌가. 가면의 덕과 묘미도 또한 크다 할 것이다. 인생만사가 모두 난사(難事)이니 가면을 알맞추하기는 난중난사라. 가면을 알맞추 하며 그 진면에 서기(庶幾)하다고 할까. — 이광수 / 가면난(假面難)

우리는 거짓말을 해서는 안 된다고 어려서부터 늘 배워도 왔고, 또 지금에 와서는 이 교훈을 직접 전하는 자리에 서게 되었다. 그러나 엄밀히 말하면 이것은 실로 무모한 설교라고 하지 않을 수 없으니, 왜 그러냐 하면 일찍이 거짓말을 해본 일이 없는 사람은 아마도 없을 것이며, 우리는 의식적으로 혹은 무의식적으로 자타를 기만하기

도 하고 또 연민의 정과 비열한 마음에서 부득이 허언을 토하기도 하며, 혹은 자기를 곤란한 경우에서보담 간단하게 구하기 위하여, 또는 다른 사람에게 욕을 보이지 않도록 하기 위하여, 어느 때는 자기의 활발한 공상을 만족시키고자 하는 마음에서 내지는 거짓말을 하는 것이 윤리도덕, 예의염치가 되는 일이 우리들의 사회생활 속에서는 결코 적지 않으므로, 말하자면 사교적 입장에서 직언을 피하고 의식적으로 거짓말을 하기도 하는 것이기 때문이다. 사실상 사람과 사람의 대면에 있어서는 이 허언의 요소는 예상 이상으로 중대한 역할을 하는 것이니, 일체의 외교는 허언과 기만을 토대로 삼지 않고서는 성립할 수 없다고 하여도 과언이 아니다.

— 김진섭(金晋燮) / 허언(虛言)의 윤리

【중국의 고사】

▣ **화씨벽**(和氏璧) : 화씨(和氏)가 발견한 구슬이라고 해서『화씨벽』으로 부르게 된 것이다. 춘추전국시대를 통틀어서 가장 값비싼 보물로 인정되어 왔고, 한때 이 화씨벽을 열다섯 개의 성과 바꾸자고 한 일도 있어, 이를 둘러싼 국제적인 분쟁이 있었고, 이로 인해 벼락출세를 하게 된 인상여(藺相如)의 이야기 또한 너무도 유명하다. 또 장의(張儀)가 이 화씨벽으로 인해 도둑의 누명을 쓰고 매를 맞은 일도 유명하다. 그러나 이 화씨벽이 세상에 나오기까지에는 보다 기막힌 사연이 얽혀 있었다.

초나라 화씨(和氏 : 卞和)가 산 속에서 돌로밖에는 보이지 않는 옥돌 원석을 주워 와서 초나라 여왕(厲王)에게 바쳤다. 여왕이 옥공에게 감정을 시킨바, 옥이 아닌 돌이라고 했다. 왕은 임금을 속인 죄를 물어 왼쪽 다리를 자르게 했다. 여왕이 죽고 무왕(武王)이 즉위하자, 화씨는 다시 그 원석을 바쳤다. 역시 옥공에게 감정시킨 결과 옥이 아닌 돌이라는 판정이 내려졌다. 이번에는 그의 오른발을 자르게 했다.

무왕이 죽고 문왕이 즉위했다. 그러자 화씨는 그 원석을 품에 안고 밤낮 사흘을 소리 내어 울었다. 눈물이 마르자 피가 잇달아 흘렀다. 문왕은 이 소문을 듣고 사람을 시켜 그 까닭을 물었다. 『세상에 발을 잘린 죄인이 많은데, 그대만 유독 슬프게 우는 까닭은 무엇인가?』 그러자 화씨는, 『다리가 잘린 것이 슬퍼 우는 것이 아닙니다. 보배 구슬이 돌로 불리고, 곧은 선비가 속이는 사람이 된 것이 슬퍼 우는 까닭입니다.』 하고 대답했다.

이리하여 문왕은 옥공에게 그 원석을 다듬고 갈게 하여, 천하에 다시없는 보물을 얻게 되었다. 그리고 그 구슬을 『화씨벽』이라 이름을 붙였다. ―《한비자》 화씨편

▣ **사이비(似而非)** : 겉으로 보면 같은데, 실상은 그것이 아닌 것이 『사이비(似而非)』다. 비슷한데 아니란 말이다. 사이비란, 사람은 위선자(僞善者)요 사기꾼이다. 사이비란, 물건은 가짜요 모조품이다. 사이비란, 행동은 위선이요 가면이요 술책이다. 유사 종교니 유사품이니 하는 것도 다 사이비를 말한다. 이 세상을 어지럽게 만드는 것 중에 사이비가 차지하는 비중이 가장 클 것이다. 이것은 맹자의 말이다. 맹자는 제자 만장(萬章)과 이런 문답을 한다.

만장이 물었다. 『온 고을이 다 그를 원인(原人 : 점잖은 사람)이라고 하면, 어디를 가나 원인일 터인데, 공자께서 덕(德)의 도적

이라고 하신 것은 무슨 까닭입니까?』

맹자가 대답했다. 『비난을 하려 해도 비난할 것이 없고, 공격을 하려 해도 공격할 것이 없다. 시대의 흐름에 함께 휩쓸리며 더러운 세상과 호흡을 같이하여, 그의 태도는 충실하고 신의 있는 것 같으며, 그의 행동은 청렴하고 결백한 것 같다. 모든 사람들도 다 그를 좋아하고, 그 자신도 스스로 옳다고 생각하고 있다. 그러나 그와는 함께 참다운 성현의 길로는 들어갈 수가 없다. 그래서 덕의 도적이라고 말하는 것이다. 공자는 말씀하시기를, 『나는 같고도 아닌 것을 미워한다(惡似而非者).』 고 하였다. 가라지를 미워하는 것은 그것이 곡식을 어지럽게 할까 두려워함이요…… 향원(鄕原)을 미워하는 것은 그것이 덕을 어지럽게 할까 두려워함이다…….』

가짜가 횡행하게 되면 세상에는 진짜가 행세를 할 수 없게 된다. 가짜는 진짜의 적인 것이다. 성경에는 예수께서 가라지의 비유를 말씀하셨고, 예수도 가장 미워한 것이 거짓 예언자였다. 동서고금을 막론하고 이 사이비가 항상 말썽이다. 『사이비』를 분간할 수 있는 것은 오직 성자뿐이다.

— 《논어》 양화편, 《맹자》 진심편

▣ **교언영색**(巧言令色) : 남의 환심을 사려고 아첨하는 교묘한 말과 보기 좋게 꾸미는 얼굴빛을 이르는 말이다. 공자의 말이다. 『공교로운 말과 좋은 얼굴을 하는 사람은 착한 사람이 적다(巧言令色鮮矣仁).』 쉽게 말해서, 말을 그럴 듯하게 잘 꾸며대거나 남의 비위를 잘 맞추는 사람 쳐놓고 마음씨가 착하고 진실 된 사람이 적

다는 말이다.

여기에 나오는 인(仁)에 대해서는 한 마디 말로 설명하기 어렵다. 공자처럼 이 인에 대해 많은 말을 한 사람이 없지만, 공자의 설명도 때에 따라 각각 다르다. 그러나 여기에 말한 인은 우리가 흔히 말하는 어질다는 뜻으로 알면 될 것 같다. 어질다는 말은 거짓이 없고 참되며, 남을 해칠 생각이 없는 고운 마음씨 정도로 풀이한다. 공자는 인간의 심성에 대해 여러 가지 방식으로 설명하고 있다.

궁극적으로 가장 완성된 인격을 갖춘 사람을 공자는 군자(君子)라 명명하고 있는데, 군자는 『수식과 바탕이 잘 조화를 이루어야 비로소 군자라고 할 수 있다.』는 말처럼 지나치지도 않고 부족하지도 않은 중용(中庸)의 자리에 서 있는 사람을 지적하는 것이다. 교언영색하는 사람은 수식(文)이 많아서 지나친 사람을 가리킨다고 할 수 있다. 말을 잘한다는 것과 교묘하게 한다는 것과는 상당한 차이가 있다. 교묘하다는 것은 꾸며서 그럴 듯하게 만든다는 뜻이 있으므로, 자연 그의 말과 속마음이 일치될 리 없다.

말과 마음이 일치하지 않는다는 것은 곧 진실 되지 않음을 말한다. 좋은 얼굴과 좋게 보이는 얼굴과는 비슷하면서도 거리가 멀다. 좋게 보이는 얼굴은 곧 좋게 보이려는 생각에서 오는 얼굴로, 겉에 나타난 표정이 자연 그대로일 수는 없다. 인격과 수양과 마음씨에서 오는 얼굴이 아닌, 억지로 꾸민 얼굴이 좋은 얼굴일 수는 없다. 결국『교언(巧言)』과 『영색(令色)』은 꾸민 말과 꾸민 얼굴을 말한 것이 된다.

꾸미기를 좋아하는 사람의 마음이 참되고 어질 수는 없다. 적다고 한 말은 차마 박절하게 없다고 할 수가 없어서 한 말일 것이다. 우리 다 같이 한번 반성해 보자. 우리들이 매일같이 하고 듣고 하는 말이 『교언』이 아닌 것이 과연 얼마나 될는지? 우리들이 매일 남을 대할 때 서로 짓는 얼굴이 『영색』 아닌 것이 있을지? 그리고 우리의 일거일동이 어느 정도로 참되고 어진지를 돌이켜 보는 것이 어떨까? 《논어》 자로편에는 이를 반대편에서 한 말이 있다. 역시 공자의 말이다.

『강과 의와 목과 눌은 인에 가깝다(剛毅木訥近仁).』 『강(剛)』은 강직, 『의(毅)』는 과감, 『목(木)』은 순박, 『눌(訥)』은 어둔(語鈍)을 말한다. 강직하고 과감하고 순박하고 어둔한 사람은 자기 본심 그대로를 지니고 있는 사람이다. 꾸미거나 다듬거나 하는 것이 비위에 맞지 않는 안팎이 없는 사람이다. 그런 사람이 남을 속이거나 하는 일은 없다. 있어도 그것은 자기 본심에서가 아니다. 그러므로 그 자체가 『인(仁)』일 수는 없지만, 역시 『인(仁)』에 가깝다고 볼 수 있다. —《논어》 학이 · 양화편

▣ **실사구시(實事求是)** : 사실에 토대하여 진리를 탐구하는 일. 실사(實事)는 진실 된 사실을 말한다. 구시(求是)는 올바른 것을 찾는다는 뜻이다. 즉 눈으로 보고 귀로 듣고, 손으로 만져 보는 것과 같은 실험과 연구를 거쳐, 누구도 부정하거나 부인할 수 없는 객관적 사실을 통해 정확한 판단, 정확한 해답을 얻는 것이 『실사구시』다.

이것은 《한서》 하간헌왕덕전에 나오는 『학문을 닦아 옛것을 좋아하며, 일을 실상되게 하여 옳은 것을 찾는다(修學好古 實事求是).』 는 말의 뒷부분을 따다가 새로운 의미를 담은 학문하는 태도

로 삼은 것이 실사구시 운동이다. 이 실사구시 운동은 청조(淸朝) 전기의 고증학(考證學)을 표방하는 학자들에 의해 시작되었고, 그 중심인물은 대진(戴震)이었다.

대진은 말하기를, 『학자는 마땅히 남의 것으로 자신을 가리지 말고, 내 것으로 남을 가리지 말아야 한다.』고 했고, 같은 계통의 학자인 능정감(凌廷堪)은 또 말하기를, 『진실 된 사실 앞에서는, 내가 옳다고 말하는 것을 남이 억지말로 이를 그르다고 할 수 없고, 내가 옳지 않다고 하는 것을 남이 억지소리로 이를 옳다고 하지 못한다.』고 했다. 쉽게 말해 『실사구시』는 과학적인 학문태도를 말하는 것이다.

이리하여 이론보다 사실을, 우리의 생활과 거리가 먼 공리공론을 떠나 우리의 실생활을 유익하게 하는 실학(實學)이란 학파를 낳게 된 것이다. 이조(李朝) 중엽부터 일어나기 시작한 우리나라 실학사조는, 당시 지배계급들의 형이상학적인 공리공론에 대한 반발과 반성에서 비롯된 것이었지만, 실상은 청나라를 통해 들어온 서양문명의 영향을 많이 받았던 것이다.

—《한서》하간헌왕덕전(河間獻王德傳)

■ **지록위마**(指鹿爲馬) : 누구나 다 아는 사실을 옳다거나 아니라고 억지를 써서 남을 궁지로 몰아넣는다는 말로서, 윗사람을 농락하여 권세를 마음대로 휘두름을 말한다.

진시황 37년 7월, 시황제는 순행 도중 사구(沙丘)의 평대(平臺)에서 죽는다. 시황은 죽기에 앞서 만리장성에 가 있는 태자 부소(扶蘇)를 급히 서울로 불러올려 장례식을 치르라는 조서를 남겼었다. 그러나 이 조서를 맡고 있던 내시 조고가 진시황을 따라와 있던 후궁 소생인 호해(胡亥)를 설득시키고, 승상 이사(李斯)를 협박하여 시황의 죽음을 비밀에 붙이고 서울 함양으로 들어오자, 거짓 조서를 발표하여 부소를 죽이고 호해를 보위에 앉힌다. 이것이 2세 황제다.

조고는 점차 2세를 정치에서 멀어지게 하고 방해물인 이사를 죽게 한 다음 스스로 승상이 되어 권력을 한 손에 쥐고 흔들었다. 그러나 조고의 야심은 그 자신 황제가 되는 것이었다. 조고는 반란을 일으키려 했으나 군신들이 따를지가 염려였다. 그래서 먼저 준비공작을 했다. 조고는 사슴을 가져다가 2세에게 바치며, 『이것이 말이옵니다.』라고 했다. 그러자 2세는 웃으며, 『승상이 실수를 하는구려. 사슴을 보고 말이라고 하니?』 『아닙니다. 말이옵니다.』 2세는 좌우에 있는 시신들에게 물었다. 어떤 사람은 잠자코 있고, 어떤 사람은 조고의 편을 들어 말이라고 하고, 혹은 정직하게 사슴이라고 대답하기도 했다.

그러자 조고는 사슴이라고 말한 사람은 모조리 법률로 얽어 감옥에 넣고 말았다. 그 뒤로 모든 신하들은 조고가 무서워 그가 하는 일에 다른 의견을 말하지 못했다는 것이다. 그러나 이때는 이미 온 천하가 반란의 물결이 물밀 듯이 밀려오고 있을 때였다. 조고는 2세를 더는 속일 수 없게 되자, 그를 죽이고 부소의 아들 자영(子嬰)을 임시 황제 자리에 앉혔다. 그러나 결국 조고는 자영에게 죽고 만다. 불에 싸인 집안에서 권력다툼을 하는 소인의 좁은 생각은 그것이 남을 해칠 뿐만 아니라 자신을 해치는 것인 줄을 알 리가 없었다. 이래서 억지소리로 남을 몰아세우는 것을 『지록

위마』라고 하게 된 것이다. —《사기》진시황본기

■ **일견폐형백견폐성(一犬吠形百犬吠聲)** : 형(形)은 그림자(影)란 뜻이다. 개 한 마리가 헛 그림자를 보고 짖어대면, 온 마을 개가 그 소리에 따라 짖는다는 말이다. 즉 한 사람이 있지도 않은 일을 있는 것처럼 퍼뜨리면 수많은 사람들이 그것을 사실인 양 따라 떠들어대는 것을 비유해서 하는 말이다.

왕부는 당시 유명한 마융(馬融)·두장(竇章)·장형(張衡)·최원(崔瑗)과 같은 인물과도 친교가 있었으나, 출세만을 유일한 목적으로 알고 있는 당시의 풍조에 싫증을 느낀 나머지 벼슬에 오를 것을 단념하고 고향에서 숨어 살며 《잠부론》10권 36편을 지었다. 문벌정치에 분노를 터뜨리며 천자에게 모든 권력을 집중시켜, 무능한 무리들을 내쫓고 덕이 높은 사람을 등용해야 된다는 것을 역설한 내용인데, 자기 이름을 밝히고 싶지 않았기 때문에 《잠부론》이라고 제목을 붙인 것이다.

『잠부』란 숨어 사는 사람이란 뜻이다. 『천하가 잘 다스려지지 않는 까닭은, 현난(賢難)에 있다. 현난이란 어진 사람이 되기가 어려운 것을 말하는 것이 아니고, 어진 사람을 얻기가 어려운 것을 말하는 것이다.』라고 붓을 들고 있는 현난편은, 어진 사람의 말과 행동이 속된 사람의 질투를 받게 되고, 그로 인해 바른 말이 용납되지 않는다는 것을 여러 가지 예를 들어 설명하는 한편, 천자가 속된 말에 이끌리지 말고, 어진 사람들을 지혜롭게 가려내야 한다는 것을 강조한 것이다. 왕부는 여기서 이렇게 말하고 있다.

『속담에 말하기를, 한 개가 그림자를 보고 짖으면 모든 개는 소리만 듣고 짖는다고 했다. 세상의 이 같은 병은 참으로 오래된 것이다(諺曰 一犬吠形 百犬吠聲 世之疾 此因久矣哉).』 왕부의 문장을 읽으면 유가(儒家)의 입장에서 쓴 것이기는 하나, 법가(法家)의 대표적 저작인 《한비자》의 세난편(說難篇)을 연상케 한다. 왕부는 이 《잠부론》을 완성한 뒤로도 끝내 벼슬을 하지 않고 평민으로 생을 마쳤다. — 왕부(王符) / 《잠부론(潛夫論)》

▣ **삼인성호**(三人成虎) : 근거 없는 말이라도 여러 사람이 말하면 곧이듣는다. 『삼인성호』는 세 사람이 똑같은 말을 하면 없는 호랑이도 있는 것으로 알게 된다는 뜻이다. 경우는 좀 다르지만, 우리말에 『열 번 찍어 안 넘어가는 나무 없다』는 말이 있다. 이것을 문자로 『십벌지목(十伐之木)』이라 한다. 《전국책》 위지에 나오는 방총의 말이다.

방총은 위나라 태자와 함께 인질로 조나라 수도 한단으로 가게 되었다. 방총은 떠나기에 앞서 혜왕(惠王)에게 말했다. 『지금 누가 「장마당에 호랑이가 나타났다.」고 하면 믿으시겠습니까?』 『믿을 수 없지.』 『그런데 또 다른 사람이 와서 똑같은 말을 하면 믿으시겠습니까?』 『반신반의하게 되겠지.』 『세 번째로 또 다른 사람이 똑같은 말을 하면 어떻겠습니까?』 『그때는 믿게 되겠지.』

『대체로 장마당에 호랑이가 나타나지 않는다는 것은 누구나 알고 있는 사실입니다. 그런데도 세 사람이 똑같이 호랑이가 나타났다고 하면 그런 것이 되고 맙니다. 지금 한단은 대량(大梁 : 魏의 수도)과 멀리 떨어져 있기가 장마당보다 더하고, 신을 모함하는 사람은 세 사람 정도가 아닙니다. 바라건대 왕께선 굽어 살피소서.』『알았소. 누가 무슨 소리를 하든 내가 직접 확인하도록 하겠소.』

이리하여 왕을 하직하고 한단으로 떠났으나, 방총이 미처 한단에 도착하기도 전에 벌써 그를 모함하는 사람이 나타나기 시작했다. 뒤에 태자가 인질에서 풀려 위나라로 돌아왔을 때, 그는 예상한 대로 간신들의 모함으로 왕을 뵐 수가 없었다. —《전국책》

▣ **증삼살인**(曾參殺人) : 증삼이 사람을 죽였다는 뜻으로, 사실이 아닌데도 사실이라고 말하는 자가 많으면 진실이 됨을 비유한 말.《전국책(戰國策)》진책(秦策)에 있는 이야기다. 증자(曾子)가 노(魯)나라의 비(費)라는 곳에 있을 때의 일이다. 이곳의 사람 중에 증자와 이름과 성이 같은 사람이 있었다. 하루는 그가 살인을 하였다. 그러자 사람들이 증자의 어머니에게 달려와 말하였다.

『증삼이 사람을 죽였습니다!』증자의 어머니가 말하였다.『우리 아들은 사람을 죽이지 않습니다.』그리고는 태연히 짜고 있던 베를 계속 짰다. 얼마 후, 또 한 사람이 뛰어 들어오며 말하였다. 『증삼이 사람을 죽였습니다!』증자의 어머니는 이번에도 미동도 않고 베를 계속 짰다. 또 얼마의 시간이 지났다. 어떤 사람이 헐떡이며 뛰어 들어와 말하였다. 『증삼이 사람을 죽였어요!』

그때서야 증자의 어머니는 두려움에 떨며 베틀의 북을 던지고 담을 넘어 달렸다. 현명한 증자를 믿는 어머니의 신뢰에도 불구하고 세 사람이 그를 의심하며 말하니, 자애로운 그 어머니조차도 아들을 믿을 수 없는 지경이 되었다. 혼자서 아무리 진실하더라도 여론이 그렇지 않으면 어쩔 수 없이 그 사람은 여론의 인물이 되어 버린다. 역사상의 마녀사냥이나, 우화 속의 외눈박이 나라의 사람과 일견 통하는 이야기이다. —《전국책》 진책

■ **식언**(食言) : 앞서 한 말이나 약속과 다르게 말함. 『식언』이란 말은 흔히 쓰는 말이다. 말이란 일단 입 밖에 나오면 도로 담아 넣을 수 없다. 그것은 곧 실천에 옮겨야만 되는 것이다. 실천한다는 천(踐)은 밟는다는 뜻이다. 또 실행한다는 행(行)은 걸어간다는 뜻이다. 자기가 한 말을 그대로 밟고 걸어가는 것이 실천이요, 실행이다. 그런데 밟고 걸어가야 할 말을 다시 먹어버렸으니, 자연 밟고 걸어가는 실천과 실행은 있을 수 없게 된다.

말을 입 밖에 내는 것을 토한다고 한다. 말을 먹는 음식에 비유해서 쓰는 데 소박미와 묘미가 있다. 토해 버린 음식을 다시 주워 먹는다는 것을 상상해 보라. 그 얼마나 모욕적인 표현인가. 제 입으로 뱉어 낸 말을 다시 삼키고 마는 거짓말쟁이도 그에 못지않게 더러운 인간임을 느끼게 한다. 아무튼 간에 이 식언이란 말이 나오는 가장 오래된 기록은 《서경》 탕서다.

『탕서(湯誓)』란 은(殷)나라 탕임금이 하(夏)나라 걸왕(桀王)을 치기 위해 군사를 일으켰을 때 모든 사람들에게 맹세한 말이다. 그 끝 부분에서 신상필벌의 군규(軍規)를 강조하고, 『너희들은 내 말을 믿으라. 나는 말을 먹지 않는다(爾無不信 朕不食言)……』라고 말하고 있다. 이 식언이란 말은 《춘추좌씨전》에도 몇 군데 나온다. 이 중에서 재미있는 것은 애공(哀公) 25년(BC 470)의 다음과 같은 기록이다.

노나라 애공이 월(越)나라에서 돌아왔을 때, 계강자(季康子)와 맹무백(孟武伯) 두 세도 대신이 오오(五悟)란 곳까지 마중을 나와 거기서 축하연을 베풀게 된다. 이에 앞서 애공의 어자(御者)인 곽중(郭重)은 두 대신이 임금의 험담을 하고 있다는 것을 일러바친다. 술자리에서 맹무백이 곽중을 놀리며, 『꽤나 몸이 뚱뚱하군.』하자, 애공은 맹무백의 말을 받아, 『이 사람은 말을 많이 먹으니까 살이 찔 수밖에 없지.』하고 농담을 던졌다. 실은 두 대신들을 꼬집어 하는 말이다.

결국 이것이 계기가 되어 술자리는 흥이 완전히 깨어지고, 두 대신은 임금을 속으로 더욱 못마땅하게 여기게 되었다는 것이다. 아무튼 살이 많이 찐 사람을 보고 『식언』을 많이 해서 그렇다고 표현한 것은 재미있는 농담이라고 볼 수도 있겠다. 그리고 요즘 세상에도 뚱뚱한 사람들이 식언을 잘하는 경향이 있다. 어쩌면 그들은 『식언』을 배짱이 두둑한 때문이라고 자부하고 있는지도 모른다.

— 《서경》 탕서

▣ **옥석혼효**(玉石混淆) : 좋은 것과 나쁜 것이 한곳에 같이 있어서, 어느 것이 좋고 어느 것이 나쁜지를 분간할 수 없는 것을 가리켜 하는 말이다. 《포박자》 외편 상박편(尙博篇)에 세상 사람들이 천박한 시나 글을 사랑하고, 뜻이 깊은 옛날 책들을 업신여기며, 자신을 위해 좋은 교훈이 되는 말을 싫어하고, 속이 텅 빈 겉치레뿐인 말들을 좋아하는 풍조를 개탄하여 포박자는 이렇게 말한다. 『참과 거짓이 뒤집히고 옥과 돌이 섞여 있다. 좋은 음악을 천한 음악과 같이 취급하고, 아름다운 옷을 들옷과 같이 보는 것이다(眞

僞顚倒 玉石混淆 同廣樂於桑同 鈞龍章於卉服).』 가짜가 진짜 행세를 하고 설치면, 진짜는 어이가 없어 눈을 돌리고 마는 것이 세상이다. 옥은 적고 돌은 많으니 무슨 재주로 가려낼 것인가.

— 《포박자(抱朴子)》

▣ **호가호위**(狐假虎威) : 여우가 호랑이의 위엄을 빌어 제 위엄으로 삼는다는 말이다. 아무 실력도 없으면서 배경을 믿고 세도를 부리는 사람을 비유해서 이르는 말이다.

위나라 출신인 강을(江乙)이란 변사가 초선왕(楚宣王) 밑에서 벼슬을 하게 되었다. 그런데 초나라에는 삼려(三閭)로 불리는 세 세도집안이 실권을 쥐고 있어 다른 사람은 역량을 발휘할 수가 없었다. 이때는 소씨집 우두머리인 소해휼(昭奚恤)이 정권과 군권을 모두 쥐고 있었다. 강을은 소해휼을 넘어뜨리기 위해 기회만 있으면 그를 헐뜯었다. 하루는 초선왕이 여러 신하들이 있는 데서 이렇게 물었다. 『초나라 북쪽에 있는 모든 나라들이 소해휼을 퍽 두려워하고 있다는데, 그 말이 사실인가?』 소해휼이 두려워 아무 대답하는 사람이 없었다. 그때 강을이 일어나 대답했다.

『호랑이는 모든 짐승을 찾아 잡아먹습니다. 한번은 여우를 붙들었는데, 여우가 호랑이를 보고 이렇게 말했습니다. 「그대는 감히 나를 잡아먹지 못하리라. 옥황상제께서는 나를 백수(百獸)의 어른으로 만들었다. 만일 그대가 나를 잡아먹으면 이것은 하늘을 거역하는 것이 된다. 만일 내 말이 믿기지 않거든, 내가 그대를 위해 앞장서서 갈 터이니, 그대는 내 뒤를 따라와 보라. 모든 짐승들이 나를 보고 감히 달아나지 않는 놈이 있는가를.」 그러자 호랑이는 과연 그렇겠다 싶어 여우를 앞세우고 같이 가게 되었습니다. 모든 짐승들은 보기가 무섭게 달아났습니다. 호랑이는 자기가 무서워서 달아나는 줄을 모르고 정말 여우가 무서워서 달아나는 줄로 알았습니다. 지금 대왕께서는 5천 리나 되는 땅과 완전무장을 한 백만 명의 군대를 소해휼 한 사람에게 완전히 맡겨 두고 계십니다. 그러므로 모든 나라들이 소해휼을 두려워하는 것은, 사실은 대왕의 무장한 군대를 무서워하고 있는 것입니다. 마치 모든 짐승들이 호랑이를 무서워하듯 말입니다.』

재미있고 묘한 비유다. 소해휼은 임금을 등에 업고 임금 이상의 위세를 부리는 여우같은 약은 놈이 되고, 선왕은 자기가 어떤 위치에 있는지를 자각치 못한 채 소해휼이 훌륭해서 제후들이 초나라를 두려워하는 줄로 알고 있는 어리석은 호랑이가 되고 만 것이다. 이 세상에는 이런 『호가호위』의 부조리가 너무도 공공연하게 행해지고 있다.

—《전국책》 초책(楚策)

【에피소드】

▣ 작곡가 헨델은 친구와 식탁을 함께 하고 포도주를 마시는 것을 좋아했다. 어느 날, 그는 런던에서 궁정악단의 지휘자 브라운과 그 밖의 음악가들을 오찬에 초대했다. 그런데 식사 중 헨델은 가끔 큰 소리로, 『조금 기다려 주시오. 지금 막 좋은 악상이 떠올랐습니다.』 하고는 식탁을 떠나 서재로 급히 뛰어가는 것이었다. 초대받은 사람들은 그럴 때마다 그에게 대답했다. 『염려 마시오. 우리 때문에 당신의 천재적인 악상이 세상에서 없어진다면 유감입니다.』 헨델은 대단히 고마웠다.

그래도 자리를 뜨는 일이 너무도 빈번하므로 사람들은 이상히 여겼다. 헨델이 다시 서재에 들어가자, 손님 중 한 사람이 호기심에 끌려 열쇠구멍으로 방안을 들여다보았다. 그랬더니 악보를 쓰고 있는 줄 알았던 헨델이 놀랍게도 포도주를 마시고 있지 않은가. 이러한 일의 이유는 확실히 밝혀졌다. 헨델은 팬의 한 사람인 로드 레트나로부터 부르고뉴 와인을 한 상자 받았다. 그것은 손님들에게 내놓기는 너무 고급이었고, 그렇다고 그것을 마시지 않고는 점심을 끝낼 수가 없었다. 그런데 좋은 생각이 떠올랐던 것이다. 이리하여 그는 부르고뉴 와인으로 재미를 보고 한편 벗들과 식탁을 같이하는 즐거움도 맛보았다.

【成句】

▣ 곤관(悃款) : 허식이 없고 진실함. / 굴평.

▣ 반신반의(半信半疑) : 거짓인지 참인지 갈피를 잡지 못하다. 믿음과 의심이 반반이어서 진위(眞僞)를 결정하지 못하는 것.

▣ 일심가이사백군(一心可以事百君) : 신하는 진심만 있으면 백군(白君)을 섬길 수 있다는 뜻이니, 마음만 진실하면 백 사람에게 믿음을 받는다는 뜻. /《설원》

▣ 서동부언(胥動浮言) : 거짓말을 퍼뜨려 인심을 선동함.

▣ 진금부도(眞金不鍍) : 참 황금은 도금을 하지 않음. 진실한 재주가 있는 사람은 꾸밀 필요가 없음을 이름.

▣ 수궁즉설(獸窮則齧) : 짐승은 궁지에 몰리면 문다는 뜻으로, 사람

은 궁하면 거짓말을 함의 비유.

▣ 교사불여졸성(巧詐不如拙誠) : 교묘하게 남을 속이는 것보다는 옹졸한 성심이 낫다는 말. /《설원》

▣ 시호삼전(市虎三傳) : 사실이 아닌 것이라도 많은 사람이 말하면 듣는 자도 언젠가는 믿게 된다. 근거도 없는 거짓말도 마침내는 신용(信用)된다는 것의 비유. 호랑이는 보통 산에 있지 마을에는 없다. 하지만 세 사람이 『거리에 호랑이가 있다』라고 말하면 『설마?』하면서도 믿게 된다. /《한비자》

▣ 기로망양(岐路亡羊) : 달아난 양을 잡으려고 했지만, 길이 많아서 찾지 못한다는 뜻으로, 진실을 추구하려고 해도 학문의 길이 많아서 쉽게 찾을 수 없음의 비유. /《열자》

▣ 양광양취(佯狂佯醉) : 거짓으로 미치고 취한 체함.

▣ 성중형외(誠中形外) : 마음속에 담긴 진실한 생각은 저절로 밖으로 드러나게 마련이다. 이 말은 역으로 생각해서 악한 심보를 가진 사람은 아무리 겉으로 착한 척해도 본심이 드러나 남이 눈치챈다는 말도 된다. /《대학》

▣ 여구기귀(黎邱奇鬼) : 거짓으로 진실을 해침의 비유.

▣ 적자지심(赤子之心) : 타고난 그대로의 순수하고 거짓 없는 마음. 적자(赤子)는 젖먹이를 말한다. 젖먹이는 자연 그대로이고 욕심이 없지만, 어른이 되면 교활한 지혜가 생기고 욕망이 커진다. 사람으로서의 이상(理想)은 젖먹이처럼 무위무욕(無爲無慾)한 것임을 말한다. /《노자》

▣ 인적위자(認賊爲子) : 도적을 아들로 생각한다는 뜻으로, 망상(妄想)을 진실이라고 믿음을 비유하는 말.

▣ 포복심(布腹心) : 속에 있는 것을 그대로 털어놓는 것. 복심(腹心)은 마음속의 진실한 모습을 말한다. / 《좌전》

▣ 귀모토각(龜毛兎角) : 거북의 털과 토끼의 뿔이라는 뜻으로, 본래 실재하지 않는 것의 비유. 인도 논리학, 나아가 불교 논리학인 인명론(因明論)에서 사용되었다. 인식대상의 부재를 나타내며 형이상학적 실체관을 부정하는 것이다. 이와 유사한 비유로 공화(空華)가 있다. 안질에 걸린 사람이 환영(幻影)으로 인해 공중에 꽃이 있다고 믿는 것과 같이, 실체가 없는 것을 그릇된 관념에 의해 있다고 생각하는 것이다. 자신 속에 자아(自我 : ātman)가 상주한다고 생각하며 존재자 중에 실체가 있다고 보는 것은 본래 없는 것을 있다고 하는 것으로, 이는 번뇌의 원인이 된다. 때문에 이를 경계하는 비유이다.

▣ 토진간담(吐盡肝膽) : 간과 쓸개를 모두 토해낸다는 뜻으로, 거짓 없는 실정(實情)을 숨김없이 다 말함을 이르는 말.

▣ 천진협사(天眞挾詐) : 어리석은 가운데 거짓이 낌.

▣ 혹세무민(惑世誣民) : 세상 사람을 미혹하여 속임.

▣ 주작부언(做作浮言) : 터무니없는 말을 지어낸다는 말.

▣ 대언불참(大言不慙) : 실천 못할 일을 말로만 떠들어대고 부끄러운 생각조차 없는 것. / 《논어》 헌문편.

▣ 만란(滿讕) : 맹랑한 거짓말. /《한서》

▣ 망어(妄語) : 오계(五戒)의 하나로서 남의 마음을 어지럽게 하는 헛된 말. /《후한서》

▣ 단심조만고(丹心照萬古) : 거짓이 없는 지성스러운 마음은 영원히 빛난다는 말.

▣ 장진설(長塵舌) : 본시는 장광설(長廣舌). 부처의 자존무애(自存無礙)의 설법에 거짓이 없음을 뜻한 것인데, 이것이 대웅변(大雄辯)을 의미하게 되고, 다시 알맹이 없는 것을 입담 좋게 길게 늘어놓는 말솜씨를 뜻하게 되었다.

기도 pray 祈禱
(제사)

【어록】

▣ 아랫목 신에게 잘 보이기보다는 차라리 부엌 신에게 잘 보이는 것이 낫다{與其媚於奧 寧媚於竈 : 집의 깊은 곳에 모셔둔 주신(主神)에게 비는 것보다는 차라리 그 집의 부엌 신에게 비는 것이 얻는 것이 많다는 말}.
— 《논어》 팔일

▣ 나는 평소에 정성을 다하고 있다. 그것이 곧 신에게 기도를 드리고 비는 것이다. 그런 뜻으로 나는 기도를 드려 온 지 오래 되었다(丘之禱久矣). 병이나 재액을 만났다고 해서 새삼 빌거나 기도를 드릴 필요가 없다.
— 《논어》

▣ 한 마리의 돼지로 제사를 지내면서 귀신에게 백 가지 복을 빈다.
— 《묵자》

▣ 하느님은 사람들의 기도를 듣고 계신다. 그러나 기도를 올린 사람들 중에 누가 하느님의 음성을 들은 적이 있는가?
— 호메로스

▣ 인생의 아침에는 일을 하고, 낮에는 충고하며, 저녁에는 기도한다. — 헤시오도스

▣ 정성들여 부지런히 땅에 씨 뿌리는 자가 수천 번 기도하여 얻는 것보다 더 풍성한 종교적 결실을 얻는다. — 조로아스터

▣ 네 원수를 사랑하고, 너희를 박해하는 사람들을 위하여 기도하라. — 마태복음

▣ 그러므로 너희는 이렇게 기도하라. 하늘에 계신 우리 아버지, 이름을 거룩하게 하시고 나라에 임하시며, 뜻이 하늘에서 이루어진 것같이 땅에서도 이루어지게 하소서. 오늘날 우리에게 일용한 양식을 주시고 우리가 우리에게 죄지은 자를 사하여준 것같이 우리 죄를 사하여 주시고, 우리를 시험에 들지 않게 하시고 다만 악에서 구하소서. 나라와 권세와 영광이 아버지께 영원히 있사옵나이다. 아멘. — 마태복음

▣ 너희 원수를 사랑하여라. 너희를 미워하는 사람들에게 잘 해주고 너희를 저주하는 사람들을 축복하고, 너희를 모욕하는 사람들을 위하여 기도하여라. — 누가복음

▣ 기도를 습관으로 하는 사람의 기도는 진실하지 않다. — 《탈무드》

▣ 어른들의 모임에서 말을 많이 하지 말고, 기도할 때에는 같은 말을 되풀이하지 마라. — 집회서

▣ 겸손한 사람의 기도 소리는 구름을 꿰뚫는다. — 집회서

▣ 기도는 혼(魂)을 지키는 성채(城砦)이다. — 아우구스티누스

▣ 아침의 기도로 하루를 열고, 저녁의 기도로 하루를 끝내야 한다.
— O. 펠섬

▣ 로마제국 시대에 유행했던 다양한 예배 형태는 백성들에 의해서 모두 옳은 것으로 생각되었고, 철학자에 의해서는 모두 거짓이라고 생각되었다. — 에드워드 기번

▣ 걱정해야 할 일을 걱정하고, 걱정할 필요가 없는 일을 걱정하지 않을 방편을 우리에게 가르쳐 주시옵소서. — T. S. 엘리엇

▣ 사람이나 새나 짐승을 잘 사랑하는 자가 바로 잘 기도하는 자이다. 모든 것을, 큰 것이든 작은 것이든 가장 잘 사랑하는 자가 가장 잘 기도하는 자이다. — 새뮤얼 콜리지

▣ 그래서 나는 이렇게 기도했다. 하느님, 원컨대 당신의 천당처럼 크지 않아도 제가 들어갈 만큼의 천당을 주시옵소서.
— 에밀리 디킨슨

▣ 기도 한 번, 임전(臨戰)의 경우 기도 두 번, 출항의 경우 기도 세 번, 결혼할 때 네 번도 불안, 출산할 때는 아무리 기도해도 부족하다. — 어느 제독의 유서

▣ 자선은 기도의 자매이다. — 빅토르 위고

▣ 남을 도와주는 손은 기도하는 입술보다 성스럽다. — 잉거솔

▣ 자기 밭에 쪼그리고 앉아 풀을 뽑는 농부의 기도, 노를 젓느라 구부린 사공의 기도, 그들의 기도는 세계 어디에서나 들리는 참다

운 기도이다. — 랠프 에머슨

▣ 열심히 기도해서 아무것도 배우지 못한 일은 없다.
— 랠프 에머슨

▣ 저주란 악마에게 기도 드림이다. — 리히텐베르크

▣ 그리고 내가 기도할 때 나의 온 정성은 기도에 들어 있다.
— 헨리 롱펠로

▣ 엄격한 생활의 희열을 느껴라, 그리고 기도하라. 끊임없이 기도하라. 기도는 힘의 저장소이다. — 보들레르

▣ 모든 인간에게는 항상 두 가지 동시적 축원(기도)이 있다. 하나는 하느님을 향한, 또 하나는 『악마』를 향한 축원(기도)이다. 하나님 또는 정신적인 것에 대한 기도는 상승하려는 욕망이요, 『악마』 또는 동물적인 것에 대한 기도는 전락(轉落)의 기쁨이다.
— 보들레르

▣ 기도에는 마술적인 작용이 있다. 기도는 지적 활동의 큰 힘 중의 하나이다. 그 곳에는 전기 순환과 같은 것이 있다. 묵주(黙珠)는 하나의 영매(靈媒), 하나의 수레이다. 누구나가 활용할 수 있는 기도이다. — 보들레르

▣ 백 년을 살 것처럼 일하고, 내일 죽을 것처럼 기도하라.
— 벤저민 프랭클린

▣ 비록 신앙은 가지고 있지 않더라도 기도를 드린다는 것은 참으로 마음 편안한 일이다. — 안톤 체호프

▣ 기도는 호흡이라고 옛 사람들은 말했다. 나는 왜 호흡하는가. 하지 않으면 죽기 때문이다. 기도도 마찬가지다. 다른 호흡을 계속하는 것으로써 세상을 개혁하려는 것이 아니라 신진대사로써 활동력을 다시 얻으면 되는 것이다. — 키르케고르

▣ 기도를 잊지 말라. 네가 기도할 때마다 만일 네 기도가 성실하다면, 그 속에는 새로운 느낌과 새로운 의미가 있을 것이다. 그런데 이것은 너에게 생생한 용기를 줄 것이며, 너는 기도가 곧 하나의 교육이라는 사실을 이해할 것이다. — 도스토예프스키

▣ 사랑이 지나친 법이 없듯, 기도가 지나친 법은 더욱 없다.
— 빅토르 위고

▣ 신의 관념은 광명이다. 사람을 인도하고 기쁘게 하는 광명이다. 기도는 그 광명의 양식이다. — 조제프 주베르

▣ 기도는 어떤 객관적인 효과를 가지는 것이 아니고, 오직 직관적인 반응을, 즉 심정의 안정과 위안을 가질 수 있을 뿐이다.
— 임마누엘 칸트

▣ 이 짧은 기도의 어리석음을 용서해 주시고, 바라건대 편안한 하룻밤을 주시옵기를…… 아멘. (죽음 직전에) — 올리버 크롬웰

▣ 기도는 괴로움을 가볍게 하고 환희를 순화시킨다. 그것은 혼을 즐겁게 하고, 마음에 하늘의 향기를 뿌린다. — 펠리시테 라므네

▣ 남을 위해 기도해 달라. 나를 위해 하나님께 기도해 달라.
— A. V. 비니

▣ 기도란 그것을 통하여 우리가 어둠에서 하나님을 보는 거울이다.

— F. 헤벨

▣ 그리고 만일 제가 진다면 길가에 서 있게 해주십시오. 승자가 지나갈 때 환호성을 올려 줄 수 있게 말입니다.

— 어느 스포츠맨의 기도

▣ 죄와 악의 결과로써 생겨난 우리와 하나님 사이의 벽은 기도에 의해 제거된다. — 요한 바오로 2세

▣ 그리스 정교회에서는 시와 기도를 동질의 것으로 간주하고 있다. 아름다운 것, 숭고한 것, 성스러운 것을 지향하는 점에서 시와 기도는 공통된다고 생각하는 것이다. 조화와 아름다움에 의해 다스려진다는 점에서 시와 기도는 일치한다. 그 두 가지를 통하여 인간은 영원이나 우주와 화합할 수 있는 것이다.

— C. V. 게오르규

▣ 침묵은 기도이다. — 오쇼 라즈니쉬

▣ 기도는 어떤 목적을 위한 수단이 될 수가 없다. 기도는 그 자체가 하나의 목적이다. — 오쇼 라즈니쉬

▣ 나는 기도하기 위해서 무릎을 꿇을 수가 없다. 이를테면 나의 무릎이 뻑뻑하기 때문이다. 만약에 내가 유연해진다면 녹아버리지나 않을까(내가 녹지나 않을까) 지극히 걱정스럽다.

— 비트겐슈타인

▣ 기도란 자신을 산 에테르 속에 활짝 펴는 것. — 칼릴 지브란

▣ 나에게 사랑할 수 있는 최상의 용기를 주소서. 이것이 나의 기도

이옵니다. 말할 수 있는 용기, 행동할 수 있는 용기, 당신의 뜻을 따라 고난을 감수할 수 있는 용기, 일체의 모든 것을 버리고 홀로 남을 수 있는 용기를 주옵소서. — 마하트마 간디

▣ 기도의 가치를 모르고 기도하는 것은 용기 있는 행동이 아니다.
— 마하트마 간디

▣ 말로 하는 기도는 기도의 가장 끝머리, 가장 껍데기에 지나지 않는다. 정말 기도는 몸으로, 살림으로 하는 기도이다. — 함석헌

▣ 나에게 있어서 기도 · 사랑 · 시 세 가지 중에 어느 것 한 가지라도 빠지게 되면 생의 내적인 균형은 깨어지고 만다. 물론 종교적, 궁극적으로는 기도가 훨씬 상위에 속하고, 그리고 시, 그리고 사랑의 차례가 될 것이다. — 박두진

▣ 기적이 일어나기를 바라는 심정은 하느님 앞에 무릎 꿇는 기도와는 다르다. 저는 요행을 바라는 절망이요, 이는 영혼을 쏟는 진실이기 때문이다. 그래서 우리는 좀처럼 기도를 올리지 못한다.
— 오화섭

▣ 여행은 마치 기도시간과 같은 반성의 기회를 주는 것.
— 김우종

▣ 기도하는 사람은 언제나 새롭다. — 조향록

▣ 기도란 하늘에 고하는 말인 줄 알았는데, 그게 아니란다. 오히려 하늘의 말씀을 사람이 듣는 일이 참다운 기도라고, 한 사제(司祭)가 깨우쳐 주셨다. — 김남조

▣ 나에게 있어 기도는 하늘에다 고리를 던져 올리는 것과 같다. 만일 그 중의 몇 개라도 하늘에 고정시킬 수가 있다면 누가 이 세계를 내 발밑에서 잡아당겨 가더라도 나는 거기에 밧줄을 걸어 올라갈 수 있는 것이다. — 미상

【속담 · 격언】

▣ 기도하기보다 옷 자랑하기 위하여 교회에 간다. — 영국

▣ 고난은 기도를 가르쳐준다. — 독일

▣ 노동은 신에게 드리는 기도이다.—수확은 밭의 은덕이라기보다 노동의 대가다. — 스페인

▣ 싸움터에 나갈 때는 한 번, 바다에 나갈 때는 두 번 기도하라. 그리고 결혼할 때는 세 번 기도하라. — 러시아

▣ 병을 앓는 자가 다른 병을 앓는 자를 위해 기도할 때는 그 기도의 힘은 배가 된다. — 유태인

▣ 생활이 올바른 생각의 묵주 같다면 특별히 따로 묵주를 가질 필요가 없다. — 페르시아

▣ 영원히 살아야 하는 것처럼 일하라. 오늘밤 죽은 듯이 기도하라. — 우크라이나

▣ 기도보다는 열심히 벌라. — 일본

【시 · 문장】

나를 당신의 평화의 일꾼으로 써주소서
미움이 있는 곳엔 사랑을
다툼이 있는 곳엔 용서를
분열이 있는 곳엔 일치를
의혹이 있는 곳엔 신앙을
그릇됨이 있는 곳엔 진리를
절망이 있는 곳엔 희망을
어둠이 있는 곳엔 빛을
슬픔이 있는 곳엔 기쁨을
가져오게 하소서
위로받기보다는 위로하여주고
이해받기보다는 이해하여주고
사랑받기보다는 사랑하게 하여주소서.
우리는 아낌없이 줌으로써 받고
용서함으로써 용서를 받으며
자기를 버리고 죽음으로써
영생을 얻게 됨을 알게 하소서.

— 성 프란체스코

큰일을 이루기 위해 힘을 주십사 하나님께 기도했더니
겸손을 배우라고 연약함을 주셨습니다.
많은 일을 해낼 수 있는 건강을 구했더니
보다 가치 있는 일을 하라고 병을 주셨습니다.

행복해지고 싶어 부유함을 구했더니
지혜로워지라고 가난을 주셨습니다.
세상 사람들의 칭찬을 받고자 성공을 구했더니
뽐내지 말라고 실패를 주셨습니다.
삶을 누릴 수 있게 모든 것 갖게 해달라고 기도했더니
삶을 누릴 수 있는 삶 그 자체를 선물로 주셨습니다.
구한 것 하나도 주시지 않았지만
내 소원 모두 들어주셨습니다.
하나님의 뜻을 따르지 못하는 삶이었지만
내 맘속에 진작 표현 못한 기도는 모두 들어주셨습니다.
나는 가장 많은 축복을 받은 사람입니다

— 성 프란체스코

나로 하여금 험악한 가운데서 보호해달라고 기도할 것이 아니라
그 험악한 것들을 두려워하지 말게 기도하게 하소서.
나의 괴로움을 그치게 해달라고 빌 것이 아니라
내 마음이 그것을 정복하도록 기도하게 하소서.

— R. 타고르 / 나의 기도

저에게 이런 자녀를 주옵소서.
약할 때에 자기를 돌아볼 줄 아는 여유와
두려울 때 자신을 잃지 않는 대담성을 가지고
정직한 패배에 부끄러워하지 않고 태연하며
승리에 겸손할 줄 아는 온유한 자녀를 제게 주옵소서.

생각할 때에 고집하지 않게 하시고
주를 알고 자신을 아는 것이
지식의 기초임을 아는 자녀를 제게 허락하옵소서.
원하옵건대, 그를
평탄하고 안이한 길로 인도하지 마옵시고
고난과 도전에 직면하여
분투 항거할 줄 알도록 인도하여 주옵소서.
그리하여 폭풍우 속에선 용감히 싸울 줄 알고
패자에게 관용할 줄 알도록 가르쳐 주옵소서.
그 마음이 깨끗하고 그 목표가 높은 자녀를
남을 정복하려고 하기 전에
먼저 자신을 다스릴 줄 아는 자녀를
미래를 바라봄과 동시에 지난날을 돌아볼 줄 아는
자녀를 제게 주옵소서.

— 더글러스 맥아더 / 아버지의 기도

식사할 때 기도를 올리는 습관은 아마도 이 세상 상고시대(上古時代), 곧 제대로 차린 식사를 먹기가 수월치 않고, 넉넉히 먹는다는 것도 보통의 은혜(恩惠) 이상의 일이며, 배불리 먹는다는 것은 뜻밖의 횡재이고 특별한 천운(天運)이라고 생각되던 수렵시대에 그 기원을 가지고 있다고 생각됩니다. 지독한 절식(節食)의 한때를 겪고, 다행히도 사슴이나 염소고기를 전리품으로 획득하여, 소리를 지르고 개가를 올리며, 그것을 집으로 메고 들어오는, 그런 데서 근대의 기도의 싹이 트지 않았나 합니다. — 찰스 램

【중국의 고사】

▣ **경이원지**(敬而遠之) : 존경하기는 하되 가까이하지는 않는다는 말이다. 『경이원지』라는 말은 여러 가지 의미로 쓰이고 있다. 『존경은 하면서도 가까이하기를 꺼린다』는 뜻으로도 쓰이고, 또 『겉으로는 존경하는 체하면서 속으로는 못마땅해 한다』는 뜻으로도 쓰인다. 또 『그 사람은 경원해야 할 사람이야.』했을 경우, 그는 겉 다르고 속 다른 엉큼한 성격의 소유자라는 것을 암시하게 된다.

공자의 제자 번지(樊遲)가 『지(知)』란 무엇인가고 묻자, 공자는, 『백성의 도리(義)를 힘쓰고, 귀신을 공경하고 멀리하면 지(知)라 말할 수 있다(務民之義 敬鬼神而遠之 可謂知矣)』라고 대답했다. 백성의 도리란 곧 사람의 도리를 말하는 것이다. 공자는 똑같은 물음에 대해서도 상대방에 따라 각각 다른 대답을 하는 것이 보통이었는데, 대개는 상대방의 잘못을 시정하기 위한 처방과 같은 것이었다.

『지(知)』는 지혜도 될 수 있고, 지식도 될 수 있고, 지각도 될 수 있다. 그러나 여기서는 역시 우리말의 『앎』즉 옳게 알고 옳게 깨달은 참다운 앎이란 어떤 것입니까? 하고 물은 것으로 생각된다.

그런데 세상에는 흔히 보통 사람들이 이해할 수 있는 올바른 지식보다는 잘 믿어지지 않는 미묘한 존재나 이치 같은 것을 앎의 대상으로 삼는 경우가 많다. 공자 당시에도 그런 폐단이 많았고, 번지 역시 그런 데 관심을 가지고 물은 질문이었을지 모른다. 그래서 공자는, 사람이 마땅히 해야 할 도리를 실천하는 데 힘을 기울이고 귀신의 힘을 빌려 복을 구하고 화를 물리치는 어리석은 짓은 하지 않는 것이 아는 사람의 올바른 삶의 자세다, 하고 대답했던 것이다.

어느 나라든 안정된 기반을 다지기 위해서는 반드시 정신적인 통일이 있어야만 한다. 그래서 나라마다 국교(國敎)라는 것을 정하게 되었다. 그러나 불교로 정신통일을 가져왔던 나라는 불교로 인해 망하고, 유교로 정신통일을 이룩한 시대는 유교로 인해 세상이 침체하게 되는 결과를 가져오곤 했다. 종교의 기반을 이루는 건전한 철학이나 사상이 차츰 그것과는 반대되는 교리나 행사로 변질되어 사람이 해야 할 도리는 하지 않고, 지나치게 신에 매달리려는 어리석은 인간으로 타락해 버리기 때문이다.

《논어》 팔일편(八佾篇)에 보면, 공자는 조상의 제사를 지낼 때면 정말 조상이 앞에 있는 것처럼 했고, 조상 이외의 신에게 제사를 드릴 때는 정말 신이 있는 것처럼 했다고 했다. 그러나 공자는 감사의 제사는 드렸어도 복을 빌기 위한 제사는 드리지 않았다. 그것은 귀신을 공경하는 것이 아니라 보채는 것이 되기 때문이다. 귀신을 멀리하라는 것은 잘 되게 해달라고 빌지 말라는 것이다. 《논어》 술이편에 보면, 공자가 오랫동안 병으로 누워 있자, 제자 자로(子路)가 신명에게 기도를 드리고 싶다면서 허락해 줄 것을 간청했다.

그러자 공자는, 『내가 기도한 지 이미 오래다(丘之禱久矣)』라고 대답하며 이를 못하게 했다. 예수도 말했듯이, 하나님은 이미 우리가 기도하기 전에 우리가 바라는 것을 알고 계시기 때문에 새삼 중언부언 매달리는 것은 하나님을 인간이나 똑같이 대하는 불손한 행동이다. 사람의 할 일을 묵묵히 실천하면 하늘을 원망하지 않고 사람을 허물하지 않는 것이 가장 하나님을 기쁘게 하는 길인 것이다. 공자가 말한 기도한 지 오래란 뜻은, 성자의 일상생활 그 자체가 하나의 기도가 된다는 것을 말한 것이다. 흔히 『경원』이라고 쓰인다. —《논어》옹야편

▣ **가야물감야물(加也勿減也勿)** : 더하지도 덜하지도 말라는 뜻으로, 한가위의 풍성한 만족을 이르는 말.

순조 때(1819년) 김매순(金邁淳)이 지은 한양(漢陽)의 연중행사를 기록한 책 《열양세시기(洌陽歲時記)》에서 유래한 말이다.

《열양세시기》의 저술 동기는 중국 북송의 여시강(呂侍講)이 역양(歷陽)에 있을 때 절일(節日)이 되면 학생들을 쉬게 하고 둘러앉아 술을 마시면서 세시풍속의 일을 적던 것을 본받아 한양의 세시풍속을 생각나는 대로 적은 것이라고 한다.

「가야물감야물」은, 『더도 말고 덜도 말고 한가윗날만 같아라』라는 것을 말한다. 풍성한 오곡백과(五穀百果)로 조상의 은덕을 기리는 추석의 만족함을 가리킨다.

한국의 전통 명절(名節)인 설날과 한식(寒食), 추석, 동지(冬至)에는 산소에 가서 제사를 지낸다. 특히 추석은 일 년 가운데 가장 큰 명절로 가을걷이가 끝난 뒤 양식이 풍부하여 다양한 음식과 온갖 과일을 준비하여 조상의 산소에 성묘(省墓)를 한다.

천고마비(天高馬肥)의 좋은 절기에 여러 가지 햇곡식과 햇과일이 나와 만물이 풍성한 가윗날에는 인심도 후하고 농사일로 바빴던 일가친척들이 만나 즐겁게 보낸다. 그래서 더하지도 말고 그보다 덜

하지도 않는 한가위 같은 날의 풍요로움을 나타낸 말이다.

— 《열양세시기(洌陽歲時記)》

■ **고삭희양**(告朔餼羊) : 매월 초하루를 고하는 제사에 드리는 희생양이라는 뜻으로, 의식이 실용적인 면을 상실하고 형식만으로 가치를 인정받는다는 말이다. 고삭(告朔)은 천자의 사자가 제후에게 정월 초하루를 알림을 이르는 말이다. 《논어》 팔일편에 있는 말이다.

자공이 매월 초하루를 고하는 제사에 드리는 희생양을 폐지하려 하였다. 그러자 공자가 말했다.

『사(賜 : 자공)야, 너는 양을 애석하게 생각하지만, 나는 예(禮)를 애석하게 생각한다!(賜也 爾愛其羊 我愛其禮).』

「고삭희양」이란 매년 음력 12월 천자(天子)가 이듬해 정월 초하루를 알려주고 책력(冊曆)을 제후들에게 나누어주었다. 제후들은 이를 선조의 종묘에 보관했다. 매달 초하루(朔)에 양을 희생(犧牲)으로 바치고 종묘에 고한 후 그 달의 책력을 시행하던 일을 가리킨다.

노나라 문공(文公) 때는 형식적으로 양만 바치던 습관이 남게 되었다. 지금은 형식뿐인 예(禮)라도 없애는 것보다는 낫다는 의미와, 형식만 남은 허례허식이라는 두 가지 의미로 쓰인다. 「희양(餼羊)」은 제사 때 쓰는 희생이라는 설과 손님을 접대하는 음식이라는 두 가지설이 있다.

춘추 240년 간 오직 문공(文公)만이 4회 고삭을 하지 않았다고 한다. 책력이 귀하던 시대에 정월을 알리고 책력을 내리지 않는 것은 백성들의 생업과 관련된 중요한 천자의 의무였다.

자공(子貢)이 그 예는 없어지고 껍질만 남은 희양(餼羊)을 아쉬워하자 공자는 희양의 형식이라도 남겨두면 이에 근거해 다시 예법을 부활시킬 수 있지만, 그 형식마저 없애버리면 예법 자체가 없어지게 될 것이라고 한 것이다. 자공이 희양을 없애려 한 것은 아까워서가 아니라, 문공이 고삭을 하지 않음에 대한 항의의 표시였다는 설도 있다.

《논어역주》에는 이렇게 말하고 있다.

「매월 초하루를 고하는 제사에 드리는 희생양」은 고대의 제도이다. 매월 초하루가 되면 살아 있는 양을 한 마리 죽여 사당에 제사한 다음에 조정에 돌아와 정사를 들었다. 이렇게 사당에 제사하는 것을 「초하루를 고한다」라고 했고, 정사를 듣는 것을 「초하루를 본다」 또는 「초하루를 듣는다」고 했다. 자공의 때에 이르러 매월 초하루에 노나라 군주는 친히 사당에 가지 않을 뿐만 아니라 정사를 듣지도 않고, 단지 양만 한 마리 죽였다.

— 《논어(論語)》 팔일(八佾)편

▣ **만수무강**(萬壽無疆) : 만년을 살아도 수명은 끝이 없다는 뜻으로, 목숨이 한없이 길다는 것을 말한다. 젊은 사람들이 덕담(德談)으로 어른들에게 장수하기를 빌 때 쓰는 말이다.

《시경(詩經)》 빈풍 「칠월」에 나오는 말이다.

『선달은 얼음을 탕탕 깨고(鑿氷沖沖), 3월에는 얼음 창고에 들여 넣고(納于凌陰), 4월에는 이른 아침에 염소를 바치고 부추로 제사를 지낸다. 9월에는 서리가 내리고(九月肅霜), 10월에는 마당을 깨끗하게 하며(十月滌場), 두 단지의 술로 잔치를 베풀어(朋酒

斯饗), 염소와 양을 잡아 대접하고(日殺羔羊) 공회당에 올라가 쇠뿔 잔의 술을 서로 권하며(稱彼兕觥), 임금의 만수무강을(萬壽無疆).』

중국 농민들의 세시풍속(歲時風俗)과 농촌의 정경을 읊은 서사시다.

주나라를 세운 문왕(文王)의 아들인 주공(周公)은 성왕(成王)의 섭정(攝政)이 되었는데, 주왕조의 전설적 시조인 후직(后稷)과 공유(公劉)가 농업진흥정책을 펴온 내력을 시로 엮어 노래하게 하였다.

백성들의 안락한 생활과 부강한 나라를 건설하려는 주공의 뜻이 담겨 있는 시이다. — 《시경(詩經)》 빈풍(豳風)

【명곡】

▣ 소녀의 기도(Mädchens Wunsch) : 『소녀의 기도』는 폴란드의 여류작곡가이며 피아니스트인 테클라 파다르체프스카의 작품이라고 한다. 그녀에 대해서는 24세의 젊은 나이에 죽었다는 것 이외 아무것도 전해지지 않으며, 이 곡도 만들어진 연대와 제명(題名)이 언제부터 이렇게 『소녀의 기도』로 불리게 됐는지 명확하지가 않다.

이 곡은 기이하게도 쇼팽의 《17의 폴란드 가곡》 집에 제1곡으로 수록되어 있는데, 쇼팽이 죽은 지 6년 후인 1835년에 출판되었다. 곡 자체는 별로 기교를 필요로 하지 않는 아주 쉬운 것이므로 피아노를 치는 사람이라면 누구나가 한 번은 반드시 친다 해도 과언이 아니라고 말할 정도로 파퓰러한 피아노를 위한 소품

(小品)이다. 선율은 제명과 똑같이 매우 사랑스러운 감을 준다. 안톤 체호프의 희곡《세 자매》를 오페라화할 때도 이것이 효과적으로 사용되어 모든 사람의 사랑을 받고 있다.

【成句】

▣ 추구(芻狗) : 풀이나 짚으로 만든 개. 제사에서 정중하게 쓰는데 제사가 끝나면 버리므로 '필요할 때 찾고 쓸 일이 없으면 버림, 가치 없이 된 물건'의 뜻으로 쓴다. 《노자》 5장에, 『천지는 정이 없어 만물을 추구로 삼고, 성인도 정이 없어 백성을 추구로 삼느니라. -자연 그대로 둠으로써 큰 정을 보이는 것이다(天地不仁 萬物爲芻狗 聖人不仁 以百姓爲芻狗)』라고 했다. 추구는 제사에 쓰기 위해 짚으로 만든 개를 말하며, 제사가 끝나면 쓸모가 없기 때문에 버려지므로, 소용이 있을 때에는 사용되다가 소용이 없어지면 버려지는 물건, 또는 천한 물건에 비유된다.

비극 tragedy 悲劇
(희극)

【어록】

▣ 새는 죽을 때 그 소리가 슬프고, 사람은 죽을 때 그 말이 착하다(鳥之將死 其鳴也哀 人之將死 其言也善). —《논어》 태백

▣ 가까이 있는 사람을 기쁘게 하면 먼 데 있는 사람도 찾아온다(近者悅 遠者來). —《논어》 자로

▣ 슬픔은 마음이 죽는 것보다 크지는 않고, 몸이 죽는 것은 그것에 버금간다. —《장자》

▣ 슬픔이란 자기부정에서 오는 표현이다. —《장자》

▣ 오리의 다리가 비록 짧으나 길게 하면 슬프고, 학의 다리가 비록 길지만 짧게 하면 슬프다{鳧脛雖短 續之則憂, 鶴脛雖長 斷之則悲 : 그러므로 본래 긴 성(性)을 단축할 필요가 없으며, 본래 성(性)이 짧은 것을 길게 할 필요가 없다}. —《장자》

▣ 쌍방이 다 기뻐하면 찬사가 오고가고, 쌍방이 다 노하면 욕설이 오고간다(兩喜必多溢美之言 兩怒必多溢惡之言). —《장자》

▣ 인(仁)이란 마음속으로부터 기뻐하며 사람을 사랑하는 것이다{仁者謂其中心 欣然愛人也 : 인(仁)이란 사랑이라는 설명을 부연해서 말한 것이다}. —《회남자》

▣ 생이별보다 더 큰 슬픔 다시없고, 새 사람 만나기보다 더 큰 기쁨 없다(悲莫悲兮生別離 樂莫樂兮新相知). 굴원(屈原)

▣ 사람의 잘못은 죽음을 슬퍼하는 데 있는 것이지 삶을 사랑하는 데 있는 것이 아니며, 지난날을 뉘우치는 데 있는 것이지 앞날을 동경하는 데 있는 것이 아니다(人之過也在於哀死 而不在於愛生 在於悔往 而不在於懷來). — 서간(徐幹)

▣ 통곡하듯 송림은 메아리치고, 비통한 듯 샘물은 흐느껴 우네(慟哭松聲回 悲泉共鳴咽). — 두보(杜甫)

▣ 즐거움이 다하면 슬픔이 닥치거니, 성공과 실패는 다 운명에 달렸다는 것을 알아야 한다(興盡悲來 識盈虛之有數).

— 왕발(王勃)

▣ 베갯머리 눈물도, 주렴 밖의 빗물도 창문 사이 두고 새벽까지 듣는구나(枕前淚簾前雨 隔個窓兒滴到明). — 섭승경(聶勝瓊)

▣ 잠깐 사이의 음탕한 즐거움으로 끝없는 비통을 바꿀 수 없다는 것은 미련한 자도 환히 알고 있다(以俄傾所淫樂 不易無窮之悲 雖愚者亦明之矣). — 황종희(黃宗羲)

▣ 시인의 집에서 비탄의 흐느낌은 옳지 못하다. 그와 같은 것은 우리에게 어울리지 않는다(이 고대 그리스의 여류시인은 임종에서 슬퍼하는 가족들에게 이렇게 말했다). — 사포

▣ 참된 슬픔은 고통의 지팡이다. — 아이스킬로스

▣ 남자가 여자의 일생에서 기쁨을 느끼는 날이 이틀 있다. 하나는 그녀와 결혼하는 날이요, 또 하나는 그녀의 장례식 날이다.
— 히포낙스

▣ 진짜 비극 시인은 동시에 또 진짜 희극작가이다.
— 소크라테스

▣ 사람은 모두 모방된 기쁨을 느낀다. — 아리스토텔레스

▣ 비극은 연민과 공포를 불러일으키는 사건들을 갖고, 그것으로 그러한 정서의 비극의 카타르시스를 성취한다.
— 아리스토텔레스

▣ 온 세상은 희극을 연기한다. — 페트로우스

▣ 나도 비극적인 것을 갖고 있다. 내가 기지(機智)를 번뜩이면 사람들은 웃는다.—나는 울고 있다. — 키르케고르

▣ 연애를 희극(喜劇)으로 볼 수 있는 것은 여러 신(神)들과 남자들뿐이다. 여자는 그들에게 희극을 연출시키게 하려는 유혹인 것이다. — 키르케고르

▣ 모든 비극은 죽음에 의해서 종막이 되고 모든 희극은 결혼에 의해서 끝난다. — 조지 바이런

▣ 비극에서는 모든 순간이 영원이고, 희극에서는 영원이 순간이다.
— 크리스토퍼 프라이

▣ 최후의 순간에 이르기지 우리는 우리 자신을 상대로 희극을 연

출하고 있다. — 하인리히 하이네

▣ 모든 천재는 그의 동료들과 다른 각도에서 세상을 본다. 바로 여기에 비극이 있다. — H. 엘리스

▣ 사람들은 문명된 세계에서 실제로 일어나는 비극의 현실을 믿지 않기 때문에 비극을 상연한다. — 호세 오르테가이가세트

▣ 친구여, 박수를! 희극은 끝났다. — 베토벤

▣ 지식을 획득할 능력이 있는 사람이 무지한 채로 죽어야 한다는 것, 이것을 나는 비극이라 부른다. — 토머스 칼라일

▣ 정신의 비극만이 인간을 해방하고 향상시킬 수가 있다. 그러나 정신의 최대 비극은 이르든 늦든 간에 그것이 육체에 굴복해 버리는 것이다. — 올더스 헉슬리

▣ 범인(凡人)은 비극을 좋아하지 않는다. 그것은, 그들은 조금도 괴로워하지 않고 기뻐하지도 않기 때문이다. — 제인 메인스필드

▣ 사랑은 프랑스에서는 희극, 영국에서는 비극, 이탈리아에서는 비가극, 독일에서는 멜로드라마다. — 블레싱턴 부인

▣ 인생을 비극이라고 생각했을 때 우리는 살기 시작한다. — 윌리엄 예이츠

▣ 희극에서 가장 어려운 역은 바보 역이며, 그 역할을 하는 배우는 바보가 아니다. — 세르반테스

▣ 이 세상은 생각하는 사람들에게는 희극이요, 느끼는 사람들에게는 비극이다. 실로 인생은 때로는 비극이지만 자주 희극이기도

하다. 그러나 대체로 말한다면 인생은 우리들이 선택하는 대로 되는 것이다. — H. S. 월폴

▣ 나는 비극을 사랑한다. 나는 비극의 밑바닥에는 언제나 어떤 아름다운 것이 있기 때문에 비극을 사랑한다. — 찰리 채플린

▣ 나는 인생에서 어떤 엄숙한 제재(題材)를 빼내어, 그것에서 내가 찾을 수 있는 모든 희극적 효과를 끌어낸다. — 찰리 채플린

▣ 영혼은 늙어서 태어나 젊게 성장한다. 그것이 인생의 희극이다. 그리고 육체는 젊어서 태어나 늙어서 성장한다. 그것이 인생의 비극이다. — 오스카 와일드

▣ 온갖 절묘한 것의 배후에는 어떤 비극적인 요소가 따르는 법이다. — 오스카 와일드

▣ 노령(老齡)의 비극은 당사자가 늙었다고 생각하는 것이 아니라 젊었다고 생각하는 것이다. — 오스카 와일드

▣ 근대에 있어서의 무서운 일은 비극을 희극의 의상(衣裳) 속에 싸서 위대한 진실도 범용으로, 혹은 괴기하게, 혹은 아무런 멋도 없이 보이게 하기에 이른 것이다. 이것이 에누리 없는 근대성이라는 것이다. — 오스카 와일드

▣ 모든 여성은 그녀의 어머니를 닮게 된다. 그것이 여자의 비극이다. 남자는 그의 어머니대로는 되지 않는다. 이것이 남자의 비극이다. — 오스카 와일드

▣ 여자의 일생 동안에 참다운 비극이란 단 한 가지밖에 없다. 그것

은 과거사는 언제나 애인처럼 여기며 그리워하고, 미래에 대해서는 항상 남편처럼 생각하여 단념해 버리는 일이다.

— 오스카 와일드

▣ 인생에는 두 가지 비극이 있다. 하나는 자기 마음의 욕망대로 하지 못하는 것이요, 또 하나는 그것을 하는 것이다.

— 조지 버나드 쇼

▣ 비극은 보고 있는 사람의 눈에 비치는 것이지 겪고 있는 사람의 심정에 들어 있는 것은 아니다. — 랠프 에머슨

▣ 우리들은 어떤 비극적 대사건을 읽으면, 이상하게 의기양양한 느낌, 즉 인생의 기본적 영광감을 체험한다. 그리고 만일 비극의 주인공들이 종말에 가서 그들의 운명에서 구제된다고 하면, 우리는 그다지 양양한 기분을 느끼지 못한다는 것은 기이한 사실이다.

— 로버트 린드

▣ 죽음은 항상 어떤 상황 하에서나 비극이다. 왜냐하면 만약 그렇지가 않다면 인생 자체가 비극이 되기 때문이다.

— T. 루스벨트

▣ 인간이 가난하다거나, 악하다거나, 무지해서가 아니라, 인간이 인간에 대해 별로 아는 바가 없다는 바로 여기에 시대의 비극이 있다. — 윌리엄 E. 두보이즈

▣ 사람을 잘 안다는 것은 그들의 비극을 안다는 것이다. 비극은 대개 그 주위에 그들의 인생이 세워지는 중심물이다. 그리고 그들이 주로 순간적인 사물 속에서 살지 않는다면 계속 살아갈 수는

없으리라고 생각한다. — 버트런드 러셀

▣ 모든 예술 중에서 비극은 가장 자랑스럽고 가장 의기양양하다. 왜냐하면 비극은 적국(敵國)의 바로 중심에 가장 높은 산꼭대기에 그 찬연한 성(城)을 세우기 때문이다. — 버트런드 러셀

▣ 비극이 무엇이냐? 극단의 대조 아니냐? 도저히 어울릴 수 없는 것을 맞대 놓음으로써 아름다움을 나타내자는 것이 비극이다.
— 함석헌

▣ 전쟁이 빚어낸 비극 중에서도 호소할 길 없는 가장 큰 비극은 죽음으로 해서, 혹은 납치로 해서 사랑하고 의지하던 이를 잃은 그 슬픔이다. — 김소운

▣ 차라리 비극은 인간의 정신사를 찬연히 장식하는 가장 고귀한 보물이 아닐 수 없다. — 신석정

▣ 진단(診斷)에 의하면, 감기는 실로 일장의 희극이 아님은 물론이요, 반대로 그것은 모든 만회할 수 없는 비극의 서막(序幕)을 의미한다. — 김진섭

▣ 현대인도 미(美)를 추구한다. 그러나 희극에서 볼 수 있는 얄팍한 화장미는 추구하되 비극의 장엄한 미는 추구하지 않는다. 비극의 심연에서 생기는 영적(靈的) 미는 이해하지도 못한다.
— 김성식

▣ 비극은 진실의 극치다. 진실은 비극을 각오해야 한다.
— 김성식

▣ 벌레들도 저렇게 울고 살진대 목숨이란 본시 저렇듯 슬프다고 마련된 것이리까. — 유치환

▣ 슬프다는 것은 아름답다는 것이다. — 김광섭

▣ 생은 슬픈 것인지도 모른다. 회한(悔恨), 모든 후회는 결국 존재의 후회로 귀결한다. — 전혜린

▣ 강한 이의 슬픔은 아름답다. — 김남조

▣ 법으로 다스리는 법정은 있어도 양심을 물을 수 있는 법정이 없는 게 오늘의 비극이다. — 안병무

▣ 선량한 인간이 자기도 모르는 사이에 일을 저지르고 운명의 형벌을 받아야 한다는 역리(逆理) 속에서 우리는 그것을 비극으로 받아들입니다. — 지명관

▣ 가시에 찔리지 않고 장미를 딸 수 없다는 그 비극, 죄를 짓지 않고는 사랑을 느낄 수 없다는 인간의 그 형벌. — 이어령

【속담 · 격언】

▣ 손톱은 슬플 때마다 돋고, 발톱은 기쁠 때마다 돋는다. (기쁨보다는 슬픔이 더 많다) — 한국

▣ 밥 아니 먹어도 배부르다. (기쁜 일이 있어 마음에 흡족하다) — 한국

▣ 병들어야 설움을 안다. (괴로운 일을 직접 경험하지 않고는 설움을 모른다) — 한국

▣ 노처녀더러 시집가라 한다. (물어보나마나 좋아할 것을 공연히 묻는다) — 한국

▣ 풍년거지 쪽박 깨뜨린 형상. (서러운 중에 다시 서러운 일이 겹쳐 낭패다) — 한국

▣ 개 호랑이가 물어 간 것만큼 시원하다. (미운 개를 버리지도 못하고 애쓰던 중 호랑이가 물어가 시원하다 함이니, 마음에 꺼림칙함이 없어져 속이 가뿐하고 시원하다) — 한국

▣ 한 잔 술에 눈물 난다. (작은 일이라도 자기 차례에 빠지면 섭섭한 생각이 든다) — 한국

▣ 물 만 밥이 목이 멘다. (서럽고 답답하다) — 한국

▣ 쌍가마 속에도 설움은 있다. (사람은 누구나 저마다 걱정과 설움이 있다) — 한국

▣ 슬픔의 새가 머리 위를 나는 것을 막지는 못하지만, 내 머리털 속에 둥지를 트는 것은 막을 수 있다. — 중국

▣ 슬픔의 아침 뒤에 즐거운 저녁이 깃든다. — 영국

▣ 슬픔을 나누면 반으로 줄고, 기쁨을 나누면 그 배가 된다. — 영국

▣ 빚은 슬픔의 근원. (Borrowing makes sorrowing.) — 영국

▣ 즐거움과 슬픔은 오늘과 내일이다. (Joy and sorrow are today and tomorrow.) — 영국

▣ 고뇌를 같이할 사람이 있으면 슬픔이 엷어진다. — 영국

▣ 위험 없이는 기쁨이 없다. — 영국

▣ 고대했던 부활절도 하루 만에 지나 버렸다. — 프랑스

▣ 여자는 예쁜 옷으로 치장하면 슬픔이 사라진다. — 프랑스

▣ 뜻하지 않게 얻은 기쁨은 한층 더 크다. — 프랑스

▣ 슬픔은 사랑 없이도 생겨난다. 그러나 사랑은 슬픔 없이는 생겨날 수 없다. — 독일

▣ 기쁨에는 가족이 없지만 슬픔에는 처자가 있다. — 이탈리아

▣ 기쁨도 신열과 마찬가지로 단 하루뿐의 일이다. — 덴마크

▣ 복수의 쾌감은 일시적이지만, 용서로 얻어지는 기쁨은 영원하다. — 스페인

▣ 좀은 옷을 좀먹고 비탄은 마음을 좀먹는다. — 러시아

▣ 방안에 기쁨이 있을 때 슬픔은 대문에서 기다리고 있다. — 덴마크

▣ 어떠한 기쁨도 등에는 고통을 업고 있다. — 그리스

▣ 꼬리 없는 개는 기쁨을 나타낼 수 없다. — 알바니아

▣ 똑똑한 자식은 아버지를 기쁘게 하고, 어리석은 자식은 어머니를 슬프게 한다. — 유태인

【시 · 문장】

갈수록 발걸음은 무거워지고

슬픔은 물결처럼 출렁거리네.
내 마음을 아시는 사람이라면
시름이 그득하다 하시겠지만
내 마음속 모르는 사람이라면
무엇 땜에 그러느냐 하시리이라.
아득하게 뻗은 푸른 하늘이시여
이는 누구의 탓이나이까?

— 《시경》

죽어 이별은 소리조차 나오지 않고
살아 이별은 슬프기 그지없더라.

— 두보

지난 밤 슬픈 동풍 궂은 비 설레드니
버들과 매화(梅花) 남게 봄빛이 가득코야
님 이별 애끊는 잔을 어디 들까 하노라.

— 계생(桂生) / 자한(自恨)

골짜기와 산 위에 높이 떠도는
구름처럼 외로이 헤매 다니다
나는 문득 떼 지어 활짝 피어 있는
황금빛 수선화를 보았다
호숫가 줄지어 늘어선 나무 아래
미풍에 한들한들 춤을 추는 수선화

은하수에서 반짝반짝 빛나는
별처럼 총총히 연달아 늘어서서
수선화는 샛강 기슭 가장자리에
끝없이 줄지어 서 있었다
흥겨워 춤추는 꽃송이들은
천 송이 만 송이 끝이 없었다
그 옆에서 물살이 춤을 추지만
수선화보다야 나을 수 없어
이토록 즐거운 무리에 어울릴 때
시인의 유쾌함은 더해져
나는 그저 보고 또 바라볼 뿐
내가 정말 얻은 것을 알지 못했다
하염없이 있거나 시름에 잠겨
나 홀로 자리에 누워 있을 때
내 마음속에 그 모습 떠오르니,
이는 바로 고독의 축복이리라
그럴 때면 내 마음은 기쁨에 넘쳐
수선화와 더불어 춤을 춘다

— 윌리엄 워즈워스 / 수선화(The Daffodils)

극한에까지 꾸며지는 비극
햄릿은 어정거리고 리어는 몸부림치고
마지막 막(幕)은 때를 같이 하여
백(百) 천(千) 무대 위에 내리건만

비극은 한 인치도 한 온스도 늘지는 못한다.

— 윌리엄 예이츠 / 유리(琉璃)

나에게 한 명의 영웅을 보여 다오.
그러면 너에게 한 편의 비극을 써 주겠다.

— F. 스콧 피츠제럴드 / 노트북

나의 집 가까이 도살장이 있어서 많은 양들이 끌려온다. 어느 날 한 마리가 도망하자, 그 뒤를 쫓아가는 모습을 구경꾼들이 보고 배를 쥐고 웃어댔다. 그러나 붙잡혀 돌아온 것을 보았을 때 불쌍한 마음이 솟구쳐 울면서 집으로 달려오며 큰 소리로, 『양이 죽음을 당하고 말 텐데! 죽여 버릴 텐데!』라고 어머니에게 소리쳤는데, 그 언짢던 봄날 오후와 양을 잡으러 쫓아갔던 일이 몇 날이고 머릿속에 남아서 잊을 수가 없었다. 이 사건은 후일 나의 영화의 기본 바탕—비극적인 것과 희극적인 것의 조화—이 되었다. — 찰리 채플린

【중국의 고사】

▣ **인지장사 기언야선**(人之將死 其言也善) : 전략은 활용하는 것이 중함. 《논어》에 있는 증자(曾子)의 말이다.

증자가 오래 병으로 누워 있을 때 노나라 대부 맹경자(孟敬子)가 문병을 왔다. 그러자 증자는 그에게 이런 말을 했다.

『새가 장차 죽으려면 그 울음소리가 슬프고, 사람이 장차 죽으려면 그 말이 착한 법이다(鳥之將死 其鳴也哀 人之將死 其言也善). 군자로서 지켜야 할 도(道)에는 세 가지가 있습니다. 몸을 움직임

에는 사납고 거만함을 멀리하고, 얼굴빛을 바르게 함에는 믿음직하게 하고, 말을 함에는 비루하고 어긋남을 멀리할 것이니, 그 밖에 제사를 차리는 것 같은 소소한 일은 유사가 있어야 할 것입니다.』

증자가 한 이 말은, 증자가 새로 만들어 낸 말이 아니고 예부터 전해 내려오는 말이었을 것이다. 즉 죽을 임시에 하는 내 말이니 착한 말로알고 깊이 명심해서 실천하라고 한 것이다.

평소에 악한 사람도 죽을 임시에서는 착한 마음으로 돌아와 착한 말을 하게 되는 것이 보통이다. 자기가 죽는다는 것을 의식하지 않고도 어떤 영감이 떠오르게 되는 것이다.

이것을 두고 주자(朱子)는 다음과 같이 해석하였다.

『새는 죽기를 두려워하기 때문에 우는 것이 슬프고, 사람은 마치면 근본에 돌아가기 때문에 착한 것을 말한다. 이것은 증자의 겸손한 말씀이니, 맹경자에게 그 말한 바가 착한 것임을 알게 하여 기억하도록 함이다.』 ―《논어》 태백편(泰伯篇)

▣ **낙이사촉(樂而思蜀)** : 눈앞의 즐거움에 빠져 근본을 망각함.

『지금의 생활이 즐거워 고향생각이 나지 않는다』는 뜻으로, 눈앞의 즐거움에 빠져 근본을 망각하는 잘못을 지적하는 말이다.

삼국시대 말 촉한의 유선(劉禪)은 아버지 유비(劉備)가 제갈양과 관우, 장비 등 충신들의 도움을 받아 뼈를 깎는 노력 끝에 가까스로 세운 나라를 하루아침에 말아먹은 무능한 임금이었다.

대장군 등애(鄧艾)가 거느린 위나라 대군이 요해를 돌파하여 물밀듯이 쳐들어오자, 유선은 눈물을 머금고 스스로 몸을 묶어 나아가 항복하고 말았다.

성도에 입성한 등애는 유선에게 표기장군(驃騎將軍)이란 상징적인 직위를 부여하고 성안 백성들을 위무하여 안심시킨 다음, 유선을 대동하고 낙양으로 개선했다. 위나라의 실력자인 사마소는 유선을 꾸짖었다.

『그대는 한 나라의 주인 된 몸으로서 갖춰야 할 도리를 망각했을 뿐 아니라, 방탕하고 어리석고 음란하여 실로 그 죄가 크다. 그래서야 어찌 나라를 보전하랴. 마땅히 죽음으로써 죄 갚음을 해야 하리라!』

유선은 기가 막히고 눈앞이 캄캄했다. 엎드려 진땀만 흘릴 뿐이었다. 보다 못한 위나라 대신들이 나서서 유선을 변호해 주었다.

『촉한 후주(後主) 유선이 비록 됨됨이가 옹졸하기 그지없으나, 일찍 항복하여 군사들의 피해를 덜어주고 백성들의 고난을 그나마 막아준 점은 인정해야 한다고 생각합니다. 천하의 대의를 위해서라도 선처해 주십시오.』

사마소는 유선을 용서하고 안락공이라는 봉호를 내렸다.

어느 날, 사마소는 유선을 불러 위로연을 열었다. 먼저 위나라 춤과 노래가 질탕하게 어우러졌다. 승리를 자축하는 듯한 그 춤사위와 가락에 유선의 옛 신하들은 망국의 슬픔에 눈물을 흘렸지만, 정작 유선은 고개를 끄덕이며 흥겨워했다.

사마소는 이번에는 촉나라 사람들로 하여금 그들의 복색으로 그들의 노래를 연주하게 했다. 촉의 관원들은 망향과 통한의 눈물을 흘렸으나 유선은 즐기고 있었다.

『공께서는 촉(獨)이 그립지 않으시오?』

사마소가 은근히 경멸 섞인 말투로 물었다. 그러자 유선은 서슴없이 대답했다.

『이곳의 생활이 즐겁다 보니 촉의 일은 조금도 생각나지 않습니다(樂而思蜀).』

기가 막힌 시종이 나중에 가만히 충고했다.

『다음번에 또 그런 질문을 받으시면, 매우 슬픈 표정으로「하룬들 촉을 생각하지 않는 날이 어디 있겠습니까.」하고 대답하십시오. 어쩌면 돌아가도록 선처를 베풀어 줄지도 모르니까요.』

귀가 솔깃해진 유선은 다음번 술자리에서 사마소로부터 똑같은 질문을 받자, 시종이 시킨 대로 했다. 그렇지만 그 표정은 진짜 슬픔을 나타냈다기보다 어릿광대의 희극적 표정이라고 할만 했다. 이미 유선의 일거수일투족을 낱낱이 알고 있는 사마소는 싱긋 웃고 말했다.

『어째 지금 그 말씀은 공의 시종이 시킨 데 따른 것이 아닌지요?』

보통사람 같으면 가슴이 철렁 내려앉을 노릇이건만, 유선은 히죽 웃으며 스스럼없이 대답했다.

『그걸 어찌 아셨습니까? 실은 그렇습니다.』

— 《삼국지(三國志)》 촉지(蜀志)

【에피소드】

▣ 희극작가 카뮈가 《피가로》 지 기자로 근무할 때였다. 퇴근할 때면 항상 현관 앞에서 구걸하는 거지에게 거의 날마다 1프랑을 주는 것이 습관이었다. 하루는 카뮈의 호주머니에 마침 그 1프랑이 없었다. 그래서 거지에게 동전 몇 푼을 주었다. 거지가 그걸 받아

쥐며 의외라는 표정을 지었다. 그러자 카퓌가 말했다. 『어느 다른 거지에게 그걸 주어버려.』

【명작】

▣ 셰익스피어의 4대 비극 : 셰익스피어(William Shakespeare, 1564~1616)의 4대 비극은《햄릿(Hamlet)》,《오셀로(Othello)》,《리어왕(King Lear)》,《맥베스(Macbeth)》이다. 대표적인 4대 비극 중 가장 먼저 쓴《햄릿》은 하나의 복수 비극으로, 주인공인 왕자의 인간상은 사색과 행동, 진실과 허위, 양심과 결단, 신념과 회의 등의 틈바구니에서 삶을 초극해 보려는 한 인물의 모습이 영원한 수수께끼처럼 제시되고 있다.

두 번째 작품《오셀로》는 흑인장군인 주인공의 아내에 대한 애정이 악역 이아고(Iago)의 간계(奸計)에 의해 무참히 허물어지는 과정을 그린 비극이나 심리적 갈등보다는 인간적 신뢰가 돋보이는 작품의 하나이다.

세 번째 작품《리어왕》도 늙은 왕의 세 딸에 대한 애정의 시험이라는 설화적(說話的) 모티프를 바탕으로 깔고 있으나 혈육간의 유대의 파괴가 우주적 질서의 붕괴로 확대되는 과정을 그린 비극이다.

마지막 작품인《맥베스》에서도 권력의 야망에 이끌린 한 무장(武將)의 왕위찬탈과 그것이 초래하는 비극적 결말을 볼 수 있다. 여기서도 정치적 욕망의 경위가 아니라 인간의 양심과 영혼의 절대적 붕괴라는 명제를 집중적으로 다뤘기 때문에 주인공 맥베스는 악인이면서도 우리에게 공포와 더불어 공감을 자

아내게 해준다.

【成句】

▣ 낙이망우(樂而忘憂) : 도를 즐겨 근심을 잊음. 도를 행하기를 즐거워하여 가난 따위의 근심을 잊음. (《논어》 술이편). 공자가 말했다. 「《시경》의 관저 시는 물론 사랑의 즐거움을 노래하고 있기는 하지만, 즐거움의 도를 지나쳐서 흐트러지는 법이 없다. 또 슬픔을 노래하더라도 슬픔이 지나쳐 마음의 평정을 잃는 법은 없다.」/ 《논어》 팔일편.

공포 fear 恐怖
(두려움)

【어록】

▣ 무지를 두려워하라. 그러나 그 이상으로 그릇된 지식을 두려워하라. 허위의 세계에서 그대의 눈을 멀리하라. 자기의 감정을 믿지 말라. 감정은 자기 자신을 속이는 수가 있다. 그러나 그대 자신에 있어서 내면적인 영원한 인간성을 탐구하라. — 석가모니

▣ 목숨이 있는 자는 모두 괴로움을 두려워한다. 목숨이 있는 자는 모두 죽음을 두려워한다. — 석가모니

▣ 쾌락에서 슬픔이 생기고, 쾌락에서 두려움이 생긴다. 쾌락에서 해탈할 수 있는 인간에게는 이미 슬픔도 두려움도 없다.

— 석가모니

▣ 백성이 죽음을 두려워하지 않거늘, 어찌 죽음으로 그들을 겁먹게 하랴(民不畏死 奈何以死懼之 : 학정에 시달리는 백성은 오히려 죽음을 바라게 된다. 죽음을 두려워하지 않는 백성은 사형을 시킨다 해도 아무런 위협도 되지 않는다). — 《노자》 제74장

▣ 천명(天命)을 두려워하고, 대인(大人)을 두려워하고, 성인(聖人)의 말씀을 두려워한다(畏天命 畏大人 畏聖人之言 : 천명은 하늘에서 점지해 준 도덕적인 사명을 말하고, 대인은 현덕을 갖추고 경험을 쌓고 나이가 든 사람이고, 성인의 말씀은 도덕의 가르침을 말한다. 이 세 가지를 두려워하여 어긋남이 없이 존중하고 습복해야 한다). —《논어》 계씨

▣ 무지를 두려워 말라, 다만 거짓 지식을 두려워하라. 세계의 모든 악은 거짓 지식에서부터 일어나는 것이다. —《논어》

▣ 지혜로운 이는 미혹되지 않고, 어진 이는 근심하지 않으며, 용기 있는 이는 두려워하지 않는다(知者不惑 仁者不憂 勇者不懼). —《논어》 자한

▣ 뒤에 태어난 사람이 가히 두렵다. 어찌 앞으로 오는 사람들이 이제와 같지 않음을 알 수 있으랴. 40이 되고 50이 되어도 명성이 들리지 않으면, 이 또한 두려워할 것이 못될 뿐이다(後生可畏 焉知來者之不如今也 四十五十而無聞焉 斯亦不足畏也已). —《논어》 자한

▣ 젊은 후배가 두렵다. 앞날의 그들이 어찌 오늘(의 우리)보다 못하리라고 알겠는가(後生可畏 焉知來者之不如今也). —《논어》 자한

▣ 마음으로 반성하면 부끄러울 게 없으니 무슨 걱정이 있고 두려울 것이 있겠는가(內少不疚 夫何憂何懼). —《논어》 안연

▣ 군자는 세 가지 두려워하는 일이 있다. 천명을 두려워하며, 대인

을 두려워하며, 성인의 말씀을 두려워한다. 소인은 천명을 알지 못하여 두려워하지 않고, 대인을 존경하지 않으며, 성인의 말씀은 업신여긴다. — 논어》 계씨편

▣ 인(仁)을 행하는 데는 두려워하거나 꺼릴 것이 없다(當仁不讓於師). —《논어》 위령공

▣ 도의에서 벗어나는 것과, 학문을 게을리 하는 것과, 정의를 듣고도 실행치 못하는 것과, 착하지 아니함을 고치지 못하는 것이 항시 내가 두려워하는 것이다. —《논어》 술이

▣ 성인은 미미하여 드러나지 않은 것을 두려워하지만, 미련한 자는 밝게 드러난 것을 두려워한다(聖人畏微 而愚人畏明). —《장자》

▣ 크게 어려운 일을 당해도 두려워하지 않는 것은 성인(聖人)의 용기이다(臨大難而不懼). —《장자》

▣ 공포는 신앙을 낳고 의심은 철학을 낳는다. —《장자》

▣ 공자께서 《춘추(春秋)》를 완성하니 나라를 어지럽히는 신하와 어버이를 해치는 자식들이 두려워하게 되었다{孔子成春秋而亂臣賊子懼 : 공자가 살았던 시기는 춘추시대로서, 도의가 땅에 떨어지고 세상이 쇠해 각종 사설(邪說)이 들끓어 신하가 임금을 죽이고, 자식이 어버이를 해치는 일이 생겨났는데, 공자가 이를 바로잡기 위해 천자(天子)의 일을 다룬 《춘추》를 완성함으로써 비로소 난신적자들이 두려워하게 되었다}. —《맹자》

▣ 그도 장부이고. 나도 장부인데, 내 어찌 그를 두려워하랴(彼丈夫

也 我丈夫也 吾何畏彼哉 : 누구에게나 바른 길은 하나뿐이다).
—《맹자》

▣ 공포에 사로잡혀 얼굴빛이 여러 가지로 변한다(五色無主).
—《회남자》

▣ 욕심이 많으면 의리가 적어지고, 근심이 많으면 지혜가 손상 받고, 두려움이 많으면 용맹이 못해진다(多欲虧義 多憂害智 多懼害勇).
—《회남자》

▣ 군자는 재앙이 와도 두려워하지 않으며 복이 와도 기뻐하지 않는다.
—《공자가어》

▣ 천재지변 같은 이상한 현상이 이 세상에는 자주 일어난다. 그것을 괴이하다고 생각하는 것은 좋다. 그러나 그것을 두려워하는 것은 잘못인 것이다(怪之可也 畏之非也).
—《순자》

▣ 영예에 유혹되지 않고 비방에 두려움이 없다(不誘於譽 不恐於誹).
—《순자》

▣ 두려워하고 삼갈 줄 알면 망하지 않는다(知懼如是 斯不亡矣).
—《좌전》

▣ 호랑이가 깊은 산속에 있을 때는 모든 짐승이 두려워하지만, 우리 속에 갇히면 꼬리를 흔들면서 먹이를 구걸한다(猛虎在深山 百獸震恐 及在檻穽之中 搖尾而求食).
— 사마천(司馬遷)

▣ 팔공산의 초목이 모두 사람 모습처럼 보인다{八公山上草木皆類人形 : 진(秦)나라 군주 부견의 군대가 비수(肥水) 싸움에서 진

(晉)나라 군대에게 대패했을 때의 공포심리를 표현하였다}.

— 《진서(晉書)》

▣ 총애가 지나치면 놀라게 되고, 기쁨이 깊으면 두려움이 생긴다(寵過若驚 喜深生懼). — 유우석(劉禹錫)

▣ 선부도 후배를 두려워했거늘, 대장부 어이 소년을 업신여기랴(宣父猶能畏後生 丈夫未可輕年少). — 이백(李白)

▣ 게으른 자는 자기수양을 못하고, 질투하는 자는 남의 수양을 두려워한다(怠者不能修 而忌者畏人修). — 한유(韓愈)

▣ 명성을 탐하면 사사로운 은정이 많게 되고, 훼방을 두려워하면 법을 엄하게 집행하지 못한다(好名則多私恩 懼謗則執法不堅).

— 소순(蘇洵)

▣ 생사는 천지 간의 상리다. 두려워한다고 하여 면할 수가 없고, 탐난다고 하여 얻을 수가 없다(死生 天地之常理 畏者不可以敬免 貪者不可以敬得也) — 구양수(歐陽修)

▣ 우려한다는 것은 깊이 생각하고 더없이 근심하면서 잠시도 잊지 못하는 것이며, 두려워한다는 것은 겁을 먹고 어찌할 바를 모르는 것이다(憂者 深思極慮而不敢暫忘 懼者 臨事惶感而莫知所措).

— 구양수

▣ 후배가 두려운 것은 정녕 그러하지만, 연세 많은 이는 더욱이 존중받아야 한다(後生固爲可畏 而高年成成尤是當尊).

— 《유학경림》

▣ 훌륭한 말 한 마디를 듣거나 아름다운 행실 하나를 보면 따르지 못할까 두렵고, 비속한 말 한 마디를 듣거나 나쁜 행실 하나를 보면 멀리하지 못할까 두렵다(聞一善言 見一善事 行之惟恐不及 聞一惡言 見一惡事 遠之惟恐不速). —《의림(意林)》

▣ 상 주지 않아도 백성들이 권면하며, 성내지 않아도 백성은 도끼보다 더 두려워한다(不賞而民勸 不怒而民威於斧鉞 : 군자는 상 주지 않아도 백성은 그 덕에 감화되어 스스로 선행을 격려하게 되고, 성내지 않아도 백성들에게는 그 위력에 눌려서 도끼보다 더 무서운 존재가 된다). —《중용》

▣ 여러 선남자여, 공포를 갖지 말라, 너희는 진정한 마음으로 관세음보살의 이름을 불러야 한다. 이 보살은 두려움 없이 중생에게 잘 베풀어 준다. —《관음경》

▣ 모든 생명은 채찍을 두려워한다. 모든 생명은 죽음을 무서워한다. 자기 생명에 이것을 견주어 남을 죽이거나 죽이게 하지 말라. —《법구경》

▣ 대인을 두려워하지 않으면 안된다. 대인을 두려워하면 곧 방종한 마음이 사라진다(大人不可畏 畏大人則無放逸之心). —《채근담》

▣ 대인(大人)을 가히 두려워할 것이니, 대인을 두려워하면 방종한 마음이 없어질 것이요, 백성도 또한 두려워할 것이니, 백성을 두려워하면 횡포하다는 이름을 듣지 않으리라. —《채근담》

▣ 비극은 연민과 공포를 불러일으키는 사건들을 갖고, 그것으로 그

러한 정서의 비극의 카타르시스를 성취한다. — 아리스토텔레스

▣ 공포는 뒤꿈치에 날개가 돋는다. — 베르길리우스

▣ 인간이 품고 있는 죽음의 공포는 모두 자연에 대한 인식의 결여에서 유래한다. — 루크레티우스

▣ 남에게 공포감을 주는 사람은 자신이 공포감에 싸이지 않을 수 없다. — 에피쿠로스

▣ 고통에는 한도가 있지만, 공포에는 한도가 없다.
— 플리니우스 2세

▣ 죽음의 공포는 죽음 그 자체보다 무섭다.
— 푸블릴리우스 시루스

▣ 파뉴스는 적으로부터 달아날 때 자살하였다. 죽음이 두려워 죽음을 택하는 것 이상으로 미친 짓이 어디 있단 말인가.
— 마르쿠스 마르티알리스

▣ 살찌고 모양을 내는 사람들은 두렵지 않다. 하지만 핏기 없고 여윈 저 녀석들이 오히려 무섭다. —《플루타르크 영웅전》

▣ 증오는 두려움의 딸이다. — 테르툴리아누스

▣ 어린아이는 우레에 겁을 먹고, 심약한 자는 협박에 떤다.
— 데메트리우스

▣ 사람들은 언짢은 죽음을 두려워한다. 그러나 언짢은 삶은 두려워하지 않는다. — 아우구스티누스

▣ 절망과 확신은 둘 다 공포를 몰아낸다.

— 윌리엄 알렉산더 스털링

▣ 공포가 있는 곳에 치욕이 있다. — 에라스무스

▣ 신을 두려워하는 것은 지혜의 시작이다. — 스피노자

▣ 나는 죽음을 두려워하는 최후의 인간이 아니다. — 찰스 다윈

▣ 멀리 있으면 공포를 느끼지만. 가까이 올수록 그렇지 않다. — 라퐁텐

▣ 공포는 큰 눈을 가지고 있다. — 세르반테스

▣ 공포는 사랑보다도 강한 감정이다. — 플리니우스 2세

▣ 공포는 잔학(殘虐)의 어머니다. — 몽테뉴

▣ 이 세상에서 행위적인 무지보다 두려운 일이 없다. — 괴테

▣ 인생에는 두려운 일이 적어도 두 가지 있다. 그 하나는 공포심에 사로잡히는 것이고, 또 하나는 두려운 것을 모를 정도로 교만해지는 것이다. — 괴테

▣ 희망과 두려움은 떼어놓을 수 없다. 희망이 없는 두려움도 없으려니와 두려움 없는 희망도 없다. — 라로슈푸코

▣ 인생은 고통이며 공포이다. 그러므로 인간은 불행하다. 그러나 인간은 지금도 인생을 사랑하고 있다. 그것은 고통과 공포를 사랑하기 때문이다. — 도스토예프스키

▣ 죽음의 공포는 해결되지 않는 삶의 모순의 의식에 지나지 않는다. — 레프 톨스토이

▣ 만일 사람이 공포를 가진다면 그가 모르는 죽음이 아니고 그가 알고 있는 삶일 것이다. 그는 동물적 및 이성적 존재이다. 죽음의 공포란 감정은 인생의 내적 모순의 의식에 불과하다. 그것은 유령에 대한 공포가 두뇌의 병적 상태에 있는 의식에 불과함과 마찬가지로. — 레프 톨스토이

▣ 공포는 늘 무지에서 생긴다. — 랠프 에머슨

▣ 공포는 언젠가는 죽음과 손잡는다. — 랠프 에머슨

▣ 사물에도 인간처럼 법칙이 있다. 그러나 사물은 자신들의 법칙에 공포를 느끼지 않는다. — 랠프 에머슨

▣ 매일매일 공포를 극복해 나가지 않는 사람은 인생의 교훈을 배우지 못한 사람이다. — 랠프 에머슨

▣ 무지는 공포의 어머니다. — 올리버 홈스

▣ 공포는 우리로 하여금 인간성을 느끼게 한다.
— 벤저민 디즈레일리

▣ 공포처럼 우리가 두려워해야 할 것은 달리 없다.
— 헨리 소로

▣ 공포에는 공포에 대한 공포라는 것밖에는 없다. (상념으로서의 우리들의 공포는 공포에 대한 공포다.) — 알랭

▣ 도덕은 항상 공포의 산물이다. — 올더스 헉슬리

▣ 인간의 마음에 오는 최초의 공포는 신으로부터 버림받는 일이다.
— 프리드리히 뮐러

▣ 공포의 매력에 취한 자는 강한 자뿐! — 보들레르

▣ 고독은 이 세상에서 가장 무서운 괴로움이다. 아무리 지독한 공포에도 모두가 함께 있으면 견딜 만하지만, 고독만은 죽음과 같다. — C. V. 게오르규

▣ 죽음을 겁내지 않는 자에게 무엇을 겁내라는 건가! — 프리드리히 실러

▣ 인간은 내일 아침에 대해서 얼마만큼의 공포와 희망과 염려를 안 가지고 있을 수 없다. — 프리드리히 실러

▣ 누구든 겁내지 않는 자는 누구로부터도 공포의 대상이 되고 있는 자에 뒤지지 않고 강하다. — 프리드리히 실러

▣ 대망을 품는 자는 높고 위험한 계단을 올라 어떻게 해서 내리는가에 마음을 쓰지 않는다. 오른다는 야망이 떨어지는 공포를 삼켜 버리는 것이다. — 헨리 애덤스

▣ 소심한 사람은 위험이 일어나기 전에 무서워한다. 모자란 사람은 위험이 일어나고 있는 동안에 무서워한다. 대담한 사람은 위험이 지나간 다음부터 무서워한다. — 장 파울

▣ 온갖 힘을 가진 자는 모든 것을 두려워한다. — 피에르 코르네유

▣ 숲을 두려워하는 자는 둥지에서 새를 잡지 못한다. — 존 릴리

▣ 겁 많은 개는 물지 않고 짖는다. — 윌리엄 2세

▣ 인간을 움직이는 두 개의 지레는 공포와 이익이다.

— 나폴레옹 1세

▣ 우리 독일인은 신 이외에는 아무 것도 두려워하지 않는다.

— 비스마르크

▣ 국제관계의 위기는 그 나름대로의 의미가 있다. 약자에 대해서는 공포를 주고, 강자에게는 용기를 솟게 한다. — 제임스 레스턴

▣ 공포란 시간의 진리이다. — R. 에버하트

▣ 공포와 용기가 얼마나 가깝게 공존하고 있는지는 적을 향해서 돌진하는 자가 가장 잘 알고 있을 것이다. — 모르겐슈테른

▣ 공포는 항상 인간 속에 뭔가 옳지 않은 일이 생긴 징조다. 공포는 고통이 육체에 대해서 과하는 것과 같이 정신에 대해서도 귀중한 경고자의 구실을 다한다. — 카를 힐티

▣ 인간의 본질은 괴로움이며, 자기 숙명에 대한 의식이다. 그 결과 모든 공포, 죽음의 공포까지 거기에서 생겨난다. — 앙드레 말로

▣ 인간의 고독감은 생의 공포일 뿐이다. — 유진 오닐

▣ 전쟁은 절대 악이다. 그러나 확실히 그것은 한 가지 좋은 일을 한다. 그것은 공포를 몰아내고, 표상상(表象上) 용기를 가져온다.

— 마하트마 간디

▣ 공포는 미신의 주요 원천이며, 잔인성의 주요 원천 중의 하나이다. — 버트런드 러셀

▣ 사랑을 두려워함은 인생을 두려워함이다. 그리고 인생을 두려워

하는 자가 있다면 그는 이미 십중팔구는 죽은 것이나 다름없다.
— 버트런드 러셀

▣ 공포는 모든 것의 기초다. 신비의 공포, 패배의 공포, 죽음의 공포이다. 공포는 잔인의 어버이다. — 버트런드 러셀

▣ 우리가 두려워해야 할 유일한 것은 두려움 그 자체이다.
— 프랭클린 루스벨트

▣ 한번 사건에 맞닥뜨리면 사람들은 두려움이 없어진다는 것을 그는 알고 있다. 오직 미지(未知)의 것만이 사람들을 두렵게 하는 것이다. 그러나 그것을 무릅쓰면 그것은 이미 미지의 것이 아니다. — 생텍쥐페리

▣ 최초의 우상숭배는 사물에 대한 공포였으리라. 하지만 그것과 관련해서 사물의 필연성에 대한 공포였고, 또 그것과 관련해서 사물에 대한 책임의 공포였으리라. 이 책임이라는 것이 매우 큰 것으로 생각되었기 때문에 이것을 인간 외의 유일한 존재에 밀어붙일 마음은 감히 나지 않았으리라. 즉, 어떤 존재(存在)의 중개에 의해서도 인간의 책임은 아직 충분히 경감되어지지는 않았을 것이다. 다만 그 어떤 존재와의 교제는 책임에 의해서 지나치게 더러워졌을 것이다. 그러므로 모든 사물에 그 나름의 책임을 준 것이다. 그뿐이 아니다. 이들 사물에도 또한 인간에 대한 상대적인 책임을 준 것이다. — 프란츠 카프카

▣ 공포는 새로운 무기가 아니다. — 존 F. 케네디

▣ 자신을 갖고, 두려움 없이 우리는 인류 파멸의 전략을 향해서가

아니라, 평화의 전략을 향해서 계속 노력합니다. (1963년 9월 20일 UN 총회에서의 연설) — 존 F. 케네디

▣ 공포란 우리 의제에 있지도 않습니다. — 린든 B. 존슨

▣ 못난 사람에게 그치지 않는 것은 공포심입니다. 미지의 것에 대한 공포입니다. 복잡하고 설명할 수 없는 것 모두가 공포입니다. 무엇보다 그에게 필요한 것은 안전입니다. — 헨리 L. 멩컨

▣ 공포는 협박 · 탄압 · 박해의 상황 하에 있는 사람들로부터 때로는 용기를 빼앗는 일이 있습니다. 그러므로 진리와 정의를 증명하기 위하여 이른바 공포의 방벽을 이겨 나갈 수 있는 사람들은 특별히 고귀한 존재입니다. — 요한 바오로 2세

▣ 우리에게는 우리 자신만큼 우리를 잘 알고 있는 사람의 눈에 값어치 있는 사람으로 비치지 않으면 어찌할까 하는 공포가 있습니다. 그것은 하느님에 대한 두려움입니다. 그리고 또 우리에게는 다른 사람을 대하는 두려움이 있습니다—그들이 우리를 이해하지 못해서 우리가 소외되지 않을까 하는 두려움입니다.

— 로버트 프로스트

▣ 하루 사이에 지옥의 공포를 맛볼 수가 있다. — 비트겐슈타인

▣ 공포가 막연할 때, 그것이 가장 크게 느껴지는 것과 똑같이 미래의 내용이 불분명할 때 유혹의 힘도 가장 큰 것이다.

— R. 타고르

▣ 두려움은 마음의 무신론이다. — R. 타고르

▣ 공포로부터의 자유가 나의 몸에 구하는 자유다. 모국이여! 스스로의 몸으로부터의 비뚤어진 꿈이 틀 잡힌 무서움과 몽마(夢魔)를 버려라. — R. 타고르

▣ 미래를 두려워하고 실패를 두려워하는 사람은 그 활동을 제한받아 손도 발도 움직일 수 없게 된다. 실패라는 것은 별로 두려워할 것은 아니다. 오히려 먼저보다 더 풍부한 지식으로써 다시 일을 시작할 좋은 기회이다 — 존 포드

▣ 오늘 우리는, 두려움보다는 희망을 선택했고, 갈등과 불화보다는 목적을 위한 단결을 선택했기 때문에 여기 모였습니다. (대통령 취임식 연설) — 버락 오바마

▣ 생명은 죽음을 두려워하지 않는다. 죽음을 눈앞에 놓고 웃으며 춤추며 이미 죽은 사람을 밟고 넘으면서 나아간다. — 노신

▣ 군자의 도는, 그 두려워함은 천명(天命)을 두려워하며, 대인(大人)을 두려워하며, 성인의 말씀을 두려워한다. — 김시습

▣ 공포는 언제나 실제보다 무서운 것이다. — 유달영

【속담 · 격언】

▣ 하늘을 도리질 치다. (기세가 등등하여 두려울 것이 없는 듯 행세하다) — 한국

▣ 고두리에 놀란 새. (어찌할 바를 모르고 두려워만 하고 있다) — 한국

▣ 개도 무는 개를 돌아본다. (같은 개끼리도 사나운 개를 두려워하

듯 사람도 악한 사람을 대할 때는 해를 입을까 두려워하여 조심한다) — 한국

■ 서울이 무섭다 하니까 남태령(南太嶺)부터 긴다. (태령은 서울의 남쪽 30리 밖에 있는 고개로, 어떤 일을 미리부터 겁내어 서두름) — 한국

■ 푸주에 들어가는 소걸음. (벌벌 떨며 무서워하는 꼴) — 한국

■ 과거를 안 볼 바에야 시관(試官)이 개떡 같다. (자기와 아무 관계없는 일이라면 조금도 두려워할 게 없다) — 한국

■ 불에 놀란 놈이 부지깽이만 보아도 놀란다. — 한국

■ 자라 보고 놀란 가슴 솥뚜껑 보고도 놀란다. — 한국

■ 곤 달걀 지고 성(城) 밑으로 못 가겠다. (무슨 일에 지나치게 두려워하며 걱정하는 사람) — 한국

■ 간이 콩알만 하다. — 한국

■ 관에 들어가는 소. (푸주에 들어가는 소처럼 몹시 겁을 낸다) — 한국

■ 국에 덴 놈 물 보고도 분다. (어떤 일에 한 번 겁을 먹으면 그와 비슷한 것만 보아도 조심한다) — 한국

■ 몹시 데면 회(膾)도 불어 먹는다. (한 번 무엇에 놀란 사람은 그와 비슷한 것만 보아도 미리 겁을 낸다) — 한국

■ 식은 죽 먹고 냉방에 앉았다. (공연히 덜덜 떨고 있다) — 한국

- 고양이 앞에 쥐걸음. (무서운 사람 앞에서 절절맨다) — 한국
- 사시나무 떨듯 한다. — 한국
- 더위 먹은 소 달만 보아도 헐떡인다. (한 번 크게 욕을 본 사람은 그와 비슷한 것만 보아도 항상 의심하며 두려워한다) — 중국
- 미래에 대하여 품는 공포는 현재 누리고 있는 행복보다 두렵다. — 영국
- 없는 자는 겁이 없다. — 영국
- 공포는 가끔 위험보다 크다. — 영국
- 아이를 낳는 편이 근심만 하는 편보다 낫다. — 영국
- 공포를 고쳐 주는 의사는 없다. — 영국
- 죽기를 원하는 사람은 불쌍하지만, 죽음을 두려워 않는 사람은 더 불쌍하다. — 독일
- 신도 인간이었을 때는 죽음을 두려워했다. — 이탈리아
- 비에 젖어 있는 사람은 비를 두려워하지 않는다. 발가벗은 사람은 도적을 두려워하지 않는다. — 러시아
- 우레가 천지를 진동시키지 않으면 농부들은 성호를 긋지 않는다. — 러시아
- 아버지, 왜 죽음을 두려워하십니까? 아직 죽음을 경험해 본 사람은 없지 않습니까? — 러시아
- 짖는 개를 두려워 말고 짖지 않는 개를 두려워하라. — 터키

【시】

크리스마스가 되어
바람이 얼음같이 차게 불어도
우리는 바깥 날씨를
조금도 두려워하지 않는다.

— 윌리엄 새커리 / 마호가니 나무

어느 아침 우리는 떠난다. 불꽃에 찬 머리
원한과 쓴 욕망에 부푼 가슴 안고
우리는 간다, 물이랑의 리듬 따라.
우리의 무한을 바다의 유한(有限) 위에 어르면서.
더러는 오욕(汚辱)의 조국을 벗어남을 기뻐한다.
더러는, 자기네 보금자리의 공포를 떠나옴을

— 보들레르 / 旅行

죽음의 아픈 모습도
성자에겐 두려움이 안 되고, 신자에겐 종언(終焉)이 되지 않는다.
그것은 전자를 삶으로 되돌려 활동을 가르치고
후자에게 힘을 주어 내세의 축복에의 희망을 준다.
양자에게 있어 죽음은 삶이 된다.

— 괴테 / 헤르만과 도르테아

【중국의 고사】

■ **전전긍긍**(戰戰兢兢) : 『전전(戰戰)』은 무서워 떠는 모양, 『긍

긍(兢兢)』은 조심해 몸을 움츠리는 모습, 합해서 두려워하고 조심함을 말한다. 《시경》 소아(小雅) 소민(小旻) 편에 나오는 글귀다.

『감히 범을 맨손으로 잡지 않고(不敢暴虎) / 감히 하수를 배 없이 건너지 않으나(不敢馮河) / 사람은 그 하나만 알고(人知其一) / 그 밖의 것은 알지 못한다(莫知其他) / 두려워서 조심조심하며(戰戰兢兢) / 깊은 못에 다다른 듯하고(如臨深淵) / 엷은 얼음을 밟듯 한다(如履薄氷).』 이 시는 포학한 정치를 한탄해서 지은 시다. 범을 맨주먹으로 잡거나 황하를 배 없이 헤엄쳐 건너는 일은 하지 않지만, 눈앞의 이해에만 눈이 어두워 그것이 다음날 큰 환난이 되는 것을 알지 못한다. 사람들은 그 무서운 정치 속에서 마치 깊은 못가에 서 있는 듯, 엷은 얼음을 걸어가는 듯 불안에 떨며 몸을 움츠리고 있다는 뜻이다.

이 시에서 『전전긍긍』이란 말이 나오고 『포호빙하(暴虎馮河)』라는 말이 나오고, 『지기일(知其一)이요 부지기타(不知其他)』란 말이 나왔다. 또 이 대목은 《논어》 태백편(泰伯篇)에 증자(曾子)가 인용한 말로 나와 있어 더욱 널리 알려지게 되었다. 증자가 임종 시에 제자들을 불러 이렇게 말했다.

『내 발을 열어 보고 내 손을 열어 보라. 《시경》에 말하기를 『전전하고 긍긍하여 깊은 못에 다다른 듯하고 엷은 얼음을 밟듯 한다.』 고 했다. 지금에서야 나는 마음을 놓는다. 너희들은 알겠느냐.』 증자는 공자의 제자들 중에서도 효도로 이름이 높았다. 13경(經) 중의 하나인 《효경(孝經)》은 공자가 증자에게 효도에 대해 한때 이야기한 것을 기록한 짤막한 글이다. 그 《효경》에

공자는 말하기를,

『몸뚱이와 털과 피부는 부모에게서 받은 것이므로 감히 상하게 못하는 것이 효도의 처음이요, 몸을 세우고 도를 행하여 이름을 후세에 빛나게 함으로써 부모를 나타나게 하는 것이 효도의 마지막이다(身體髮膚 受之父母 不敢毁傷 孝之始也 立身行道 揚名於後世 以顯父母 孝之終也).』라고 했다. — 《시경》

▣ **기우(杞憂)** : 장래의 일에 대한 쓸데없는 군걱정. 너무도 잘 알려진 말로, 『기우(杞憂)』는 『기인우천(杞人憂天)』의 준 말이다. 《열자》 천서편에 나오는 우화에서 비롯된 말이다.

기(杞)나라에 한 사람이 있었다. 그는 하늘이 무너지고 땅이 꺼지면 몸 붙일 곳이 없을 걱정을 한 나머지 침식을 폐하고 말았다(杞國有人 憂天地崩墜 身亡所寄 廢寢食者). 여기에 또 그의 그 같은 쓸데없는 걱정을 하는 것을 걱정하는 사람이 있었다. 그가 침식을 폐하고 누워 있는 사람을 찾아가 이렇게 말했다.

『하늘은 기운이 쌓여서 된 것으로 기운이 없는 곳은 한 곳도 없다. 우리가 몸을 움츠렸다 폈다 하는 것도, 숨을 내쉬고 들이쉬고 하는 것도 다 기운 속에서 하고 있다. 그런데 무슨 무너질 것이 있겠는가?』 그러자 그 사람은 또, 『하늘이 과연 기운으로 된 것이라면 하늘에 떠 있는 해와 달과 별들이 떨어질 수 있지 않겠는가?』 하고 물었다. 『해와 달과 별들도 역시 기운이 쌓인 것으로 빛을 가지고 있는 것뿐이다. 설사 떨어진다 해도 그것이 사람을 상하게 하지는 못한다.』 『그건 그렇다 치고 땅이 꺼지면 어떻게 할 것인가?』 『땅은 쌓이고 쌓인 덩어리로 되어 있다. 사방에 꽉 차 있어서 덩어리로 되어 있지 않은 곳이 없다. 사람이 걸어 다니고 뛰놀고 하는 것도 종일 땅 위에서 하고 있다. 그런데 어떻게 꺼질 수 있겠는가?』

이 말에 침식을 폐하고 누워 있던 사람은 꿈에서 깨어난 듯 기뻐 어쩔 줄을 몰랐다. 그의 그 같은 모습을 보고 깨우쳐 주러 간 사람도 따라서 크게 기뻐했다는 것이다. 이 이야기 다음에, 열자는 다시 장려자(長廬子)의 말을 덧붙이고 있다. 이들 두 사람의 주고받은 이야기를 전해들은 장려자는 이렇게 말했다. 『하늘이 무너지고 땅이 꺼지지 않을까 걱정하는 것은 지나친 걱정이라고 할 수 있다. 그러나 무너지지 않는다고 단언하는 것 또한 옳지 못하다.』

끝으로 열자는 이렇게 결론을 맺고 있다. 『하늘과 땅이 무너지든 무너지지 않든, 그런 것에 마음이 끌리지 않는 무심(無心)의 경지가 중요한 것이다.』 이 우화에서 쓸데없는 걱정, 안해도 될 걱정을 『기우』 혹은 『기인지우』 라고 한다.

— 《열자》 천서편(天瑞篇)

▣ **징갱취제**(懲羹吹虀) : 한번 실패한 일에 혼이 나서 도를 지나친 조심을 하는 것. 초(楚)의 굴원(屈原)은 고대 중국이 낳은 정열적인 시인으로 그의 시는 오늘날에도 《초사》에 그 비분의 감정을 전하고 있으나, 사실 그는 시인이라기보다는 나라를 사랑하고 정의를 사랑하는 인간으로 살았던 것이다.

전국시대 말엽인 이 시대는 진(秦)이 위세를 떨치고 있어 이에 대항할 수 있었던 것은 초와 제 두 나라 정도였으므로, 진은 초 ·

제가 결탁하지나 않나 하고 언제나 신경을 쓰고 있었다. 굴원은 친제파의 영수로서 초 · 제 동맹을 강화하도록 진언했으며, 초의 회왕(懷王)도 처음에는 그런 입장을 취하고 있었다. 그런데 회왕의 총희 정수(鄭袖)나 영신(佞臣 : 아첨하는 신하)인 근상(靳尙) 등은 전부터 삼려대부(三閭大夫 : 초나라의 왕족인 昭씨, 屈씨, 景씨의 족장)인 굴원을 눈엣가시처럼 생각하고 있었다.

그것을 노린 것이 당시 진의 재상인 장의(張儀)였다. 그는 정수 등을 매수하여 친진파(親秦派)로 만들고, 그 결과 근상 등이 계획대로 참언을 하여 굴원을 국정에서 손을 떼게 하였다. 굴원이 31세 때 일이었다. 비극은 여기서부터 시작되었다. 이 때 회왕은 제(齊)와 절교를 하면 그 대가로서 진의 6백 리에 걸친 땅을 떼어주겠다는 장의의 말만 듣고 그대로 제와 절교를 했으나, 이것은 장의의 새빨간 거짓말로, 크게 노한 회왕은 곧 진을 공격했다. 그런데 도리어 진에게 패하여 땅을 빼앗기고 그 때문에 후회한 회왕은 다시 굴원을 등용하여 친선사절로서 제나라에 보냈다.

그 후 10여 년의 세월이 흘렀다. 주(周)의 난왕(赧王) 16년(BC 299)의 일이었다. 진(秦)은 양국의 친선을 위해서라고 하면서 진나라 땅으로 회왕을 초대했으나, 굴원이 진나라의 행동은 믿을 수가 없다고 하면서 이를 말리려고 했다. 그러나 회왕은 왕자 자란(子蘭)이 강권에 못 이겨 진으로 떠났다가 과연 진의 포로가 되어 그 이듬해 진에서 객사하고 말았다. 초(楚)에서는 태자가 양왕(襄王)이 되고, 동생 자란이 영윤(令尹)이 되었다.

굴원은 회왕을 죽게 만든 자란의 책임을 물었으나, 그것은 오히려 참언을 받게 되는 결과가 되어, 이번에야말로 추방을 당하고 말았다. 그에게 있어 비극은 결정적이었다. 46세 때였다. 그리하여 10여 년 동안 조국애로 불타는 굴원은 국외로 망명하지도 않고 동정호(洞庭湖) 근처를 방황하다 마침내는 울분에 못 이겨 멱라(汨羅 : 동정호 남쪽, 상수湘水로 흐르는 내)에서 물에 빠져 죽을 때까지 우수에 찬 방랑을 계속했다.

《초사》에 있는 그의 작품 대부분은 이 방랑생활의 소산이라고 해도 좋다. 그는 언제나 위기에 처해 있는 초(楚)를 걱정하여 조국을 그르치는 간신들을 미워했고 그가 견지해 오던 고고(孤高)한 심정을 열정적으로 노래했다. 혹은 그의 시의 배경에는 문인들이 즐겨 묘사하는 사극 『굴원』과 같이 『괴로워하고 한탄하는 백성』의 모습이 있었는지도 모른다. 그 높은 절조를 지닌 굴원의 편린은 다음 시에서도 엿볼 수 있다.

『뜨거운 국에 놀라 냉채를 부는 것은(懲熱羹而吹虀兮) / 변절한 사람의 모습이나 마찬가질세(何不變此志之也).』이것은 《초사》 9장 중 『석송(惜誦)』이라는 시의 한 구절이다. 『석송』은 굴원이 자기 이상으로 임금을 생각하고 충성을 맹서하는 사람이 없음을 읊었고, 그럼에도 불구하고 중인(衆人)으로부터 소원당한 것을 분개하며 어찌할 수 없는 고독을 한탄하면서도 그 절조만은 바꾸지 않겠다는 강개(慷慨)한 마음을 토로한 시다.

그의 대표작에는 『이소(離騷)』와 『천문(天問)』이 있다. 『징갱취제』는 『뜨거운 국에 놀라 냉채를 분다』에서 나온 것으로, 갱(羹)은 뜨거운 국, 제(虀)는 초나 간장으로 버무린 잘게 썬 야채, 즉 냉채를 말한다. 따라서 한번 실패한 일에 혼이 나서도를 지나친 조심을 하는 것을 뜻한다. — 굴원 / 《초사》

■ **오우천월**(吳牛喘月) : 간이 작아 공연한 일에 미리 겁부터 집어먹고 허둥거림을 비웃는 말. 『오우천월』은 오나라 소가 달을 보고 헐떡거린다는 말이다. 즉 오나라와 같은 남쪽 더운 지방에 있는 소들은 해만 뜨면 더위를 못 이겨 숨을 헐떡거리게 된다. 해가 뜨는 것이 지겹게만 여겨진 이 지방 소들은 해가 아닌 달이 뜨는 것만 보아도 미리 숨이 헐떡거려진다는 이야기다. 우리 속담에 『자라 보고 놀란 가슴 솥뚜껑 보고도 놀란다』는 것과 같은 의미이다.

《세설신어》 언어편에 나오는 이야기다. 진(晋)의 2대 황제인 혜제(惠帝) 때 상서령(尙書令)을 지낸 적이 있는 만분(滿奮)이, 그보다 앞서 무제(武帝) 때 있었던 일이다. 무제는 전부터 이미 발명되어 있던 유리를 창문에 이용하고 있었다. 오늘과는 달리 유리는 그 당시는 보석과 같은 귀한 물건이었다. 만분이 편전에서 무제와 마주앉게 되었을 때, 무제가 앉은 뒷 창문이 유리로 되어 있는 것을 그는 휑하니 뚫려 있는 것으로 착각을 했다. 유리창문을 일찍이 본 일이 없는 그로서는 당연한 일이 아닐 수 없었다.

만분은 기질이 약해 평소 바람을 무서워했다. 바람을 조금이라도 쏘인 뒤면 반드시 감기로 며칠을 앓아야만 했던 모양이다. 북쪽 창이 휑하니 뚫린 것을 본 그는 미리 겁을 집어먹고 난처한 표정을 지었다. 무제는 그가 바람을 싫어하는 것을 잘 알고 있었기 때문에 바람이 통하지 않는 유리창이란 것을 설명하며 크게 웃었다. 그러자 만분은 황공한 듯이 말했다. 『오나라 소가 달을 보고 헐떡인다는 말은 바로 신을 두고 한 말 같습니다(臣猶吳牛

見月而喘).』 —《세설신어》 언어편

▣ **병입고황**(病入膏肓) : 병이 이미 고황(膏肓)에까지 미쳤다는 말이다. 고(膏)는 가슴 밑의 작은 비계, 황(肓)은 가슴 위의 얇은 막으로서 병이 그 속에 들어가면 낫기 어렵다는 부분이다. 결국 병이 깊어 치유할 수 없는 상태를 비유하여 이르는 말이다. 그런데 나중에는 넓은 의미에서 나쁜 사상이나 습관 또는 작풍(作風)이 몸에 배어 도저히 고칠 수 없는 것을 비유하는 말로도 쓰이고 있다.《좌전》 성공 10년에 다음과 같은 이야기가 있다.

춘추시대 때 진경공(晋景公)이 하루는 자다가 꿈을 꾸었는데, 머리를 풀어헤친 귀신이 달려들면서 소리쳤다. 『네가 내 자손을 모두 죽였으니, 나도 너를 죽여 버리겠다.』 경공은 소스라치게 놀라 허둥지둥 도망을 쳤으나 귀신은 계속 쫓아왔다. 이 방 저 방으로 쫓겨 다니던 경공은 마침내 귀신에게 붙들리고 말았다. 귀신은 경공에게 달려들어 목을 조르기 시작했다. 경공은 비명을 지름과 동시에 잠에서 깼다.

식은땀을 흘리며 잠자리에서 일어난 경공은 곰곰이 생각해 보았다. 10여 년 전 도안고(屠岸賈)라는 자의 무고(無告)로 몰살당한 조씨 일족의 일이 머리에 떠올랐다. 경공은 무당을 불러 꿈이야기를 하고 해몽을 해보라고 했다. 『황공하오나 폐하께서는 올봄 햇보리로 지은 밥을 드시지 못하게 되올 것입니다.』 『내가 죽는다는 말인가?』 『황공하옵니다.』

낙심한 경공은 그만 병이 나고 말았다. 그래서 사방에 수소문하여 명의를 찾았는데, 진(秦)나라의 고완(高緩)이란 의원이 용하다는 것을 알게 되었다. 그래서 급히 사람을 파견해서 명의를 초빙해 오게 하였다. 한편 병상에 누워 있는 진경공은 또 꿈을 꾸었다. 이번에는 귀신이 아닌 두 아이를 만났는데, 그 중 한 아이가 말했다. 『고완은 유능한 의원이야. 이제 우리는 어디로 달아나야 하지?』 그러자 다른 한 아이가 대답했다. 『걱정할 것 없어. 명치 끝 아래 숨어 있자. 그러면 고완인들 우릴 어쩌지 못할 거야.』

경공이 꿈에서 깨어나 곰곰 생각해 보니 그 두 아이가 자기 몸속의 병마일 것이라고 생각했다. 이윽고 명의 고완이 도착해서 경공을 진찰했다. 경공은 의원에게 꿈이야기를 했다. 진맥을 마친 고완은 놀랍다는 듯이 말했다. 『병이 이미 고황에 들어가 있습니다. 약으로는 도저히 치료할 수가 없겠사옵니다.』 마침내 경공은 체념하고 말았다. 후하게 사례를 하고 고완을 돌려보낸 다음 경공은 혼자서 가만히 생각했다.

『내 운명이 그렇다면 어쩔 도리가 없는 일이 아니겠는가. 의연하게 죽음을 맞이하리라.』 이렇게 마음을 다잡고 나니 경공의 마음은 한결 가벼워졌다. 죽음에 대해서 초연해지니 병도 차츰 낫는 것 같았다. 그리하여 마침내 햇보리를 거둘 무렵이 되었는데 전과 다름없이 건강했다. 햇보리를 수확했을 때 경공은 그것으로 밥을 짓게 하고는 그 무당을 잡아들여 물고를 내도록 명령했다. 『네 이놈, 공연한 헛소리로 짐을 우롱하다니! 햇보리 밥을 먹지 못한다고? 이놈을 당장 끌어내다 물고를 내거라!』 경공은 무당이 죽으며 지르는 단말마의 비명소리를 들으며 수저를 들었다. 바로 그 순간 경공은 갑자기 배를 잡고 뒹굴기 시작하더니 그대

로 쓰러져 죽고 말았다. 결국 햇보리 밥은 먹어 보지도 못한 것이다. —《춘추좌씨전》

▣ **국척(跼蹐)** : 겁이 많아 몸 둘 바를 모르는 상태를 비유하여 이르는 말. 조심스러워 몸을 굽히고 걸음을 곱게 걸어가는 것을 『국척(跼蹐)』이라고 한다. 『국천척지(跼天蹐地)』란 말에서 나온 것인데, 국천척지의 뜻은 『하늘이 비록 높다고 하지만 감히 머리를 숙이지 않을 수 없고, 땅이 비록 두텁다고 하지만 감히 발을 조심해 딛지 않을 수 없다』는 말이다. 결국 너무도 두려워서 몸 둘 곳을 몰라 하는 모습을 형용해서 하는 말이다.

《시경》 소아(小雅) 정월편(正月篇)은 『정월에 심한 서리가 내려 내 마음이 걱정되고 아프다(正月繁霜我心憂傷)』(여기 나오는 正月은 지금의 四月을 말한다)라는 말로 시작되는, 모진 정치를 원망해서 부른 시인데, 13절로 된 이 시의 제 6절에 이렇게 말하고 있다.

『하늘이 대개 높다고 하지만 / 감히 굽히지 않을 수 없고 / 땅이 대개 두텁다고 하지만 / 감히 조심해 걷지 않을 수 없다. / 이 말을 부르짖는 것은 / 도리도 있고 이치도 있다. / 슬프다, 지금 사람은 / 어찌하여 독사요 도마뱀인가.』 이것을 쉽게 풀이하면, 하늘이 아무리 높다지만 허리를 굽혀 걸어야만 하고, 땅이 아무리 두텁다지만 발을 조심해 디뎌야만 한다. 이런 말을 외치는 것은 도리에 벗어난 것도 이치에 어긋난 것도 아니다. 슬프다, 오늘의 정치하는 사람은 어찌하여 모두가 독사나 도마뱀처럼 독을 품고 있단 말인가. 어째서 이 넓으나 넓은 천지에 걸음마저 마음 놓고 걸을 수 없게 만든단 말인가?』 하는 뜻이 된다.

— 《시경》 소아(小雅)

▣ **외수외미**(畏首畏尾) : 겁이 많다, 걱정이 많다, 주저함이 많다는 말이다. 《좌전》 문공 17년에 다음과 같은 이야기가 나온다. 춘추시대의 어느 날, 북방의 강대국인 진(晋)나라가 주축이 되어 일부 소국들을 모아 놓고 회의를 소집한 적이 있는데 유독 정나라만 참석하지 않았다. 이에 진나라에서는 정나라가 남방 대국인 초나라에 붙을까 싶어 정나라를 공격할 준비를 하게 되었다. 이 소식을 들은 정나라에서는 다음과 같은 내용의 편지를 진나라에 띄웠다.

『약소한 우리나라는 귀국에 태만하지 않고 줄곧 섬겨 왔음에도 불구하고 오히려 귀국은 우리를 의심해서 공격하려 하고 있습니다. 그렇다면 우리는 멸망하더라도 그 모욕을 더는 참을 수 없습니다. 옛사람들이 이른 바와 같이 「머리도 두려워하고 꼬리도 두려워한다면 온몸에 두려워하지 않을 곳이 어디 있을 것인가?(畏首畏尾 身其餘幾)」 하였고, 「사슴도 목숨이 위험할 때면 피신할 자리를 고를 겨를이 없다(鹿死不擇蔭)」고 하였으니 우리 정나라가 비록 약소국이기는 하지만 위태롭게 되면 사슴과 마찬가지로 아무 곳으로나 피신할 수밖에 없는데 부득이 초나라에 의탁하지 않을 수 없습니다.』

이와 같이 정나라에서 강경하게 나오자 진나라에서 원래의 계획을 포기하고 사절을 파견하여 정나라와 화친 관계를 맺었다고 한다.

— 《춘추좌씨전》

▣ **후생가외**(後生可畏) : 젊은 세대들이 무한한 잠재력을 가지고 발전해 옴의 비유. 후생(後生)은 뒤에 난 사람. 즉 자기보다 나이가 어린 사람을 말한다. 『후생이 가외(可畏)』는 이제 자라나는 어린 사람이나, 수양과정에 있는 젊은 사람들이 두렵다는 말이다. 《논어》 자한편에 있는 공자의 말이다.

두렵다는 것은 무섭다는 뜻이 아니고 존경한다는 뜻이 있다. 『뒤에 난 사람이 두렵다. 어떻게 앞으로 오는 사람들이 지금만 못할 줄을 알 수 있겠는가. 나이 4, 50이 되었는데도 이렇다 할 이름이 알려져 있지 않는 사람은 별로 두려워할 것이 못된다(後生可畏 焉知來者之不如今也 四十五十而無聞焉 斯亦不足畏也已).』

공자의 이 말은 공자보다 서른 살이 아래인 안자(顔子)의 재주와 덕을 칭찬해서 한 말이라고도 한다. 그러나 역시 이것은 하나의 진리가 아닐 수 없다, 미지수란 항상 커나가는 사람, 커나가는 세력에 있는 것이다. 하찮게 여겼던 사람이 커서 자기보다 더 훌륭하게 된 예는 너무도 많다. —《논어》 자한

【명작】

▣ 그리고 아무도 없었다(And Then There Were None) : 애거사 크리스티(Agatha Mary Clarissa Christie, 1890~1976)의 작품. 원제는 《열 개의 인디언 인형(Ten Little Niggers)》 이다.

어느 날 갑자기 날아온 초대장, 장소는 소유주에 대해 소문만 무성한 외딴 섬, 그곳으로 모여드는 다양한 연령과 상황의 남녀 여덟 사람, 그러나 그들을 초대했다는 주인은 늦겠다는 전언만을

남긴 채 나타나지 않고, 충실한 하인 부부만이 손님들을 맞이한다. 그리고 하인 부부까지 모두가 모인 저녁식사 자리에서 열 사람 각각이 과거에 저지른 살인을 폭로하는 목소리가 들려오고, 폭풍우로 섬과 육지를 잇는 배가 끊긴 가운데 인디언 섬의 사람들은 인디언 소년 노래에 나오는 방식대로 한 사람씩 죽어가기 시작한다…….

이 소설은 소위 『고립된 곳에서의 연속살인, 범인은 우리 안에 있다』의 원형이라 할 수 있는 책이다. 이 테마가 각종 추리소설, 영화, 드라마에서 그토록 무한 변주되는 것은 진부함에도 불구하고 여전히 인간의 공포를 가장 자극하는 코드이기 때문일 것이다. 폭풍우로 고립된 섬, 이어지는 살인, 그 속에서 서로를 의심할 수밖에 없는 등장인물들, 사람들의 죽음마다 너무나 적절하게 맞아떨어지는 인디언 소년의 노래(크리스티는 다른 작품에서도 마더구스의 노래를 효율적으로 이용한 적이 여러 차례 있지만, 그 절정은 역시 이 작품일 것이다).

저택의 식탁 위에 놓여 있던 열 개의 인디언 인형은 등장인물들이 죽어감에 따라 하나씩 사라져간다. 고립 스릴러의 모든 클리셰(cliche)는 이 작품에서 시작되었다고 해도 과언은 아니다. 범인은 누구인가? 갇혀 있다는 느낌, 몽환적인 무대장치, 인디언 섬. 마지막 신뢰의 대상이었던 탐정도 없다. 믿을 수 있는 사람은 죽은 자들 뿐. 그러나 그들은 말이 없다. 게다가 모두는 떳떳치 못하다. 그래서 자신의 죄에 대한 심판이 분명히 일어나게 될 것이라고 무의식적으로 믿고 있다. 이것은 신의 역사이므로 도망칠 곳은 아무 데도 없다.

작가 크리스티의 절정기라 할 수 있는 1939년에 발표된 이 작품은 크리스티의 작품치고는 다소 차갑고, 그래서 더 섬뜩하다. 살인의 트릭이나 기술보다는 그 살인의 원인이 되는 인간성 자체에 집중하는 크리스티의 특징은 이 작품에서도 여전하다. 마지막 범인이 밝혀지는 부분은 특히 인간성의 또 다른 측면을 애거서 크리스티 특유의 시선으로 보여준다고 할 수 있다.

【成句】

▣ 대담무쌍(大膽無雙) : 배짱이 있어서 적을 조금도 두려워하지 않는 모양. 담이 커서 어떤 일에도 놀라지 않는 사람의 형용.

▣ 모골송연(毛骨悚然) : 아주 끔찍한 일을 당하거나 볼 때, 두려워 몸이나 털끝이 쭈뼛하여진다는 말.

▣ 수악한(手握汗) : 손에 땀을 쥔다는 뜻으로, 몹시 놀라거나 두려워함을 이름. /《한서》양웅전.

▣ 고율(股慄) : 몹시 두려워 겁날 때 다리가 떨리는 것. /《사기》

▣ 상궁지조(傷弓之鳥) : 한번 화살에 맞은 새가 의심과 두려움이 많음과 같이 한번 혼이 난 일로 인하여 항상 의심과 두려움을 갖는다는 뜻. /《전국책》초책(楚策).

▣ 삼불외(三不畏) : 상(喪)을 당한 사람이 두려워하지 않는 세 가지. 곧 비·도둑·범.

▣ 권설(卷舌) : 놀라서 혀가 꼬부라져 말을 할 수 없음을 이름. /《한서》양웅전.

▣ 불파천불외지(不怕天不畏地) : 하늘도 두려워하지 않고 땅도 겁내지 않는다는 뜻으로, 행동이 난폭한 악인이 아무것도 무서워하거나 두려워하지 않음.

▣ 건괵지증(巾幗之贈) : 남자로서 체면이 말이 아님을 비유하는 말. 건괵(巾幗)은 여성의 머리 장식. 촉의 재상 제갈량(孔明)은 위(魏)의 대장군 사마의에게 위수(渭水)에서 결전을 도발하였다. 그러나 사마의는 제갈공명을 두려워하여 성문을 굳게 닫아걸고 나오지 않았다. 그래서 공명은 여자의 머리장식과 의복을 보내 사마의가 겁먹은 것을 모욕했다는 고사에서 나온 말이다. /《십팔사략)》

▣ 무소조수족(無所措手足) : 두려워하여 몸 둘 곳이 없다는 말.

▣ 의기자여(意氣自如) : 태연자약하여 조금도 두려워하지 않음. /《사기》이장군전.

▣ 도로이목(道路以目) : 길에서 만나는 사람끼리 서로 눈짓으로 뜻을 전달한다는 뜻으로, 감시가 두려워 백성들은 감히 말하지 못하고 눈짓으로 불만을 서로 통함을 이르는 말. /《국어》

▣ 불한이율(不寒而慄) : 춥지도 않은데 공포에 떨다. 곧 폭정이 하도 심해서 춥지도 않은데 저절로 몸이 떨린다는 말. /《사기》

▣ 망자재배(芒刺在背) : 가시를 등에 지고 있는 것처럼 두려워하는 일이 있어 마음이 조마조마하여 편치 않음을 이르는 말. /《한서》

▣ 명목장담(明目張膽) : 눈을 밝게 뜨고 쓸개를 크게 펼친다는 뜻으

로, 두려워하지 않고 배짱을 두둑하게 가짐을 이르는 말. /《당서》,《송서》

▣ 피삼사(避三舍) : 겸손하여 물러감. 후세에는 두려워하여 물러가는 뜻으로 많이 쓰임.

▣ 백수습복(百獸慴伏) : 온갖 짐승들이 두려워 엎드림.

▣ 상경백유(相驚伯有) : 있지도 않은 일에 놀라서 두려워하며 어쩔 줄 모르는 것. /《좌전》

▣ 시사여생(視死如生) : 죽음을 삶과 같이 여긴다는 뜻으로, 죽음을 두려워하지 않음. /《장자》

▣ 시이불공(恃而不恐) : 믿는 구석이 있어 두려워하지 않음.

▣ 오색무주(五色無主) : 공포에 사로잡혀 연달아 안색이 여러 가지로 변함. /《회남자》

▣ 재귀일거(載鬼一車) : 귀신이 수레 가득 실려 있다는 뜻으로, 무서운 일, 괴이한 일의 비유. 본래는 괴기(怪奇)한 것은 두려움을 품은 자에게만 보이는 법이라는 것으로, 시의심(猜疑心)을 말한다. /《역경》

▣ 중족측목(重足仄目) : 중족(重足)은 두 발이 겹쳐져 감히 걷지 못한다는 뜻, 측목(仄目)은 곁눈질로만 훔쳐볼 뿐 감히 똑바로 보지 못한다는 뜻으로, 남의 위풍이나 위세에 눌려 두려워하는 모양을 이르는 말. /《사기》 급정열전(汲鄭列傳)

▣ 취중무천자(醉中無天子) : 취중에는 천자도 없다는 뜻으로, 술에

취하면 기(氣)가 도도하여 세상에 거리낌이 없고 두려운 사람이 없어짐을 이르는 말.

▣ 치신무지(置身無地) : 두려워서 몸 둘 바를 모르고 어찌할 줄을 모른다는 뜻.

▣ 피마불외편추(疲馬不畏鞭箠) : 지친 말은 채찍을 두려워하지 않는다는 뜻으로, 백성이 피폐하고 곤궁하면 어떤 형벌도 두려워하지 않고 죄를 범하게 됨을 비유하는 말. /《염철론》

세상 world 世上
(천하)

【어록】

▣ 내가 죽으면 유해는 산야에 그대로 버려서 천지를 관 뚜껑으로 하고 일월성신을 영전(靈前)의 공물(供物)로 하는 것이 좋다.

— 《장자》

▣ 나뭇잎 하나가 떨어지는 것을 보고서 한해가 저무는 것을 알 수 있으며, 독 안의 물이 얼어 있는 것을 보면 온 세상이 추워진 것을 알 수 있다(見一葉落而知歲之將暮 睹甁中之氷而知天下之寒).

— 《회남자》

▣ 세상이 온통 혼탁한데 나 홀로 깨끗하고, 모두들 취해 있는데 나만 홀로 깨어 있다(擧世皆濁我獨淸 衆人皆醉我獨醒).

— 굴원(屈原)

▣ 혼탁한 세상이라 하는 짓도 더러워, 매미 얇은 날개를 무겁다 하고, 천균 무게를 가볍다 하는구나(世混濁而不淸 蟬翼爲重 千鈞爲輕).

— 굴원

▣ 태어나 한 세상 살다가 떠나감이 아침이슬 사라지듯 하누나(人生

處一世 去若朝露晞). — 조식(曹植)

▣ 문 밖에 남북으로 오가는 길 없다면 인간세상 이별수심 없지 않을까(門外若無南北路 人間應免別離愁) — 두목(杜牧)

▣ 삶은 나그네요, 죽음은 돌아감이다. 세상은 하나의 여인숙, 나그넷길은 만고에 고달프구나(生者爲過客 死者爲歸人 天地一逆旅 同悲萬古塵). — 이백(李白)

▣ 덧없는 세상이 꿈과 같다. — 이백

▣ 내 어이 세상사람 버릴까마는, 세상사람 스스로 나를 버리네(我本不棄世 世人自棄我). — 이백

▣ 묻노니, 그대는 왜 푸른 산에 사는가. 그저 웃을 뿐, 답은 않고 마음이 한가롭네. 복사꽃 띄워 물은 아득히 흘러가나니, 별천지 따로 있어 인간 세상 아니네(問餘何意棲碧山 笑而不答心自閑 桃花流水杳然去 別有天地非人間). — 이백

▣ 세상을 살아가는 길은 산과 강처럼 험하고, 대궐문은 연기와 안개에 가려 멀리 있네(世路山河險 君門煙霧深).

— 유우석(劉禹錫)

▣ 인간세상 일장 꿈과 같으니 순식간에 천변만화가 생긴대도 이상할 바 없다(人世一大夢 俯仰百變 無足怪者). — 소식(蘇軾)

▣ 복숭아꽃 흐르는 것이 인간 세상에도 있음이라, 무릉도원이 어찌 반드시 신선들만의 것이겠는가(桃花流水在人世 武陵豈必皆神仙). — 소식

▣ 낙화유수에 봄이 가누나, 하늘과 인간세상 그 사이에서(流水落花 春去了 天上人間). —《낭도사(浪淘沙)》

▣ 한쪽으로 치우치지 않는 것을 중(中)이라고 하고, 바뀌지 않는 것을 용(庸)이라 한다. 중이란 천하의 정도(正道)이고, 용이란 천하의 정해진 이치다. —《중용》

▣ 초나라 손이여 산이 험하다 말라, 세상인심은 산보다 더 험하거늘(楚客莫言山勢險 世人心更險於山). —《협중행(峽中行)》

▣ 세상을 다스리는 덕망과 세상을 쇠망시키는 악과는 언제나 그의 작위와 서로 부합된다(治世之德 衰世之惡 常與爵位自相副也). —《잠부론》

▣ 인간 세상에 찾아온 봄 초목이 먼저 아누나(春到人間草木知). — 장식(張栻)

▣ 탄식하노니 만사 글러먹은 인간세상이여, 쫓겨 다니는 신세, 개·닭이나 다름없구나(歎息人間萬事非 被驅不異犬與鷄). —《호가곡(胡笳曲)》

▣ 보라! 천지는 조용한 기운에 차 있다. 그러나 반면에 모든 것이 쉬지 않고 움직이고 있다. 해와 달은 주야로 바뀌면서, 그 빛은 천년만년 변함이 없다. 조용한 가운데 움직임이 있고, 움직임 속에 적막이 있다. 이것이 우주의 모습이다. 사람도 한가하다고 가만히 있어서는 안되며, 한가한 때일수록 장차 급한 일에 대한 준비를 하여 두는 것이 좋다. 그리고 아무리 분주할 때라도 여유 있는 일면을 지니고 있음이 필요하다. —《채근담》

▣ 이 세상에는 비방만 받는 사람, 칭찬만 받는 사람은 없었고, 없고 또 없을 것이다. 칭찬도 비방도 속절없나니, 모두가 제 이름과 이익을 위한 것뿐. — 《법구경》

▣ 온 세상은 희극을 연기한다. — 페트로우스

▣ 짧은 헛된 세상도, 좋고 아름다운 생활을 하기에는 충분히 길다. — M. T. 키케로

▣ 세상이란 제일 나쁜 사람이 제일 좋은 자리를 차지하고 있는 극장이다. — 아리스토니코스

▣ 세상은 연극과 같아서 자기가 맡은 역을 어떻게 연기할 것인지를 배우지 않으면 안 된다. — 팔라다스

▣ 세상은 모두가 가면을 쓴 대무도회다. — 보브나르그

▣ 천국에서는 만사가 즐겁고, 지옥에서는 만사가 고통스러우며, 우리 세상은 그 어느 쪽과도 경계를 접하고 있다. — 그라시안이모랄레스

▣ 세상이란 바로 양들의 무리지음이다. — 라퐁텐

▣ 천지창조 이후로 사랑한다고 고백해서 여자에게 목 졸려 죽은 남자는 없다. — J. C. 플로리앙

▣ 세상은 구경거리 쇼이며, 해답을 내야 하는 문젯거리는 아니다. — T. 고티에

▣ 세상은 훌륭한 책이지만, 읽는 방법을 모르는 사람들에게는 소용에 닿지 않는다. — 카를로 골도니

▣ 딱정벌레가 박물학을 모르는 것과 같이 인간도 이 세계를 알지 못한다. — S. 샹포르

▣ 이 천지간에는 자네의 철학으로는 꿈도 못 꿀 많은 일이 있다네, 호레이쇼여! — 셰익스피어

▣ 나는 이 세상을, 다만 이 세상을 보고 있다. 모든 사람이 저마다 한 역할씩 하지 않으면 안 될 무대라고 생각하고 있다.

— 셰익스피어

▣ 세상에는 우리의 침울한 두 눈으로 발견할 수 있는 이상의 행복이 있는 법이다. — 프리드리히 니체

▣ 이상은 태양과 같은 것이다. 그것은 세상 위의 모든 먼지를 자기 앞으로 흡수해 버린다. — 플로베르

▣ 이 세상은 네가 생각하고 있는 것보다도 훨씬 더 광휘에 차 있다.

— G. K. 체스터턴

▣ 세상은 생각하는 사람들에게 있어서는 희극이며, 느끼는 사람에게 있어서는 비극이다. — H. S. 월폴

▣ 세상에서 아주 많이 활동하고 있는 인간은, 모두가 다 둔감한 사람인 것처럼 생각된다. 그것은, 세상에는 마음을 끌어 붙일 만한 일이 하나도 보이지 않기 때문이다. — S. 샹포르

▣ 추하고 미련한 도배들이 이 세상에선 누구보다도 멋지게 사는 걸. 마음 편히 앉아 입을 멍하니 벌리고 연극을 볼 수 있으니까 말이야. 승리의 맛은 모를망정 적어도 패배의 쓰라림엔 면역이니까. — 오스카 와일드

■ 이 세상이란, 그것이 이 세상 아닌 어떤 다른 것이라고 하더라도 인간에 맞게 창조된 세상은 아닌 것이 분명하다.

— 올더스 헉슬리

■ 너와 세상과의 싸움이라면, 세상의 편을 들어라.

— 프란츠 카프카

■ 세상에는 진리 그 자체를 부정하는 하나의 진리가 태어나도록 하기 위하여 정신이 사멸하는 곳이 있다. — 알베르 카뮈

■ 이 세상은 천상의 것을 본떠 만든 복제품에 불과하다.

— C. V. 게오르규

■ 세상은 나누어지지를 않았다. 만일 나누어져 있다면 그 조각이 알려지겠으나, 세상은 하나의 전체이다. — 오쇼 라즈니쉬

■ 『인간 세상』을 만든 것은 신(神)도 아니고 귀신도 아니다. 역시 앞뒷집 양 옆집에 옴지락거리는 그저 그런 사람들이다. 그저 그런 사람들이 만든『인간세상』이 살기 힘들다 해서 옮겨 앉을 나라는 또 없을 것 같다. 있다면『인간 아닌 인간』이 사는 나라로 갈 따름이다.『인간 아닌 인간』의 나라는『인간 세상』보다 더 더욱 살기가 힘들 것이다. — 나츠메 소세키

■ 천지가 물을 낳음으로써 마음을 얻어 세상에 태어났다. 그러므로 사람은 모두가 차마 하지 못하는 마음이 있으니, 이것이 바로 이른바 인(仁)이다. — 정도전

■ 천지는 만물에 대하여 봄으로써 낳고 가을로써 이루며, 성인은 만민에 대하여 인으로써 낳고 의로써 절제한다. 그러므로 성인이

하늘을 대신하여 만물을 다스려 그 정령(政令)과 베푸는 데에 한결같이 천지의 운행에 근본한다. — 정도전

▣ 천지자연의 은혜를 잊지 말고, 선조의 은혜를 잊지 말고, 부모의 은혜를 잊지 말고, 스승의 은혜를 잊지 말고, 나라의 은혜를 잊지 말고, 인류사회의 은혜를 잊지 말도록 힘쓰라. (勿忘天地恩 勿忘先祖恩 勿忘父母恩 勿忘師傅恩 勿忘國家恩 勿忘社會恩)

— 김동중

▣ 하늘을 찌를 듯 높은 당탑이 신과 인간을 한데로 몰아넣고 신의 궁전과 시인의 주택이 아무 구별 없이 부패된 이 세상, 이것은 결국 시대적 추이의 변화라 하더라도 어떻든 자연미를 손상하는 건 큰일이야. — 함대훈

▣ 천지가 만물을 잘 살리는 큰 뜻을 체득하고, 성현들이 세상을 바르게 인도한 착한 행실을 실천하라. — 김영용

▣ 세상은 불붙는 집이다. 뱀은 밖에서 노리고 구더기는 안에서 끓는다. — 이광수

【속담 · 격언】

▣ 굶어 보아야 세상을 안다. (정말 굶주려 보지 않은 사람은 세상을 참으로 알았다고 할 수 없다) — 한국

▣ 나그네 세상. (세상의 무상함) — 한국

▣ 기린은 잠자고 스라소니가 춤춘다. (이 세상은 성인은 깊숙이 들어앉아 활동을 않고 오히려 무능한 사람이 설친다) — 한국

▣ 눈 감으면 코 베어 먹을 세상. (세상인심이 몹시 험악하고 믿음성이 없다)
— 한국

▣ 누군가 양을 갖고 싶어 한다면 그것은 그 사람이 이 세상에 존재한다는 증거다.
— 서양속담

▣ 세상은 마음먹기에 달렸다.
— 영국

▣ 하나님은 인간을 도와주되 우리(동물의 우리) 안으로 몰아넣지는 않는다.
— 불가리아

▣ 여름날 즐기면 즐길수록 겨울날 더 많이 굶게 된다.
— 불가리아

【시】

왜 푸른 산에 사느냐고 묻는다면
그저 웃을 뿐 대답은 안해도 마음은 절로 한가롭네.
복숭아꽃이 물 따라 두둥실 떠가는 곳
따로 세상이 있지만 인간세상은 아니로세.

問余何事棲碧山 笑而不答心自閑　문여하사서벽산 소이부답심자한
桃花流水杳然去 別有天地非人間　도화유수묘연거 별유천지비인간
— 이백 / 山中問答

세상은 아름답고 하늘은 푸르고
산들바람 고요히 불어오며
들판의 꽃들은 손을 흔들고

아침이슬에 반짝이누나
어느 곳을 보아도 웃는 사람의 얼굴
그러나 나는 무덤에 누워
가버린 연인을 안고지고

— 하인리히 하이네 / 世上은 아름다워

나는 기억한다, 모든 세상을
떠나가 버린 사람들의 세상까지도.

— P. 르베르디 / 밤늦게

어머니가 나를 이 세상에 낳아 놓은 것이다
그래서 나는 지금 이 세상에 서서
자꾸만 깊숙이 이 세상을 파들어 가는 것이다.

— 라이너 마리아 릴케 / 마지막 남은 사람

【중국의 고사】

▣ **상전벽해**(桑田碧海) : 세상 모든 일이 덧없이 변천함이 심함. 『창상지변(滄桑之變)』은 푸른 바다가 뽕나무밭으로 변했다가, 그 뽕나무밭이 다시 푸른 바다로 변한다는 뜻이다. 덧없이 변해 가는 세상 모습을 가리켜 하는 말이다. 우리나라에선 『상전벽해』란 말이 더 많이 쓰이고 있다. 이 말은 당나라 시인 유정지(劉廷芝, 651~608)의 『대비백두옹(代悲白頭翁)』 즉, 백발을 슬퍼하는 노인을 대신해서 읊은 장시에서 나온 말이다. 이 말이 나와 있는 부분을 소개하면 다음과 같다.

『낙양성 동쪽의 복숭아 오얏꽃은(洛陽城東桃李花) / 날아오고 날아가며 뉘 집에 지는고(飛來飛去落誰家) / 낙양의 계집아이는 얼굴빛을 아끼며(洛陽女兒惜顔色) / 가다가 떨어지는 꽃을 만나 길게 탄식한다(行逢女兒長嘆息) / 금년에 꽃이 지자 얼굴빛이 바뀌었는데(今年花落顔色改) / 명년에 꽃이 피면 다시 누가 있을까(明年花開復誰在)? / 이미 송백이 부러져 땔감 되는 것을 보았는데(已見松柏摧爲薪) / 다시 뽕밭이 변해 바다가 되는 것을 듣는다(實聞桑田變成海).』

마지막 절의 뽕밭이 변해 바다가 된다는 말을 『상전이 벽해가 된다』 고도 하고, 또 『벽해가 상전이 된다』 고도 하며, 또 『벽해가 상전이 되고 상전이 벽해가 된다』 고도 한다. 또 《신선전(神仙傳)》에 있는 마고선녀(痲姑仙女)의 이야기에서 유래된 것으로, 옛날 마고라는 겨우 나이 열여덟쯤 되어 보이는 아름다운 선녀가 있었다. 그녀는 도를 통한 왕방평(王方平)에게 물었다.

『제가 옆에 모신 뒤로 벌써 동해바다가 세 번이나 뽕나무밭으로 변하는 것을 보았습니다. 이번에 봉래(蓬來)로 오는 도중 바다가 또 얕아지기 시작해서 전에 비해 반밖에 되지 않았습니다. 또 육지가 되는 것일까요?』 『성인들이 다들 말하고 있다. 바다 녀석들이 먼지를 일으키고 있다고.』 이 대화에서 이런 문자가 생겨난 것이다.

— 유정지 / 대비백두옹

▣ **별유천지비인간**(別有天地非人間) : 경험하지 못한 새로운 세계를 체험하거나, 그런 세계에 왔을 때 쓰는 표현. 『별유천지비인간

(別有天地非人間)』은 『따로 세상이 있지만 인간세상은 아니다』라는 말로, 경험해 보지 못한 새로운 세상을 체험하거나 그런 세상이 왔을 때 쓰는 표현이다. 이백(李白, 701~762)의 『산중문답(山中問答)』에 나오는 구절이다.

『왜 푸른 산에 사느냐고 묻는다면(問余何事棲碧山) / 그저 웃을 뿐 대답은 안해도 마음은 절로 한가롭네(笑而不答心自閑). / 복숭아꽃이 물 따라 두둥실 떠가는 곳(桃花流水杳然去) / 따로 세상이 있지만 인간세상은 아니로세(別有天地非人間).』

이 작품은 원래 자연에 묻혀 사는 즐거움에 대해 노래한 소박한 자연시다. 그런데 작품이 담고 있는 시상(詩想)이나 심상(心想)이 대단히 선취(仙趣)가 넘쳐흐르면서 도가적(道家的) 풍류가 스며 있어 오랜 기간 음유되어 왔다. 유언(有言)의 물음에 대해 무언(無言)의 대답을 함으로써 마음속에 깃들여 있는 운치를 다 토로하는 것이다. 특히 셋째, 넷째 구절에서 보여주는 독특한 정취는 무릉도원(武陵桃源)의 신비로운 경관을 그대로 재연한 부분으로 색다른 정취를 느끼게 한다. — 이백 / 山中問答

▣ **건곤일척**(乾坤一擲) : 승패와 흥망을 걸고 단판걸이로 승부나 성패를 겨룸.

「건곤(乾坤)」은 하늘과 땅이란 뜻이고, 「일척(一擲)」은 한 번 던진다는 뜻이다. 다시 말해서, 이기면 하늘과 땅이 다 내 것이 되고, 지면 하늘과 땅을 다 잃게 되는 도박을 한다는 뜻이다.

당나라 때 문장으로 첫손을 꼽는 한유의 칠언절구에 「과홍구」라는 제목으로 다음과 같은 시가 있다.

용은 지치고 범도 고달파 강과 들을 나누었다.
억만창생의 목숨이 살아남게 되었네.
누가 임금을 권해 말머리를 돌리게 하여
참으로 한번 던져 하늘 땅을 걸게 만들었던고!

龍疲虎困割川原　億萬蒼生性命存　용피호곤할천원　억만창생성명존
誰勸君王回馬首　眞成一擲賭乾坤　수권군왕회마수　진성일척도건곤

한유가 홍구(鴻溝)라는 지방을 지나가다가 초·한(楚漢) 싸움 때의 옛 일이 생각나 지은 시다. 진시황(秦始皇)이 죽자 폭력에 의한 독재 체제는 모래성 무너지듯 무너지고, 몸을 피해서 숨어 칼을 갈고 있던 무수한 영웅호걸들은 벌떼처럼 들고 일어났다.

마침내 천하는 항우와 유방 두 세력에 의해 양분되었는데, 그 경계선이 바로 이 홍구였다. 홍구는 지금 가로하(賈魯河)로 불리며 하남성 개봉(開封) 서쪽을 흐르고 있다. 항우와 유방은 이 홍구를 경계로 해서 동쪽을 항우의 초나라로 하고, 서쪽을 유방의 한나라로 하기로 결정을 보았던 것이다. 이리하여 일단 싸움은 중단이 되고 억만창생들도 숨을 돌리게 되었는가 했는데, 유방의 부하들은 서쪽으로 돌아가려는 유방의 말머리를 돌려, 항우와 천하를 놓고 최후의 승부를 결정짓는 도박을 하게 되었던 것이다.

진나라 말 실정(失政) 때, 진섭(陳涉) 등이 기원 전 209년 먼저 반기를 들고 이에 호응하여 각지에서 거병하는 자가 꼬리를 물고 일어났으나, 그 중 풍운을 타고 가장 두각을 나타낸 사람이 항우였다.

3년간의 전쟁 끝에 마침내 진을 멸망시키고 스스로 서초(西楚)의 패왕이 되어 아홉 군을 점령했으며, 팽성(彭城)에 도읍을 정하고 유방을 비롯한 공이 많았던 사람들을 각각 왕후로 봉하여 한때 천하를 호령하는 듯싶었다. 그러나 어쨌든 명목상의 군주인 초의 의제(義帝)를 이듬해 시해한 것과 논공행상이 고르게 이루어지지 않았던 까닭으로 다시 천하는 혼란 속에 빠지고 말았다.

즉, 전영(田榮), 진여(陳余), 팽월(彭越) 등이 계속 제(齊)·조(趙)·양(梁)에서 반란을 일으키고 더구나 항우가 이들을 토벌하고 있는 틈에 한왕 유방이 군사를 일으켜 관중 땅을 병합해 버렸던 것이다.

무릇 항우가 가장 두려워하고 있던 것은 유방이고, 유방이 적으로 여기고 있던 것은 항우였다. 최초로 관중을 평정한 자가 관중의 왕이 된다는 의제의 공약이 무시되고, 관중에 누구보다 먼저 들어갔음에도 불구하고 항우에 의해 파촉(巴蜀)의 왕으로 봉해진 점이 항우에 대한 유방의 최대 원한이었으나, 바야흐로 관중을 수중에 넣은 유방은 우선 항우에게 다른 마음이 없음을 인식시켜 놓고 나서, 착착 힘을 길러 후일 관외로 진출할 기회를 노리고 있었다.

이듬해 봄, 항우는 제(齊)나라와 싸우고 있었으나, 아직 제를 항복시키지 못하고 있었다. 때는 바야흐로 지금이라고 생각한 유방은 초의 의제를 위해 상(喪)을 치르고 역적 항우를 토벌할 것을 제후들에게 알림과 동시에 66만의 군사를 이끌고 초나라로 공격해 들어가 도읍인 팽성을 함락시켰다.

항우는 이 소식을 듣고 재빨리 회군하여 팽성 주변에서 유방의 한나라 군사를 여지없이 평정해 버렸다. 유방은 간신히 목숨만 건져 영양(滎陽)까지 도망쳤으나 적군 수중에 그 아버지와 부인을 남겨 놓는 등 비참한 결과를 가져왔고, 영양에서 다소의 기세를 회복했으나, 재차 포위당해 거기서도 겨우 탈출하는 꼴이 되고 말았다.

그 후 유방은 한신(韓信)이 제(齊)나라를 손에 넣음에 이르러 겨우 세력을 증가시키고, 또 관중에서 병력을 보급받아 여러 차례 초나라 군사를 격파시켰으며, 팽월도 양(梁)에서 초군을 괴롭혀, 항우는 각지로 전전하게 되었고, 게다가 팽월에게 식량 보급로까지 끊겨 군사는 줄고 식량은 떨어져 진퇴양난의 궁지에 몰리자, 마침내 항우는 유방과 화평을 맺기에 이르고 천하를 양분해서 홍구에서 서쪽을 한(漢)으로, 동쪽을 초(楚)로 하기로 하고 유방의 아버지와 부인을 돌려보내기로 했다.

때는 한(漢)나라 4년, 기원 전 203년이었다. 항우는 약속이 되었으므로 군사를 이끌고 귀국했으며, 유방도 철수키로 하였으나 마침 그것을 본 장량(張良)과 진평(陳平)이 유방에게 진언했다.

『한나라는 천하의 태반을 차지하고 제후도 따르고 있으나, 초나라는 군사가 피로하고 식량도 부족합니다. 이것이야말로 하늘이 초를 멸망시키려는 것으로, 굶주리고 있을 때 쳐 없애버려야 합니다. 지금 공격하지 않으면 호랑이를 길러 후환을 남기는 결과가 됩니다.』

그래서 유방은 결심을 하고 이듬해 한신과 팽월 등의 군과 함께 초나라 군사를 추격하여 드디어 항우를 해하(垓下)에서 포위하기에 이르렀다. 한유는 이 장량과 진평이 한왕을 도왔던 공업을 홍구 땅에서 회상하며 이 싸움이야말로 천하를 건 큰 도박이라고 보았던 것이다.

일척(一擲)이란 모든 것을 한 번에 내던진다는 것으로 일척천금(一擲千金)이니 일척백만이니 하는 말들이 많이 쓰인다. 건곤(乾坤)은 천지(天地)로 「일척건곤을 건다」 다시 말해서 「건곤일척」은 천하를 얻느냐 잃느냐, 죽느냐 사느냐 하는 대 모험을 할 때 곧잘 쓰이는 말이다. 유방이 걸고 한 것은 사실 글자 그대로 하늘과 땅이었지만, 지금 우리들이 쓰고 있는 뜻은, 무엇이든 자기의 운명을 걸고 흥망 간에 최후의 모험 같은 것을 하는 것을 「건곤일척」이라 한다.

또 원문은 하늘과 땅을 걸고 한 번 던진다는 뜻이었는데, 하늘과 땅을 직접 내던지는 것 같은 강한 뜻을 풍기기도 한다.

— 한유(韓愈) 「과홍구(過鴻溝)」

【신화】

▣ 하늘이 서북으로 부족하기 때문에 서북방을 음(陰)이라고 한다. 사람으로 말하면 오른쪽 눈이 왼쪽 눈과 같이 밝지 못한 것과 같다. 땅이 동남으로 불만하기 때문에 동남방을 양(陽)이라고 한다. 사람의 오른손이 왼손과 같이 힘이 없는 것과 같다. 천지의 혼돈(混沌)이 달걀과 같아서 반고(盤古)가 먼저 그 중에 생기고 만팔천세(萬八千歲)가 되어서 비로소 천지가 개벽한다. 양(陽)은 청(淸)한 것이라 천(天)이 되고, 음(陰)은 탁(濁)한 것이라 지(地)가 된다. 그 반고가 하루에 아홉 번 변하며 천에 있어서는 신(神)이고 땅에 있어서는 성(聖)이다. 천은 하루에 한 발씩 높아지고 반고는 하루에 한 발씩 자란다. 이렇게 하여 만 팔천 세가 되면 천수(天數)는 극고(極高)해지고, 지수(地數)는 극심(極深)하여지며,

반고는 극장(極長)해진다. 여기서 삼황수(三皇數)가 1에서 기동(起動)하여 3에서 확립하여 5에서 완성하고, 7에서 무성(茂盛)하여 9에 처(處)하므로 천(天)을 구만리(九萬里)라고 하는 것이다.

— 서정(徐整) / 삼오력기(三五歷紀)

【成句】

▣ 천고청비(天高聽卑) : 하늘은 높은 곳에 있지만, 하계(下界)의 말을 잘 들으며, 그 옳고 그름을 엄정하게 판단하여 보답해 줌을 이르는 말. / 《사기》

▣ 천라지망(天羅地網) : 하늘과 땅에 쳐진 그물의 뜻으로, 악에 대한 피하기 어려운 재액을 일컫는 말. ☞ 천망회회(天網恢恢).

▣ 천문지질(天文地質) : 하늘에는 일월성신(日月星辰) 같은 문식(文飾)이 있지만, 땅은 소박하여 꾸밈이 없음을 일컫는 말. / 《태현경(太玄經)》

▣ 천번지복(天翻地覆) : 하늘과 땅이 뒤집힘. 곧 천지에 큰 변동이 일어나 질서가 어지러움. / 《중용》

▣ 천하(天下) / 세간(世間) / 사해(四海) / 강호(江湖) : 세상의 다른 이름.

▣ 천장지구(天長地久) : 하늘과 땅은 영원함. 천지는 유구함. 하늘과 땅처럼 영구히 변함이 없음. / 노자.

▣ 천존지비(天尊地卑) : 하늘을 존중하고 땅을 천시한다는 뜻으로, 윗사람만 받들고 아랫사람은 업신여김.

▣ 천지위로(天地爲鑪) : 천지의 만물을 제조하는, 원료를 녹이는 용광로로 함. /《장자》 대종사편.

▣ 천지자만물지역려(天地者萬物之逆旅) : 하늘과 땅은 그 사이에 만물이 나타났다가는 사라지곤 하기 때문에 마치 나그네를 맞고 보내는 여인숙과도 같음. 역려(逆旅)는 나그네의 숙사. 이어서 『광음자백대지과객(光陰者百代之過客)』이란 구절이 나온다. 곧 세월은 언제까지나 과객이라는 뜻이다. / 이백.

▣ 대명천지(大明天地) : 환하게 밝은 세상.

▣ 계세(季世) : 말세(末世)의 뜻. /《좌씨전》

▣ 유상무상(有象無象) : 온 천지간에 있는 모든 물체. 유형무형의 만물을 가리킴.

▣ 고유금(古猶今) : 인간세상은 예나 이제나 변함이 없음. /《장자》 지북유편.

▣ 음양위탄만물위동(陰陽爲炭萬物爲銅) : 천지가 만물을 창조하는 것이 마치 대장장이가 철물을 만듦과 같다는 말. /《사기》 굴원가생열전.

▣ 고해(苦海) : 한없이 괴로운 세상.

▣ 상전벽해수유개(桑田碧海須臾改) : 뽕나무밭이 어느새 푸른 바다로 바뀌었다는 뜻으로, 세상일의 변함이 너무나 허망하고 덧없음을 비유.

▣ 어약연비(魚躍鳶飛) : 고기가 뛰어오르고 소리개가 낢. 천지조화

의 미묘함을 이름.

▣ 천하본무사용인요지이(天下本無事庸人 擾之耳) : 원래는 태평 무사한데 우인(愚人)들이 소란을 일으킨다는 뜻. /《당서(唐書)》

▣ 천하비일인지천하천하지천하(天下非一人之天下天下之天下) : 천하는 원래부터 천하 모든 사람의 공동의 천하로서 임금 한 사람의 사유물(私有物)이 아님을 이름. /《육도(六韜)》 문도문사편.

천국 Heaven 天國
(지옥)

【어록】

▣ 나더러 『주님, 주님』 하고 부른다고 다 하늘나라에 들어가는 것이 아니다. 하늘에 계신 내 아버지의 뜻을 실천하는 사람이어야 들어간다. — 마태복음

▣ 누구든지 어린이와 같이 순진한 마음으로 하느님 나라를 받아들이지 않으면 결코 들어가지 못할 것이다 — 마가복음

▣ 하나님 나라를 무엇에 견주며 무엇으로 비유할 수 있을까? 그것은 겨자씨 한 알과 같다. 땅에 심을 때에는 세상의 어떤 씨앗보다도 더욱 작은 것이지만 심어 놓으면 어떤 푸성귀보다도 더 크게 자라고 큰 가지를 뻗어서 공중의 새들이 그 그늘에 깃들일 만큼 된다. — 마가복음

▣ 높은 산이 거친 들이 초막이나 궁궐이나 내 주 예수 모신 곳이 그 어디나 하늘나라. — 찬송가

▣ 지옥으로 통하는 길은 걷기가 쉽다. — 아브데라의 비온

■ 지옥은 호기심이 강한 사람을 위해서 만들어졌다.
— 아우구스티누스

■ 같은 세계이지만 마음이 다르면 지옥도 되고 천국도 된다.
— 랠프 에머슨

■ 나는 한 뼘의 생을 누렸다. 이제 바라는 전부는 천국이다.
— R. 포시

■ 이 행복이 없는 상태(지옥의 뜻)에 있음은, 수치도 없고 명예도 없이 세상을 보내는 자들의 슬픈 영혼이다. 그들에게 섞여 신에 반항함에 있지 않고, 또한 충성함에도 있지 않다. 다만 스스로에게만 기대는 비천한 천사의 무리가 있다. — A. 단테

■ 지옥은 슬픔과 눈물을 통하지 않고 들어갈 수 없는 곳이다.
— A. 단테

■ 내가 있는 곳이 낙원이라. — 볼테르

■ 마음이 천국을 만들고 또 지옥을 만든다. — 존 밀턴

■ 천국의 노예가 되기보다는 지옥의 왕이 되어라. — 존 밀턴

■ 지옥이 없다면 많은 선량한 설교자는 허구를 바탕으로 돈을 손에 넣는다. — 산디

■ 사탄이 한숨 부러워서 지으며 하는 말이, 기독교인들은 지옥을 나보다 더 잘 알고 있단 말이야. — A. 클레임보그

■ 천국에 오르는 사다리는 사람에 대한 사랑이다. — 아리스카레

▣ 지옥의 기후는 천당보다 나을지 몰라도 함께 있을 사람들은 더 활기찬 사람들일 것이 틀림없다. — I. S. 코브

▣ 천국에서의 즐거움은 행복한 것, 지옥에서의 괴로움은 행복했던 것. — D. 잔데르스

▣ 천국은 영원한 기쁨의 보고이다. — 셰익스피어

▣ 지상에 신의 나라를 실현하는 것—이것이 인류 최후의 목적이며 희망이다. 그리스도는 우리들에게 이 천국을 가깝게 해주었다. 그러나 사람들은 그를 이해하지 않고 우리들 마음속에 신의 나라를 세움이 아니라, 땅 위에 종의 나라를 세운 것이다.
— 임마누엘 칸트

▣ 눈이 말라 있는 사람은 천국으로 가지 못한다. — T. 애덤스

▣ 나는 천국에서 사나이끼리 살기보다는 이 세상에서 사랑하는 여자와 괴로워하며 살겠다. — 잉거솔

▣ 나는 천국이 어떻고 지옥이 어떻다는 둥 말하고 싶지 않아요. 양쪽에 다 내 친구가 있거든요. — 마크 트웨인

▣ 지옥이란, 부인! 그것은 벌써 사랑하지 않는 것입니다.
— G. 베르나노스

▣ 신의 나라는 눈으로 볼 것이 아니고, 또 말할 것도 아니다. 신의 나라는 여기도 있고 저기도 있고, 그렇기 때문에 신의 나라는 우리들 마음속에 있다. — 레프 톨스토이

▣ 세계는 결코 천국이었던 적은 없다. 옛날은 더 좋았고 지금은 지

옥으로 된 것은 아니다. 세계는 어느 때에도 불완전하고 진흙투성이여서 그것을 참고 견디며 가치 있는 것으로 만들기 위해서는 사랑과 신념을 필요로 했었다. — 헤르만 헤세

▣ 천국도 지옥도 세계도 우리 안에 있다. 인간은 위대한 심연(深淵)인 것이다. — 헨리 F. 아미엘

▣ 참된 결혼은, 실제로는 순례로서, 가톨릭 도그마의 가장 높은 의미에 있어서의 연옥(煉獄)이어야 한다. — 헨리 F. 아미엘

▣ 우리를 천국으로 이끄는 것은 말에 있지 않고 행함에 있다. — 매튜 헨리

▣ 절뚝거리며 천국에 들어가는 것이, 온전한 발로 들어가지 못하는 것보다 낫다. — 윌리엄 빌리 선데이

▣ 모든 곳은 천국에서 똑같은 거리에 있다 . — 리처드 버튼

▣ 바보의 찬국은 현명한 사람의 지옥이다. — 토마스 풀러

▣ 오로지 백팔번뇌(百八煩惱)를 통해서만 우리는 천국에 들어간다. — 마르셀 프루스트

▣ 지옥에 대한 두려움은 그 자체가 지옥이고, 낙원에 대한 열망은 그 자체가 낙원이다. — 칼릴 지브란

▣ 지옥은 아마추어 음악가로 만원이다. — 조지 버나드 쇼

▣ 한평생의 행복! 그걸 견뎌낼 인간은 살아갈 수가 없다. 그것은 지상에 있어서의 지옥이 될 것이다. — 조지 버나드 쇼

▣ 지옥은 명예, 의무, 정의 그 밖에 무서운 덕의 고향인 것이다. 지상의 나쁜 일은 모두 이러한 이름 아래 범해진다.

— 조지 버나드 쇼

▣ 사람이 지옥이라고 생각하는 것, 또한 그렇게 생각하는 곳이야말로 모두 지옥일 것이다. 만일 네가 지옥에 있다고 생각하면 틀림없이 너는 지옥에 있는 것이다. 그리고 현대인으로서 인생은 영원한 지옥이 되어 버렸다. 낙원에 이를 수 있다는 희망을 완전히 잃어버린 그 한 가지 이유만으로써.

— 헨리 밀러

▣ 현재를 체험한 자만이 지옥이 무엇인지를 진실로 알 수 있다.

— 알베르 카뮈

▣ 지옥에서의 위로가 되는 힘. 1) 한편 끝없는 고통이란 우리에겐 아무런 뜻도 없다. 우리는 휴식을 상상하는 것이다. 2) 우리는 영원이 란 단어에 무감각하다. 우리에겐 감지될 수가 없는 것이다. 우리가 『영원의 순간』에 관하여 운운하는 범위 내에서 별문제지만. 3) 지옥이란 이 육체—멸망함보다는 훨씬 나은 이 육체를 가지고 영위해 가는 생활이다.

— 알베르 카뮈

▣ 현재를 체험한 자만이 지옥이 무엇인지를 진실로 알 수 있다.

— 알베르 카뮈

▣ 만일에 오늘날의 세상에 타인들의 불행을 소망하느니보다 스스로의 행복만을 바라는 사람들이 더 많다면 몇 해 안에 우리가 사는 세상이 천국으로 될 것이다.

— 버트런드 러셀

▣ 사랑과 지식은 그것을 얻을 수 있는 한에서는 천국에로의 길이었

다.
— 버트런드 러셀

▣ 죄 없이 탄생하는 저 드문 영혼을 제외하면 그 천당에 들어갈 수 있기 전에 우리가 통과해야 하는 암흑의 동굴이 있다.
— 버트런드 러셀

▣ 천국과 지옥은 지리학적인 개념이 아니어서 어떤 장소가 아니고, 공간 속에 존재하지를 않는다. 그 개념들은 정신적인 자세를 의미한다. 그것은 심리적인 것이어서 외적인 공간이 아니라 내면의 공간 속에 존재한다.
— 오쇼 라즈니쉬

▣ 그는 갑판에 털썩 주저앉았다. 그 손엔 성서를 들고 있었다. 『두려워 말라! 천당이 가까웠다.』 그는 외쳤다. 『바다라도 육지와 다를 게 없어!』
— 헨리 롱펠로

▣ 하나님에게 여쭈어 보지도 않았고 천당을 방문한 일도 없다. 그러 나 나는 지도를 본 것처럼 그 자리를 확신한다.
— 에밀리 디킨슨

▣ 그래서 나는 이렇게 기도했다. 하나님, 원컨대 당신의 천당처럼 크지 않아도 제가 들어갈 만큼의 천당을 주시옵소서.
— 에밀리 디킨슨

▣ 지상의 천당을 얻지 못한 자는 위로 가더라도 찾지 못한다.
— 에밀리 디킨슨

▣ 천당의 고마움을 잘 알기 위해 사람은 15분간 지옥을 경험하는 것이 좋다.
— 윌 칼레턴

▣ 방울모자는 우리의 인생, 우리가 값을 치른다. 환상도 우리는 돈으로 산다. 온갖 마음의 노력을 다하면서, 오직 천당만이 거저다. 하나님만이 구하는 자에게 찾아오신다. (방울모자는 옛날 궁중의 어릿광대가 쓴 것) — 존 로널드 로얼

▣ 천당은 얼마나 넓은가? 놀라워라, 그것은 어떠한 공간도 있는 그대로 맞아 들어가다……그건 그리 넓어서 진실 된 모든 것을 수용할 수 있고, 그건 그리 좁아서 너밖엔 더 자리가 없다.
— 존 로널드 로얼

▣ 인간은 지독스럽게도 천당을 생각해 냈지만 덤덤한 것을 알았고, 또 지옥은 우습기만 하다고 깨닫게 되었다. — 조지 산타야나

▣ 여보세요, 중앙전화국이이에요? 천당을 대주세요. 우리 엄마가 거기 계시거든요. — C. K. 해리스

▣ 나는, 내 눈앞에 항상 천국과 지옥 둘 다를 있게 하고 싶다. 매일 이 둘을 생각해 본다는 것은 모든 사람들을 이성적이고 신앙적으로 만든다고 생각한다. — 존 웨슬리

▣ 지옥은 애인들의 눈물에 떠 있다. — 도로시 파커

▣ 누구도 작정을 했대서 천당에 가게 되는 것은 아니다.
— D. L. 무디

▣ 지옥은 단 혼자인 것, 그 안에 있는 기타의 인물들은 다만 그림자일 뿐, 도망쳐 빠져나올 곳도 도망쳐 갈 곳도 없지. 우리는 언제나 혼자일 뿐. — T. S. 엘리엇

▣ 나를 삼켜버리는 모든 사람의 시선……흠 두 사람뿐인가. 좀 더 많은 사람이 있다고 생각하고 있었다. 그럼 이것이 지옥인가……지옥이란 타인의 일이다. — 장 폴 사르트르

▣ 인간은 타인의 눈길에서 지옥을 경험한다. — 장 폴 사르트르

▣ 천국과 지옥에는 똑같이 도시, 마을, 정원, 산, 계곡, 태양, 달, 바람, 바다, 별, 그림자, 향수, 소리 등이 있다. 그런데 천국에 사는 사람은 그 모든 것들을 최상의 것으로 받아들이는가 하면, 지옥에 사는 사람은 그 모든 것들을 최악의 것으로 받아들인다.
— 실비나 오캄포

▣ 가장 소름끼치는 것은 지옥불 속에서 몸부림치는 사람들의 얼굴들을 알아볼 수 있는 것이었습니다. 아직도 그때의 비명소리가 들리는 것 같습니다. — 로널드 레이건

▣ 지옥이란 사람이 어리석을 때입니다. 지옥이란 사람이 노예일 때입니다. 지옥이란 자유가 없고 정의가 지켜지지 않을 때입니다. 사람이 평등하지 못할 때 그것이 바로 지옥입니다……그리고 악마란 우리에게서 정의를……평등을……민권을 빼앗아가는 사람입니다. 악마는 우리에게서 인간일 수 있는 권리를 빼앗아가는 사람입니다. 악마가 어떠한 사람인지 더 설명할 필요는 없겠습니다. 여러분이 더 잘 알고 계십니다. — 맬컴 엑스

▣ 천당·지옥이 설사 없다고 쳐도 사람들은 그런 말을 듣고서 천당을 생각해서 선을 좇고 지옥을 싫어해서 악을 버리게 되는 것이니, 이 천당지옥설이 인민을 교화함에 있어 그 이익이 막대한 것

이다. 뿐만 아니고 과연 천당 · 지옥이 존재하면 선자(善者)는 반드시 천당에 오르게 되고 악자(惡者)는 반드시 지옥에 떨어지게 된다. 이런 것을 듣고 선자는 더욱 선에 힘써서 천당의 낙을 마땅히 누리려고 하고 악자는 스스로 악을 그쳐서 지옥에 들어감을 면하려고 한다. — 기화

▣ 천당이란 안락의 이상향(理想鄕)이라, 목숨이 끊어지기 전에 가슴이 편안하고 즐거운 것이 천당이 아닌가. — 나도향

▣ 나와 네가 가장 격렬하게 대립적으로 맞선 각축과 투쟁의 마당, 거기가 바로 지옥이다. — 이기영

▣ 결론 없는 인생은 지옥이다. — 최인훈

【속담 · 격언】

▣ 예수만 믿으면 천당 가나, 제 마음이 고와야 천당 가지. (양심적으로 높은 자리에 있어야 할 터인데 그렇지 못한 종교인을 비평하는 말) — 한국

▣ 가난 구제는 지옥 늧이라. (가난한 사람을 구제한다는 것은 지옥 가는 징조라 함이니, 가난한 사람을 구제하는 일이 결국에 가서는 제게 해롭다는 말). — 한국

▣ 극락길을 버리고 지옥길로 간다. (착한 데라고는 조금도 없고 악행만을 일삼는다는 말) — 한국

▣ 지옥의 법석도 돈 나름. — 중국

▣ 비단옷을 입고 지옥에 가는 것보다 누더기를 걸치고 천국에 가는

편이 낫다. (Better go to heaven in rags, than to hell in embroidering.) — 영국

▣ 지옥과 법정은 언제나 열려 있다. (Hell and chancery are always open.) — 영국

▣ 지옥에 있는 자는 천국이 어떤지를 모른다. (He who is in hell knows not what heaven is.) — 영국

▣ 부덕한 자는 자기 자신의 지옥이다. (A wicked man is his own hell.) — 영국

▣ 지옥은 네가 가기 전까지는 만원이 되지 않는다. — 영국

▣ 지옥은 죽은 뒤보다 생존 중에 방문하는 것이 좋다. — 스페인

▣ 지옥의 문은 항상 열려 있다, 한밤중에라도. — 슬로바키아

【시 · 문장】

나는 슬픔의 도시에의 입구다.
나는 영원한 고뇌에의 입구다.
나는 멸망의 백성에의 입구다.
너희들 여기 들어오려는 자, 모든 희망을 버려라.

— A. 단테 / 신곡 지옥편

한 걸음 한 걸음 날로 지옥을 내려가는 우리
악취 풍기는 어둠을 헤쳐 두려움도 없이

— 보들레르

어느 곳에
천국이라는 곳이 있었단대
거기에는 눈부신 곳이 있었단대
……
거기에는
아주 아름다운 꽃밭이 있었단대
……
거기에는
하느님이라고 하시는 사람이
살고 있었단대

— 아유카와 노부오 / 天國의 이야기

마음이 가난한 사람은 행복하다. 하늘나라가 그들의 것이다. 슬퍼하는 사람은 행복하다. 그들은 위로를 받을 것이다. 온유한 사람은 행복하다. 그들은 땅을 차지할 것이다. 옳은 일에 주리고 목마른 사람은 행복하다. 그들은 만족할 것이다. 자비를 베푸는 사람은 행복하다. 그들은 자비를 입을 것이다. 마음이 깨끗한 사람은 행복하다. 그들은 하느님을 뵙게 될 것이다. 평화를 위하여 일하는 사람은 행복하다. 그들은 하느님의 아들이 될 것이다. 옳은 일을 하다가 박해를 받는 사람은 행복하다. 하늘나라가 그들의 것이다. 나 때문에 모욕을 당하고 박해를 받으며 터무니없는 말로 갖은 비난을 다 받게 되면 너희는 행복하다. 기뻐하고 즐거워하여라. 너희가 받을 큰 상이 하늘에 마련되어 있다. 옛 예언자들도 너희에 앞서 같은 박해를 받았다.

— 마태복음

지옥은 이미 해이(解弛)해진 지가 아주 오래이다. 칼나무(불교의 칼나무 지옥에는 칼이 숲을 이루고 있다 한다)는 번쩍이던 빛을 잃었고, 끓어오르던 기름의 가장자리 쪽은 이미 끓어오르지 않게 되었고, 큰 불이 모인 곳에는 어떤 때엔 다만 푸른 연기만이 피어오르고 있고, 먼 곳에는 아직도 만다라 꽃이 싹터 자라고 있지마는 꽃은 매우 가늘고 작아서 가련할 정도로 희멀겋다. ―그건 이상할 게 하나도 없다. 왜냐하면 땅 위는 일찍이 크게 연소되어 자연히 그의 비옥함을 잃었기 때문이다. ― 노신 / 잃어버린 훌륭한 지옥

불의의 일시적 쾌락과 뼈가 녹는 지옥의 고통, 후회와 원망과 질투와 허욕과, 거기서 오는 실망과 불안, 이러한 감정으로 지글지글하는 생활이 지옥생활이 아니면 무엇이랴. 아무리 앞을 내다보아도 희망의 빛은 하나도 없었다. ― 이광수 / 그 女子의 一生

하늘과 땅이 벌꿀 빛이 되었을 때가 바로 마귀가 하느님과 싸워 이겨서 모든 것을 주재하는 큰 권위를 장악하고 있는 시기다. 그는 천국을 받아들이고 인간 세계를 받아들이고 또 지옥을 받아들인다. 그리고 그는 친히 지옥에 군림하여 중앙에 앉아 온 몸에서 빛을 발함으로써 모든 귀신의 무리들을 비추어 보는 것이다.

― 노신 / 잃어버린 훌륭한 지옥

천당―사시 꽃이 피어? 참 식물원에는 겨울에도 꽃이 피더라. 천당까지 안 가도 혼백이 죽질 않고 천당엘? 흥 이야기는 좋다. 네 내 말을 잘 들어라. 사랑이 죽는다는 것은 혼백이 죽느니라, 몸집은 그

냥 남아 있고―. 몸집이 죽는 게 아니라 혼백이 죽어, 혼백이 천당엘 가? 바보의 소리라, 바보의 소리라, 하하. ― 김동인 / 明文

천당은 있다. 그러나 무료입장이다. 그리고 지옥은 없다.
― 이범선(李範宣) / 天堂에 간 사나이

【에피소드】

▣ 1세기, 로마 황제 도미티아누스는 팔레스타인에는 아직도 다윗 왕가의 후예이며 예수의 친척들이 살고 있다는 말을 듣고 깜짝 놀랐다. 혹시 이런 다윗 왕가의 후예가 반란이라도 일으키지 않을까 하고 근심되었기 때문이다. 그는 곧 영을 내려 그들을 잡아 오라고 했다. 예수의 동생 유다의 두 손자들이 붙잡혀 왔다. 조사해 본 결과 그들은 두 가족이 합해서 9천 데나리온(약 1,800달러)밖에는 가지고 있지 않은 가난한 농부임을 발견하였다. 그리고 그 농토도 모두 그들이 손수 개간한 것이었다. 발바닥 같은 그들의 손이 그것을 증명했던 것이다. 왕은 그들에게 『그리스도 왕국이 오리라고 믿는가?』 물었다. 그들은 『믿는다.』 고 대답했다. 그러나 그 나라는 이 세상의 나라가 아니고 세계의 종말이 온 다음에야 임할 것이라고 말했다. 묵묵히 듣고 있던 도미티아누스 황제는 아무런 해도 가하지 않고 그들을 석방하였다.

▣ 『선생님, 저는 선생님의 《부관기행(副官騎行)》을 읽지 않고서는 결코 죽지 않겠지요?』 하고 한 부인이 독일의 시인이자 소설가인 릴리엔크론에게로 달려와서 말했다. 릴리엔크론 남작은

웃으면서 물었다. 『그렇지만 만일 부인께서 갑자기 돌아가시게 될 일이라도 생긴다면?』 『그렇다면 내 남편이 다음에 천국으로 보내 줄 거예요.』 그랬더니 릴리엔크론은 이런 말을 했다. 『부인, 어쨌든 한 부(部)는 지옥으로 보내는 것이 좋을 줄 생각됩니다.』

▣ 《신곡(神曲)》을 쓴 르네상스의 시인 단테가 상상한 망령(亡靈)의 세계는 〈지옥〉, 〈연옥(練獄)〉, 〈천국〉의 세 겹이었고, 성경에서도 지옥과 천국으로 나누었고 불교에서도 지옥과 극락(極樂)으로, 그리고 제일 가혹하기는 이슬람교의 코란에 나오는 일곱 겹의 지옥이었다. 그 일곱 겹 가운데 가장 수월한 첫째 지옥만 하더라도7만의 언덕을 거쳐야 하는데, 하나의 언덕에는 7만의 도성(都城)이 있고 한 도성에는 7만의 마을이 있고 한 마을엔 7만의 집이 있고 한 집에는 7만의 방이 있고 한 방에는 7만의 침대가 있으며 하나의 침대에는 7만의 고통이 있다고 한다. 이 고통을 모두 치르고 회개한 자는 구제되는 모양이니 그래도 희망이 있는 지옥이다.

▣ 그리스 신화(神話)에서는 타르타로스라는 가혹한 무한지옥(無限地獄)이 있고 한편에는 엘리시온이라는 낙원(樂園)이 있다고 한다. 타르타로스의 주변에는 여러 겹의 강이 있는데, 그 중 일곱 겹을 돌아 흐르는 스틱스 강을 보통 대표적인 강으로 친다. 또 아케론 강에는 카론이라는 나룻배 사공이 있다고 하며, 그에게 동전 한 닢의 삯을 치르지 못하면 이 강을 건널 수 없다 하여 죽은

사람의 입에 동전을 한 개씩 넣어두어야 한다고 한다. 이 동전을 장만하지 못하고 객사를 했거나 가난하게 죽은 혼령들은 이 강을 건너지 못해서 대안의 침침한 기슭에서 정처 없이 떠돌며 흐느낀다고 한다.

▣ 애초에 제우스와 포세이돈과 하데스가 천하를 3분할 때 지하세계는 하데스의 차지가 되었다. 하데스는 별로 불평도 없이 이 침침하고 으슬으슬한 세계를 맡았고 지상에는 별로 나가지도 않았다고 한다. 다만 아내인 페르세포네를 얻으러 바깥세상에 갔었다는 이야기를 발견할 수가 있다. 페르세포네는 농산(農産)의 여신 데메테르의 딸로, 어느 화창한 봄날 꽃이 환하게 핀 들판에서 뛰어놀다가 하데스의 눈에 들게 되었다. 하데스는 첫눈에 반해 버렸으나 정식으로 프러포즈를 해보았자 캄캄한 지하의 세계로 가겠다는 대답은 들을 수 없음을 알고 그녀를 납치하기로 했다. 땅속으로 페르세포네를 쑥 잡아당겼다. 함께 놀던 소녀들은 질겁하며 도망했다. 그리하여 자기의 궁전에서 페르세포네와 결혼을 하고 망령세계의 여왕으로 삼았다고 한다. 이곳을 헤라클레스와 테세우스가 한번 다녀갔고, 오르페우스가 아내 에우리디케를 찾으러 왔었다고 하며, 특히 이 지옥의 문간에는 머리가 쉰 개나 달린 흉악한 개가 지키고 있다고 한다. 들어오는 자에겐 꼬리를 흔들며 반겨주고 나가려는 자에겐 혓바닥으로 독을 뚝뚝 떨어뜨리며 짖는다고 한다.

【成句】

▣ 아비규환(阿鼻叫喚) : 아비(阿鼻) 지옥(地獄)과 규환(叫喚) 지옥이라는 뜻으로, 여러 사람이 비참(悲慘)한 지경에 처하여 그 고통에서 헤어나려고 비명을 지르며 몸부림침을 형용해 이르는 말. 「아비(阿鼻)」는 범어 Avici의 음역으로 「아」는 무(無), 「비」는 구(救)로서 「전혀 구제받을 수 없다」는 뜻이다. 불교에서 중생들이 자기가 지은 죄업으로 말미암아 가게 되는 지옥 가운데 뜨거운 불길로 고통받는 여덟 가지 종류의 큰 지옥을 팔대지옥(八大地獄 : 八熱地獄)이라고 부른다.

① 등활지옥(等活地獄) : 뜨거운 열로 고통을 받아 죽었다가 찬 바람이 불어와서 살아나면 다시 뜨거운 고통을 받는 지옥.

② 흑승지옥(黑繩地獄) : 뜨거운 쇠사슬로 몸과 팔다리를 묶어 놓고 큰 톱으로 자르는 지옥.

③ 중합지옥(衆合地獄) : 여러 가지 고통의 요건들이 한꺼번에 들이닥쳐 몸을 괴롭히는 지옥.

④ 규환지옥(叫喚地獄) : 고통을 못 견디어 원망과 슬픈 고함이 절로 나오는 지옥.

⑤ 대규환지옥(大叫喚地獄) : 지독한 고통에 못 견디어 절규하며 통곡을 터뜨리게 되는 지옥.

⑥ 초열지옥(焦熱地獄) : 뜨거운 불길에 둘러싸여서 그 뜨거움을 견디기 어려운 지옥.

⑦ 대초열지옥(大焦熱地獄) : 뜨거운 고통이 초열지옥보다 더욱 심한 지옥.

⑧ 무간지옥(無間地獄) : 아비(阿鼻)지옥이라고도 하는, 계속 고

통을 받는 지옥 등이다.

아비지옥은 팔열지옥(八熱地獄) 중 가장 아래에 있는 지옥으로 「잠시도 고통이 쉴 날이 없다」 하여 무간지옥(無間地獄)이라고도 한다. 이곳은 오역죄(五逆罪)를 범한 자들이 떨어지는 곳이다. 즉 부모를 살해한 자, 부처님 몸에 피를 낸 자, 삼보(보물·법물·승보)를 훼방한 자, 사찰의 물건을 훔친 자, 비구니를 범한 자 등이다.

이곳에 떨어지면 옥졸이 죄인의 살가죽을 벗기고 그 가죽으로 죄인을 묶어 불 수레의 훨훨 타는 불 속에 던져 태우기도 한다. 야차(夜叉)들이 큰 쇠창을 달구어 입、코、배 등을 꿰어 던지기도 한다. 이곳에서는 하루에 수천 번씩 죽고 되살아나는 고통을 받으며 잠시도 평온을 누릴 수 없다. 고통은 죄의 대가를 다 치른 후에야 끝난다.

「규환(叫喚)」은 범어 raurava에서 유래한 말로 8대 지옥 중 4번째 지옥이다. 「누갈」이라 음역하며 고통에 울부짖는다 하여 「규환」으로 의역한다. 이곳에는 전생에 살생、질투、절도、음탕、음주를 일삼은 자들이 떨어지게 된다. 이들은 물이 펄펄 끓는 가마솥에 빠지거나 불이 훨훨 타오르는 쇠로 된 방에 들어가 뜨거운 열기의 고통을 받게 된다. 너무 고통스러워 울부짖으므로 「규환지옥」이라고도 한다. 아비지옥과 규환지옥은 너무나 고통스러워 울부짖는 곳이다. 그러므로 이 지옥에서처럼 차마 눈뜨고 보지 못할 참상을 가리키는 말이다.

▣ 아수라장(阿修羅場) : 끔찍하게 흐트러진 현장. 「아수라(阿修羅)」는 산스크리트 「ASUR」의 음역(音譯)이다. 아소라(阿素羅)·아소

락(阿素洛) · 아수륜(阿素倫) 등으로 음역되며 수라(修羅)라고 약칭하기도 하는데 「추악하다」라는 뜻이다. 아수라는 본래 육도 팔부중(八部衆)의 하나로서 고대 인도신화에 나오는 선신(善神)이었는데 후에 하늘과 싸우면서 악신(惡神)이 되었다고 한다. 아수라는 얼굴이 셋이고 팔이 여섯인 흉측하고 거대한 모습을 하고 있다. 그는 증오심이 가득하여 싸우기를 좋아하므로 전신(戰神)이라고도 한다. 그가 하늘과 싸울 때 하늘이 이기면 풍요와 평화가 오고, 아수라가 이기면 빈곤과 재앙이 온다고 한다. 인간이 선을 행하면 하늘의 힘이 강해져 이기게 되고, 악을 행하면 불의가 만연하여 아수라의 힘이 강해진다. 아수라를 물리치는 것은 결국 인간의 노력 여하에 달려있다. 인간이 선행을 하고 정의로운 사회를 이룰 때 악의 상징인 아수라는 발을 못 붙이게 될 것이고 그렇게 되면 자연히 피비린내 나는 아수라장도 자취를 감추게 될 것이다. 인도의 서사시 「마하바라타」에는 비슈누신의 원반에 맞아 피를 흘린 아수라들이 다시 공격을 당하여 시체가 산처럼 겹겹이 쌓여 있는 모습을 그리고 있다. 피비린내 나는 전쟁터를 아수라장이라 부르는 것도 여기에서 유래되었다. 그러므로 눈뜨고 볼 수 없는 끔찍하게 흐트러진 현장을 가리키는 말이다. / 「마하바라타」

▣ 아비지옥(阿鼻地獄) : 아비는 범어(梵語)에서 무간(無間)이란 뜻이며, 불경의 팔열지옥(八熱地獄) 가운데서 여덟 번째의 지옥이니 끝없는 고통을 받음을 이름.

▣ 이리(泥梨) : 【불교】 지옥의 다른 이름.

▣ 천국(天國) : 천상에 있다고 믿어지는 이상적인 세계를 가리키는

종교적인 관념. 현세 또는 지옥과 대비하여 쓰인다. 죽은 자가 가는 세계로서, 한편으로는 어두운 지하의 세계를 두고 말했으나, 다른 한편으로는 이와는 대조적으로 밝은 천상의 세계를 생각한 것이다.

죽은 자의 나라로서의 천국의 관념은 고대 그리스, 인도, 이슬람 등의 여러 신앙에서 볼 수 있는데, 이 경우는 보통 지옥의 관념으로 되어 있다. 천국은 지옥과 달라서 사자가 신이 되든가, 아니면 신과 함께 사는 곳으로 간주되었다. 여러 가지 빛깔의 꽃이 피고, 맑고 깨끗한 물이 흐르며, 바람은 시원하게 불고, 황홀한 음악이 들려오며, 맛있는 음식이 풍성한 감각적인 낙원, 즉 이상향(理想鄕)으로서 흔히 묘사되었다.

▣ 지옥(地獄, hell) : 인간이 자기의 악업(惡業) 또는 죄과로 인해 죽은 뒤에 영혼이 간다는 견디기 힘든 고통으로 가득 찬 형벌의 장소이다. 뇌옥(牢獄)・명부(冥府)・명계(冥界)・음부(陰府)・황천(黃泉) 등으로도 불린다. 산스크리트에서 유래한 말로 내락가(捺落迦)・나락(奈落)으로 음사되기도 한다. 그러나 이에 해당하는 것은 여러 종교와 민족을 통하여 널리 발견된다. 영어의 hell, 독일어의 Hölle, 프랑스어의 enfer, 이탈리아어의 inferno 등이 지옥에 해당되는 말이다. 지옥이 있는 지하의 세계는 필연적으로 암흑의 관념과 연결되어 있으며, 암흑은 광명의 반대개념이기 때문에 지하의 암흑은 고계(苦界)의 연상을 낳고 광명세계인 천상의 낙토(樂土)와 대비되어 지하는 악인이 가는 곳으로 생각되었다.

▣ 무간지옥(無間地獄) : 불교에서 말하는 팔열지옥(八熱地獄)의 하나로, 사바세계(娑婆世界) 아래, 2만 유순(由旬)되는 곳에 있고 몹시 괴롭다는 지옥. 아비지옥(阿鼻地獄) 또는 무구지옥(無救地獄)이라고도 한다. 사람이 죽은 뒤 그 영혼이 이곳에 떨어지면 그 당하는 괴로움이 끊임없기(無間) 때문에 이 이름이 붙었다. 오역죄(五逆罪)를 범하거나, 사탑(寺塔)을 파괴하거나 성중(聖衆)을 비방하고 시주한 재물을 함부로 허비하는 이가 그곳에 간다고 한다. 옥졸이 죄인의 가죽을 벗기고 그 벗겨낸 가죽으로 죄인의 몸을 묶어 불수레에 실어 훨훨 타는 불 속에 죄인을 집어넣어 몸을 태우며, 야차들이 큰 쇠창을 달구어 죄인의 몸을 꿰거나 입, 코, 배, 등을 꿰어 공중에 던진다고 한다.

▣ 아수라도(阿修羅道) : 강한 투쟁심과 시의(猜疑 : 시기하고 의심함)、질투、집착의 마음을 말한다. 아수라는 산스크리트어를 음역(音譯)한 한자어로 귀신을 말한다. 아수라도는 지옥、아귀、축생、인간、천상과 나란히 육도(六道)의 하나로 여겨지는 수라도의 세계를 말한다. / 《대장경》

자연 nature 自然

【어록】

▣ 말없는 것이 자연의 이치다(希言自然 : 노자가 말하는 자연은 우리가 생각하는 자연과 다르다. 우리는 자연현상, 자연의 모습을 자연이라 하지만 노자는 이런 의미로는 천지라는 용어를 쓰고 천지가 현상, 작동하는 원리, 이치 즉 『스스로 그러함』을 자연이라 일컫는다. 希는 드물다라는 뜻보다 『없다』가 타당하다).

— 《노자》 23장

▣ 하늘은 사사로운 덮음이 없고, 땅은 사사로운 실음(載)이 없으며, 해와 달은 사사로운 비침(照)이 없다(天無私覆 地無私載 日月無私照).

— 《예기》

▣ 천지는 자연으로 인(因)하는 것이다. — 《회남자》

▣ 나서는 뾰족한 산처럼 우뚝하더니 자라서는 자연을 밟으며 살았다.

— 《진서》

▣ 나라는 망해도 산하(山河)는 변치 않는 것(國破山河在 : 나라는 망하고 백성은 흩어졌으나 오직 산과 강만은 그대로 남아 있다는

말).

— 두보

▣ 꽃이 화분 속에 있으면 생기가 없고, 새가 조롱 속에 들면 천연의 묘취(妙趣)가 없다. 산 속의 꽃과 새는 여러 가지로 어울려 아름다운 문채(文彩)를 짜내고 마음대로 날아다니나니 한없는 묘미를 깨닫는다(花居盆內 終乏生機 鳥入籠中 便減天趣 不若山間花鳥 錯集成文 翱翔自若 自是悠會心).

— 《채근담》

▣ 자연은 규칙에 맞추어 생산해 갈 수 있는 기술자 같은 불이다.

— 제논

▣ 생각건대 그들은 자연을 지도자로 쓰지 않으면 안 된다고 생각했던 모양이다. 왜냐하면 이성(理性)은 자연에 주목하고 자연과 상담(相談)하니 말이다. 그러므로 착하게 산다는 것은 자연에 따라서 산다는 것과 같은 말이 되는 것이다.

— L. A. 세네카

▣ 자연은 인간에게 소요되는 바를 공급해 준다. — L. A. 세네카

▣ 우리들의 목적은 주지하는 바와 같이 자연에 따라 사는 것이다.

— L. A. 세네카

▣자연에 강제성을 가해서는 안 된다. 그보다는 그것에 순종해야 할 일이다.

— 에피쿠로스

▣ 모든 예술, 모든 교육은 단순히 자연의 부속물에 지나지 않는다.

— 아리스토텔레스

▣ 자연은 목적 없이는 아무 일도 안 한다. — 아리스토텔레스

▣ 자연은 신의 예술이다.

— A. 단테

■ 자연은 인간을 싫어한다. — 르네 데카르트

■ 자연은 상냥한 길의 안내자다. 현명하고 공정하고 게다가 상냥하다. — 몽테뉴

■ 진실로 모든 일에 있어서 자연이 좀 거들어주지 않는다면 인간이 영위하는 기술이나 기교는 조금도 진전을 보지 못하리라. — 몽테뉴

■ 자연은 그 모든 진리를 각각 그 자신 속에 간직하고 있다. 우리들의 기교는, 그들의 한쪽을 다른 한쪽으로 가두어 두려고 한다. 그러나 그것은 자연적이 아니다. — 파스칼

■ 자연이 모든 것을 말할 수 있고, 신학(神學)까지도 말할 수 있다는 것을 그로부터 배우는 사람들이야말로 자연을 깊이 존중하는 사람들이다. — 파스칼

■ 자연에 있는 모든 것은 법과 함께 행동한다. — 임마누엘 칸트

■ 대자연의 질서는 우주의 건축가의 존재를 입증한다. — 임마누엘 칸트

■ 인간은 안락하고 만족하게 살고 싶어 한다. 그러나 자연은 인간이 안락과 무위(無爲)의 만족에 빠지지 않게 하고 노고와 노동에 이겨 내는 수단의 발견에 지혜를 쥐어짜게 하려고, 노고와 노동 속으로 인간을 몰아넣는 것이다. — 임마누엘 칸트

■ 자연은 모두 신의 영원한 장식이어라. — 괴테

■ 자연은 끊임없이 우리들과 말하지만, 그 비밀을 고백하지는 않는

다. 우리들은 항상 자연에 대들어 일해도 그것을 지배할 아무런 힘도 없다. — 괴테

▣ 자연은 견고하다. 그 보조(步調)는 정확하고 예외는 극히 드물고 법칙은 불변이다. — 괴테

▣ 신과 자연을 떠난 행동은 곤란하며 위험하다. 왜냐하면 우리들은 자연을 통해서만 신을 인식할 수 있기 때문이다. — 괴테

▣ 자연은 무엇인가 잘못되었다고 사과하는 일이 절대로 없다. 자연 자신은 결과로서 모든 일에 있어서 과오가 없다. 영원히 바르게 행동하는 이외에는 행할 바를 모르는 것이다. — 괴테

▣ 자연은 끊임없이 건설하고 끊임없이 파괴한다. 그 공장은 우리의 힘이 미칠 수 없는 것이다. — 괴테

▣ 자연은 사방 어느 쪽을 바라보아도—무한(無限)이 계속될 뿐이다. — 괴테

▣ 자연은 무한이 분할된 신이다. 신과 자연은 완전히, 서로 똑같은 두 개의 위대한 힘이다. — 프리드리히 실러

▣ 자연은 그 어떠한 것에도 불사 (不死)의 특권은부여하지 않았다. — 프리드리히 실러

▣ 물질적 상태에 있는 인간은 자연의 힘을 감수하고 있을 따름이다. 인간은 미적 상태에 있어서는 자연의 힘에서 빠져나가지만, 도덕적 상태에서는 그 자연의 힘을 지배한다. — 프리드리히 실러

▣ 우리들은 사람을 사랑하는 마음이 얕은 것이 아니고, 자연을 사랑하는 마음이 깊은 것이다. — 조지 바이런

▣ 자연의 필름(烈m)은 지식의 책이다. — 올리버 골드스미스

▣ 자연은 비약하지 않는다. — 칼 폰 린네

▣ 자연은 인간이 베푸는 교육 이상의 영향력을 그 속에 품고 있다. — 볼테르

▣ 사람은 자연을 유도는 하지만 바꾸지는 못한다. — 볼테르

▣ 자연이 아닌 모든 것은 불완전하다. — 나폴레옹 1세

▣ 자연은 신이 세계를 지배하는 기술이다. — 토머스 홉스

▣ 자연은 그들이 그것을 사용하는 법을 안다면 모든 사람에게 행복을 줄 것이다. — M. 크로디아누스

▣ 예술에는 오류가 있을지 모르지만, 자연에는 오류가 없다. — 존 드라이든

▣ 자연을 너희들이 유일한 신으로 섬겨라. 자연을 절대로 신뢰하고 그것이 결코 추하지 않음을 확신하여라. 그리고 너희들의 야심(野心)을 억제하고 자연에 충실하여라. — 오귀스트 로댕

▣ 자연은 그의 법칙을 파기하지 않는다. — 레오나르도 다 빈치

▣ 자연의 걸음걸이에 맞추어라. 자연의 비밀은 인내이다. — 벤저민 디즈레일리

▣ 우리들은 모두 자연을 바라보는 일은 많지만, 이와 함께 사는 일은 너무 적다고 생각한다. — 오스카 와일드

▣ 자연은 감상주의에 눌어붙지 않는다. 자연은 자기의 목적에 도달하기 위해서 인간의 덕성을 짓밟고 지나간다. — 로맹 롤랑

▣ 성적(性的)으로 말하면, 여자는 자연이 최고의 완성을 보전키 위해 연구한 것이고, 남자는 자연의 명령을 가장 경제적으로 끝내기 위하여 여자가 연구한 것이다. — 조지 버나드 쇼

▣ 자연은 신의 묵시(默示)이며 예술은 인간의 묵시다.
— 헨리 롱펠로

▣ 자연은 절대로 우리를 기만하지 않는다. 우리 자신이 언제나 자기를 기만하는 것이다. — 장 자크 루소

▣ 자연은 절대로 우리를 기만하지 않는다. 우리 자신이 언제나 자기를 기만하는 것이다. — 장 자크 루소

▣ 자연을 보라. 그리고 자연이 가르치는 길을 따라가라. 자연은 쉼없이 아이를 단련시킨다. — 장 자크 루소

▣ 자연과 미덕은 사회나 재산의 산물인 학문과 예술에 의해서 침해된다. — 장 자크 루소

▣ 신(神)이 창조한 것들은 모두가 선(善) 그대로였다. 그러나 인간의 손길이 닿자 모든 것은 악(惡)으로 변했다. — 장 자크 루소

▣ 자연은 인류를 두 사람의 군주, 즉 고통과 쾌락의 지배 아래 두어왔다. — 제레미 벤담

▣ 만일 자연에도 국가와 같이 많은 법률이 있었다면, 아무리 신이라 할지라도 자연을 지배할 수는 없었을 것이다. — S. F. 베르뇌

■ 자연의 진실과 단순함은 항상 중요한 예술의 궁극적인 기초였다.
— 파울 에른스트

■ 자연은 우리의 장점과 약점을 모두 알게 되어 있다. 사람들의 끊임없는 근심과 긴장은 거의 고칠 수 없는 병이다. 우리는 우리가 하고 있는 일의 중요성을 과장하는 경향이 있다. 그러면서도 우리는 얼마나 그 일을 다 하지 못하고 마는가. — 헨리 소로

■ 자연은 일체의 철학과 관계 없이 실재한다. — C. 라포르트

■ 평등이 자연의 법칙인 것은 아니다. 자연은 무엇 하나 평등한 것을 만들고 있지는 않다. 자연의 법칙은 복종과 예속이다.
— 보브나르그

■ 자연은 여성을 원리보다는 감정에 좇아 행동하도록 만들었다.
— 게오르크 리히텐베르그

■ 자연에는 보상도 처벌도 없다. 단지 결과가 있을 뿐이다.
— 잉거솔

■ 아메리카 대륙의 거대하고 강렬한 자연은 인간에게 늠름한 육체를 주기는 하나 영혼을 짓눌러서 영혼의 고양(高揚)을 방해한다. 다시 말하자면 인간이 한 개의 영혼을 가지고 세상에 태어나자 해로운 자연은 점점 영혼을 파괴해 간다. — D. H. 로렌스

■ 자연은 저항하지만 자기를 옹호하지는 않는다. — 시몬 베유

■ 과찬을 받는 예술작품. — 랠프 에머슨

■ 자연은 변덕스럽다. 젊은이의 머릿속을 노인처럼 만들기도 하며

팔십 백발의 가슴에 젊은이의 정열을 심어 놓기도 한다.

— 랠프 에머슨

▣ 자연의 반복은 단순한 재현이 아닌 것 같다. 『앙코르』가 아니겠는가. — G. K. 체스터턴

▣ 물리학은 자연에 관한 체계화된 지식이지만, 물리학도는 물리학을 배운다고 말하지 자연을 배운다고 말하지는 않는다.

— N. 프라이

▣ 자연과학에 적용되는 합리성과 실용적 감각의 일부분이라도 그것을 인간문제에 적용한다면 18세기의 우리 선조들이 그렇게도 자랑스럽게 여겼던 과업을 계속할 수 있게 될 것이다.

— 에리히 프롬

▣ 동물은 자연의 한 부분이며, 결코 자연을 초월하지 못한다.

— 에리히 프롬

▣ 사람은 오로지 순종함으로써만 자연을 지배한다.

— 프랜시스 베이컨

▣ 자연은 공허 (空虛)를 싫어 한다. — 프랑수아 라블레

▣ 자연은 비약하지 않는다. — G. 라이프니츠

▣ 자연은 평등한 것은 아무것도 만들지 않았다. 자연의 최고의 규정은 종속과 의존이다. — 보브나르그

▣ 태초의 순수한 자연이 오늘날 부패한 자연보다 더 아름답지는 못했을 것이다. — 샤토브리앙

▣ 자연은 거짓말을 하는 날이 있는가 하면 참말을 하는 날도 있다.

— 알베르 카뮈

▣ 자연에 대한 다윈의 학설은 오류다. 그는 자연을 느끼지 못했다. 자연은 생명이고 생명은 곧 자연이다. 나는 자연을 사랑한다. 그리고 나는 그것이 무엇인지를 안다. 나는 자연을 느끼고 자연은 또한 나를 느끼므로 나는 그걸 이해한다. 자연은 신(神)이다. 그리고 나는 자연이다. 나는 살고 있다. 자연은 경이(驚異)다. 자연은 내가 그걸 연구하는 걸 도와주리라고 믿는다.

— 바츨라프 니진스키

▣ 인류가 우리를 시민으로 만들어 주기 이전에 대자연은 우리를 인간으로 만들어 주었다. (워싱턴 근처에서 잡힌 어떤 탈주 노예에 대하여)

— 존 로널드 로얼

▣ 자연주의 소설가는 사실 실험적 모럴리스트인 것이다.

— 에밀 졸라

▣ 제자들은 거대한 풍경 속에서 멍하니 어쩔 줄을 모른다. 나는 그 풍경에서 일부를 도려내어 제자들에게 준다.

— 비트겐슈타인

▣ 사랑을 모범으로 삼지 말고 자연을 너를 인도하는 별로 삼아라.

— 비트겐슈타인

▣ 자연은 되풀이되지 않는다는 풍경, 사실 이것이야말로 이 세상의 묵시록적인 풍경이다.

— 비트겐슈타인

▣ 서양에서 일반적으로 생각하기를, 자연은 오로지 무생물과 짐승에게만 속해 있고 인간성이 시작하는 곳에는 갑자기 까닭 모를 불

의의 파괴가 있다고 한다. 이 의견에 따를 것 같으면 존재의 규모에 있어 낮은 것은 오직 자연뿐이요, 따라서 지적(知的)이든 도덕적이든 간에 이에 완전한 표적을 가지고 있는 것은 무엇이든 인간성이다.
— R. 타고르

▣ 자연은 저차원 생명 형태의 경우에서는 매우 세심한 질서를 발전시켜 왔고, 이들이 위험한 실험에 빠져들지 않도록 자연법칙에 얽어매면서도 묘기를 부려 왔다.
— R. 타고르

▣ 우리를 둘러싸고 있는 이 대자연은 생명의 샘이다.
— R. 타고르

▣ 자연과학은 『무로부터의 돌출』, 『공상적』, 『우연적』, 『기적적』 등등 모든 비인과적(非因果的)인 것을 부인하는 것이다.
— 한용운

▣ 자연은 언제든지 동정과 선심으로써 사람에게 대한다. 그러나 그 동정, 그 선심을 동정과 선심답게 받을 만한 준비와 기력이 흔히 사람에게 핍절(乏絕)하다.
— 최남선

▣ 자연은 그 자체 속에 본질적으로 예술적 율동과 운명을 포장하고 있음을 볼 수 있다.
— 오상순

▣ 진흙에서 연꽃이 핀다. 이 점에서 자연은 시인이다. — 김상용

▣ 자연은 언제든지 자기의 할 바를 다 하고야 뒤에 마는 것이니 과연 이제 밭과 뜰은 여지없이 공허하다 하되 그러나 이 공허는 물론 그가 그의 성숙한 열매를 주었기 때문이다. — 김진섭

▣ 정권과 이권은 서로 다투고 또 다툴 수도 있지마는 아무런 특권자나 탐욕가라도 다투지 못하는 것은 대자연이다. — 이은상

▣ 자연에는 진정한 의미의 조락이란 있을 수 없다. — 김소운

▣ 우선 우리는 자연에서 질서 정연한 논리가 있다는 점을 발견하게 될 것이다. 논리가 통한다는 것은 조화의 세계를 이룩하고 있다는 뜻이다. 논리가 있는 자연에는 불안, 소동, 혁명이 없음을 누구나 알아야 될 것이다. — 김성식

▣ 사람이 새로운 것을 만든다고 하여 자연을 배반할 수는 없다. 자연의 이치를 순종할 때에 발명도 창조도 비로소 가능한 것이다. — 박종홍

▣ 내가 살고 있는 행복을 마음 놓고 느낄 수 있는 것은 이 자연과 나와 단 둘이 있을 때다. — 오지호

▣ 자연은 하나의 생명입니다. 그것은 헤아릴 수 없이 긴 생명을 살아왔습니다. — 이기영

▣ 자연은 수동적이고 인간이 부르는 대로 응하기 마련이다. 그러므로 인간이 자연의 활동에 대하여 친해질 수만 있다면, 일체(一體)가 될 수만 있다면 자연, 즉 산하, 초목, 석토(石土), 일월성신 등은 인간에게 협력함은 물론른 비밀도 보여줄 것이다. — 서경보

▣ 서양인이 자연과 사람을 별개의 존재로 보았음에 반해, 동양인은 사랑을 자연의 일부로 보고 이 둘은 다 같이 하늘의 동일한 원리에 의하여 운영되는 것으로 믿었다. — 오천석

▣ 자연의 경치가 자기 위안이나 향락의 수단이나 도구 내지는 풍요한 생활의 불가결한 보충수단이라고 생각하는 것처럼 어리석은 생각도 또 없다고 생각한다. 자연 그 자체는 곧 우리 인간의 생명의 존재 여부를 결정짓는 절실한 젖줄과 같은 것이기 때문이다.
— 김은우

▣ 나는 자연을 좋아한다. 그 자연은 배신이 없기 때문에서다.
— 이태극

▣ 자연이나 조형의 아름다움은 늘 사랑보다는 외롭고 젊음보다는 호젓한 것이기 때문에 그 아름다움은 공감 앞엔 비로소 빛나며, 뛰어난 안목들이 서로 그 공감하는 반려를 아쉬워한다. 반려 없이 보는 아름다움은 때로는 아픔이며, 때로는 외롭고 호젓하며, 때로는 아름다움의 의미를 잃는다.
— 최순우

▣ 도대체 자연이란 늘 틀리고 싫증이 나지 않는다. 특히 고독에 의해서 모든 것을 좀 더 깊이 보게 된 사람, 자기를 응시하게 된 사람, 그리고 죽음을 멀리 느끼지 않는 사람에게 자연이란 별다른 감동과 정다움을 느끼게 해준다.
— 전혜린

【속담 · 격언】

▣ 서쪽에 무지개가 서면 소를 강가에 매지 마라. — 한국

▣ 눈을 밟을 때 뽀드득 소리가 나면 날씨가 추워진다. — 한국

▣ 토요일에 초승달이나 보름달이 뜨면 비고 오고 음산하다.
— 한국

▣ 귀뚜라미가 울면 가을이 오기 시작한다. — 한국

▣ 종소리가 똑똑히 들리면 비가 온다. — 한국

▣ 달 근처에 별이 확실히 보이면 맑다. — 한국

▣ 제비집이 떨어지면 불이 난다. — 한국

▣ 달무리가 나타나면 비가 온다. — 한국

▣ 냇물에 거품이 많으면 큰 비가 내린다. — 한국

▣ 은하수에 별이 많이 보이면 수해, 적게 보이면 가뭄. — 한국

▣ 관절에 통증이 더해지면 일기가 나빠진다. — 한국

▣ 대하(大河)나 산은 바꿀 수가 없다. 그러나 인간은 바꿀 수 있다. — 중국

▣ 냇물을 모래로 막을 수 없고, 홍수를 물통으로 퍼낼 수 없으며, 하늘에 걸린 무지개는 잡을 수 없다. — 몽고

▣ 자연은 자기를 사랑하는 사람을 절대로 기만하지 않는다. — 영국

【시 · 문장】

인적 드문데 계수나무꽃 떨어지니
밤은 고요하고 봄 산은 비어 있네.
달이 떠올라 산새를 놀라게 하니
봄 시냇물에서 간간히 지저귀네.

人閑桂花落 夜靜春山空　인한계화락 야정춘산공
月出驚山鳥 時鳴春澗中　월출경산조 시명춘간중
— 왕유 / 시냇가에서 지저귀는 새

향로봉에 햇빛 비쳐 안개 어리고
멀리 폭포는 하늘에 매달려 있는 듯,
아득히 날아 떨어지는 삼천 척 물줄기
마치 은하수가 구천에서 떨어지는 듯하네.

日照香爐生紫煙 遙看瀑布掛長天　일조향로생자연 요간폭포괘장천
飛流直下三千尺 疑是銀河落九天　비류직하삼천척 의시은하낙구천
— 이백 / 여산폭포를 바라보며

비스듬히 보면 고개요, 옆에서 보면 봉우리
멀리 가까이 높게 낮게 제각기 다르구나!
여산의 참모습을 알지 못하는 것은
다만 내가 이 산중에 있기 때문이리라.

橫看成嶺側成峯 遠近高低各不同　횡간성령측성봉 원근고저각부동
不識廬山眞面目 只緣身在此山中　불식여산진면목 지연신재차산중
— 소동파 / 서림사 벽에 쓰다

사람 사는 곳에 초막을 지었는데,
수레와 말소리 시끄럽지 않네.
묻노니 어찌하여 그럴 수 있는가?

마음이 멀어지면 사는 곳도 절로 외지다네.
동쪽 울타리 밑에서 국화를 꺾어 들고,
유연히 남산을 바라보네.
산 기운은 해 저물 녘 아름답고,
날던 새들도 짝을 지어 돌아오네.
이 가운데 참뜻이 있어,
말하려다 말을 잊고 말았네.

結廬在人境 而無車馬喧　결려재인경 이무차마훤
問君何能爾 心遠地自偏　문군하능이 심원지자편
採菊東籬下 悠然見南山　채국동리하 유연견남산
山氣日夕佳 飛鳥相與還　산기일석가 비조상여환
此中有眞意 欲辯已忘言　차중유진의 욕변이망언

— 도연명 / 음주(飮酒)

무엇이 대해(大海)를 지배하는가, 무엇이 계절을 지배하는가
성군(星群)은 그들 자체로 운행하는지, 또는 명령을 받은 것인지
무엇이 달을 암흑으로 싸고, 또는 그 원반(圓盤)을 드러내는지
이런 사물들의 불화 속의 조화는 무엇을 원하며 무엇을 행함인지

— 루크레티우스

폭풍이 지난 들에도 꽃은 핀다.
지진에 무너진 땅에도 맑은 샘은 솟는다.
불에 탄 흙에서도 새싹은 난다.

우리는 늘 사랑과 빛에 가득 찬 이 자연의 속삭임에 귀를 기울이자

— 조지 바이런

자연이여, 더러는 그 열정 가지고 그대를 밝히고
더러는 그대 안에 슬픔을 베푼다.
그 한쪽더러 『무덤』이라 이르는 이가
다른 쪽더러는 『생명과 광휘(光輝)』라 말한다.

— 보들레르 / 괴로움의 연금술

『자연』은 그 아름다운 창조물에
내 마음에 흐르는 인간의 영혼을 결부시켰나니.

— 윌리엄 워즈워스 / 이른 봄의 노래

우리들이 이 지방에 있어 사는 한
기쁨에서 기쁨으로 인도하는 것은 자연의 은혜다.

— 윌리엄 워즈워스

비 내리는 이 저녁, 바람은 휴식이 없습니다
나는 바람에 흔들리는 나뭇가지를 보며
만물의 위대성을 깊이 생각해 봅니다

— R. 타고르

인간은 자연에 대한 예속으로부터 자연에 대한 지배의 단계로 이행하는 것같이 보인다. 동시에 자연은 차츰 그 신성(神性)을 잃고 점점

인간적 형태를 띠게 된다. 하지만 불행하게도 이 해방은 허울적인 외관상의 모습에 지나지 않는다. 현실적으로 보면 이러한 고도의 단계에 있어서도 인간의 행동은 전체적으로 여전히 직접적인 필요의 횡포에 대한 단순한 복종에 지나지 않는 것이다. 다만 인간은 이제 자연에 의해서 들볶이고 있는 것이 아니라 인간이 자연을 들볶고 있는 것이다.
— 시몬 베유 / 노동일기

【중국의 고사】

▣ **무위이화**(無爲而化) : 그대로 두어도 저절로 된다는 뜻으로, 아무것도 하지 않아도 저절로 잘 고쳐져 나가고 또 감화된다는 말이다. 또 억지로 꾸밈이 없어야 백성들이 진심으로 따르게 된다는 말.

도(道)는 스스로 순박한 자연을 따른다는 무위자연(無爲自然)을 주장한 노자의 말로, 백성을 교화함에 대해서 《노자(老子)》 제57장 순풍(淳風)에 이렇게 말하고 있다.

『내가 아무것도 하지 않아도 백성들이 스스로 감화되고(我無爲 而民自化), 내가 고요하니 백성들이 스스로 바르게 되며(我好靜 而民自正), 내가 일을 만들지 않으니 백성들이 스스로 부유해지고(我無事 而民自富), 내가 욕심 부리지 않으니 백성들이 스스로 소박해진다(我無欲 而民自樸).』

실질은 아무것도 하지 않는 게 아니라 진실로 행하는 것이다. 노자가 이르기를, 『도는 언제나 무위이면서도 하지 않는 것이 없다. 일체를 하고 있다(道常無爲而無不爲).』

노자는 문화를 인류의 욕심이 낳은 산물로 보고, 문화가 인류의 생활을 편하게는 하였지만 또한 인간의 본심을 잃게 만들었다고 하여, 학문과 지식을 버리라고까지 하였다. 『무위』 또는 『무위이민자화(無爲而民自化)』라고도 하는데 이것은 위의 말을 그대로 인용한 것이다.

《논어》 위령공편에도 『무위』에 관한 글이 보인다. 여기서는 무위를 덕치(德治)로 해석하여, 덕으로 다스리면 백성들이 마음으로 따른다고 했다. 공자의 말이다.

『함이 없이 다스리는 자는 순임금이다. 무엇을 하였는가. 자기를 공손히 하고 똑바로 남쪽을 향해 있었을 뿐이다(無爲而治者 其舜也與 夫何爲哉 恭己正南面而已矣).』

『무위이화』란 이와 같이 법과 제도로써 다스리려 하는 법가사상과 대치되는 생각이지만, 유가에서는 덕을 중시하고, 도가에서는 인이나 예마저도 인위적인 것이라고 하여 배척한다. 자연상태 그대로의 인간 심성과 자연의 큰 법칙에 따르는 통치가 바로 『무위이화》이다. —《노자》 제57장

■ **수락석출**(水落石出) : 『물이 빠지고 나니 돌이 드러난다』라는 뜻으로, 어떤 일의 흑막(黑幕)이 걷히고 진상이 드러남을 비유하는 말이다.

소식(蘇軾)의 자는 자담이고 호는 동파거사(東坡居士)며, 송나라 사천미산 사람으로 명문 학자 소순의 큰아들이었으며 인종(仁宗) 가우 때 중진사를 지냈다. 신종(神宗)이 왕으로 있을 때 왕안석이 변법정책을 쓴 일이 있었다. 이 때 소식이 새로운 법을 반대하고 나서 왕안석과 어지간히 논쟁을 펼쳤다. 당시 왕안석(王安

石)이 신종의 총애를 받고 있는 터라 소식이 그 세력에 눌려 호북 황주로 좌천당해 단련부사의 직책을 가졌다. 그가 동파 지방에서 조그만 집을 짓고 살았기 때문에 소동파라 불렸고 스스로 동파거사로 자처하였다.

소동파는 산수의 경치를 좋아해서 항상 자연 속에 한가로이 시간을 보냈다. 적벽은 삼국시대에 동오와 촉한 연합군이 조조를 함락시켰던 곳이다. 그러나 적벽은 호북에 세 군데나 된다. 한 곳은 한수 옆 경릉의 동쪽이고, 한 곳은 제안 아래에 있는 황주이며, 또 한 곳은 강하의 서남방 백 리 떨어진 곳으로 오늘의 한양현을 말한다. 이 강하 서남방 백 리에 있는 적벽은 조조가 패전을 한 곳이고, 동파가 즐겨 놀던 적벽은 황주 한천 문 밖에 있는 곳이며 조조가 패전했던 곳이 아니다.

동파가 전·후 두 편의 적벽부를 지었는데 그것은 이름만 빌린 것인 즉 이름은 같되 다른 곳이었다. 그러나 그의 넘친 재능과 유창한 문필로 다재다능하게 이곳의 경치를 묘사하여 후세의 사람들에게 이곳에 가보고 싶은 마냥 그리운 심정을 불러일으키게 했다. 늦가을이 되어 다시 찾은 적벽의 경관은 이전과는 또 달랐다. 그리하여 소동파는 이렇게 묘사하였다.

『흐르는 강물 소리, 깎아지른 천 길 절벽. 우뚝 솟은 산과 작은 달, 물이 빠져 드러난 바위. 해와 달이 몇 번이나 바뀌었다고 이리도 강산을 알아볼 수 없단 말인가(江流有聲 斷岸千尺 山高月小 水落石出 曾日月之幾何 而江山不可復識矣).』

『수락석출」은 소동파가 적벽부 속의 늦가을 풍경을 가리킨 말이었으나 후세 사람들이 진상이 드러나 의혹을 푼다는 뜻으로 어떤 사연을 똑똑히 안 다음 그 진상을 밝히는 것을 『수락석출』이 라고 한다. — 소식 / 후적벽부(後赤壁賦)

■ **무릉도원**(武陵桃源) : 이 세상과 따로 떨어진 별천지.

이것은 유명한 도연명(陶淵明, 365~427)의 「도화원기」에서 비롯된 말이다. 줄거리만을 소개하면 다음과 같다.

진(晋)나라 태원(太元, 376~396) 연간의 일이다. 무릉(武陵 : 호남성 상덕, 동정호 서쪽 원수沅水가 있는 곳)의 한 어부가 시냇물을 따라 무작정 올라가던 중, 문득 양쪽 언덕이 온통 복숭아 숲으로 덮여 있는 곳에 와 닿았다. 마침 복숭아꽃이 만발해 있을 때라 어부는 노를 저으며 정신없이 바라보고 있었다. 복숭아 숲은 가도 가도 끝이 없었다. 꽃잎은 푸른 잔디 위로 펄펄 날아 내렸다.

대체 여기가 어디란 말인가, 이 숲은 어디까지 계속되는 걸까? 이렇게 생각하며 노를 저어 가는 동안, 마침내 시냇물은 근원까지 오자 숲도 함께 끝나 있었다. 앞은 산이 가로막혀 있고, 산 밑으로 조그마한 바위굴이 하나 있었다. 그 굴속으로 뭔가가 빛나고 있는 것 같았다. 가만히 다가가서 보니, 겨우 사람이 통과할 수 있게 뚫린 굴이었다. 어부는 배를 버려둔 채 굴을 더듬어 안으로 들어갔다.

이윽고 앞이 탁 트인 들이 나타났다. 보기 좋게 줄을 지어 서 있는 집들, 잘 가꾸어진 기름진 논밭, 많은 남녀들이 즐거운 표정으로 들일에 바빴다. 이곳을 찾은 어부도, 그를 맞는 사람들도 서로 놀라며 어찌된 영문인지 까닭을 물었다. 마을 사람들은 옛날 진(秦)나라의 학정을 피해 처자를 데리고 이 속세와 멀리 떨어진 곳으로 도망쳐 온 사람들의 후손들이었다. 그들은 조상들이 이리로 찾아온 뒤로 밖에 나가 본 일이 없이 완전히 외부 세계와는 접촉이 중단되어 있었다. 지금은 도대체 어떤 세상이 되어 있느냐고 마을 사람들은 묻고 또 물었다.

마을 사람들의 환대를 받으며 며칠을 묵은 어부는 처음 왔던 길의 목표물을 기억해 가며 집으로 돌아오자, 곧 이 사실을 태수에게 고했다. 태수는 얘기를 듣고 사람을 보내 보았으나, 어부가 말한 그런 곳을 발견할 수가 없었다.

유자기(劉子驥)라는 고사(高士)가 이 소식을 듣고 찾아 나섰으나 뜻을 이루지 못하고 도중에 병으로 죽고 말았다. 그 뒤로 많은 사람들이 복숭아꽃 필 때를 기다려 찾아가 보았으나, 무릉도원 사람들이 속세의 사람들이 찾아오는 것을 막기 위해 다른 골짜기에까지 많은 복숭아나무를 심어 두었기 때문에 끝내 찾을 수가 없었다고 한다.

무릉도원은 조정의 간섭은 물론, 세금도 부역도 없는 별천지였다. 그래서 속세와 떨어져 있는 별천지란 뜻으로 무릉도원이란 말을 쓰게 되었다. — 도연명(陶淵明) / 「도화원기(桃花源記)」

【成句】

▣ 산자수명(山明水紫) : 산수의 경치가 맑고 아름다움.

▣ 산고수청(山高水淸) : 산은 높고 물은 맑다는 뜻으로, 경치가 좋음을 이르는 말.

▣ 산명곡응(山鳴谷應) : 메아리가 산에서 골짜기까지 울린다.

▣ 상선약수(上善若水) : 제일 좋은 것은 물과 같다. / 《노자》

▣ 제일강산(第一江山) : 경치가 썩 좋은 산수.

▣ 강산지조(江山之助) : 산수의 풍경이 사람의 시정을 도와 좋은 작품을 만들게 하다.

▣ 낙락장송(落落長松) : 가지가 축축 늘어진 오래된 큰 소나무.

▣ 명산대천(名山大川) : 이름난 산과 큰 내.

▣ 명월위촉(明月爲燭) : 밝은 달빛으로 촛불을 삼음.

▣ 건단곤예(乾端坤倪) : 하늘과 땅의 끝을 이름.

▣ 고봉절안(孤峰絶岸) : 우뚝 솟은 산과 깎아지른 낭떠러지.

▣ 백사청송(白沙靑松) : 흰 모래와 푸른 소나무. 물가의 아름다운 경치.

▣ 강호연파(江湖煙波) : ① 강이나 호수 위에 안개처럼 보얗게 이는 기운. 또는 그 수면의 잔물결. ② 대자연의 풍경.

▣ 녹음방초(綠陰芳草) : 나뭇잎이 푸르게 우거진 그늘과 아름답게 우거진 향기로운 풀이라는 뜻으로, 주로 여름철의 자연경치를 이르는 말.

▣ 녹초청강(綠草淸江) : 푸른 물과 맑은 강.

▣ 각로청수(刻露淸秀) : 가을의 맑고 아름다운 경치.

▣ 풍상고결(風霜高潔) : ① 바람은 하늘 높이 불고 서리는 희고 깨끗함. ② 가을의 경치를 형용한 말.

▣ 만추가경(晩秋佳景) : 늦가을의 아름다운 경치.

▣ 산정무한(山情無限) : 산에서 느끼는 정취가 한이 없음.

▣ 산천의구(山川依舊) : 자연은 옛 모양대로 변함이 없음.

▣ 공산명월(空山明月) : 사람 없는 빈 산에 외로이 비치는 밝은 달.

▣ 교교월색(皎皎月色) : 휘영청 밝은 달빛.

▣ 금린옥척(錦鱗玉尺) : 크기가 한 자 정도 되는 물고기를 아름답게 부르는 말.

▣ 금오옥토(金烏玉兎) : 금오는 해, 옥토는 달. 해와 달.

▣ 만리장천(萬里長天) : 아득히 높고 먼 하늘.

▣ 만학천봉(萬壑千峰) : 많은 골짜기와 산봉우리.

▣ 북풍한설(北風寒雪) : 북쪽에서 불어오는 바람과 차가운 눈.

▣ 세한삼우(歲寒三友) : 추운 겨울에 잘 견디는 소나무 · 대나무 · 매화나무를 일컫는 말.

▣ 소풍농월(嘯風弄月) : 바람에 휘파람 불고 달을 희롱한다.

▣ 심산유곡(深山幽谷) : 깊은 산과 깊은 골짜기.

▣ 악월담풍(握月擔風) : 풍월을 즐기는 마음.

▣ 화천월지(花天月地) : 하늘에는 꽃이 피고 땅에는 달빛이 가득 차 있음. 꽃 피는 양춘(陽春)의 밤경치를 일컫는 말.

▣ 춘화경명(春和景明) : 봄날이 화창하고 山水의 경치가 맑고 아름다움. 범중엄 / 악양루기

▣ 양신미경(良辰美景) : 좋은 시절과 아름다운 경치라는 뜻으로, 봄 경치를 이르는 말.

▣ 화조풍월(花鳥風月) : 꽃과 새와 바람과 달. 곧 천지자연의 아름다운 경치.

▣ 송풍산월(松風山月) : 솔숲을 스쳐 부는 바람과 산에 걸린 달.

▣ 자연진취(自然眞趣) : 자연의 참다운 취미.

▣ 백사청강(白沙淸江) : 흰 모래와 맑은 강.

▣ 천석고황(泉石膏肓) : 세속에 물들지 않고 자연에 살고 싶은 마음이 마치 불치의 고질병과 같음. 고황은 심장과 횡경막 사이의 부분을 말한다. 고(膏)는 가슴 밑의 작은 비게, 황(肓)은 가슴 위의 얇은 막(膜)을 가리킴. 이곳에 병이 침입하면 쉽게 낫기 어렵다고 하여 잘 낫지 않는 고질병을 가리킨다. 또한 오래되어 고치기 어려운 고질적인 병폐를 의미하기도 한다.

▣ 임천한흥(林泉閑興) : 자연의 한가한 흥.

▣ 유록화홍(柳綠花紅) : 푸른 버들과 붉은 꽃이란 뜻으로 봄철의 아름다운 자연을 이르는 말.

▣ 목석초화(木石草花) : 나무, 풀, 돌, 꽃이란 뜻으로, 자연을 일컫는 말.

▣ 추인낙혼(墜茵落溷) : 꽃이 날아 인석(茵席)에 떨어지기도 하고 뒷간에 떨어지기도 한다는 뜻으로, 이러한 것이 모두 자연의 법칙으로서 처음부터 원인 결과의 약속이 있는 것이 아님을 이름. /

《남사》

▣ 양자방지부자(養子方知父慈) : 자식을 기른 후에야 비로소 부모의 은혜를 안다는 말. / 《전등록》

나이 age 年齡

【어록】

▣ 나이가 자기의 배가 되면 아버지처럼 섬기고, 열 살이 위면 형님처럼 섬기고, 다섯 살이 위면 친구로 사귀어도 된다(年長以倍則父事之 十年以長則兄事之).
— 《예기》

▣ 싹이 트고서도 패지 못하는 것이 있고, 패도 열매를 맺지 못하는 것이 있다(苗而不秀者有矣夫 秀而不實者有矣夫 : 열 살에 신동이라 불리던 사람도 서른 살에 범인으로 끝나는 자도 있다).
— 《논어》 자한

▣ 열다섯 살에 학문에 뜻을 두었다{十有五而 志于學 : 공자는 열다섯 살 때 성인의 학문을 배울 뜻을 세웠다. 15세를 지학(志學)이라고 하는 연유}.
— 《논어》 위정

▣ 서른 살이 되어 자립(自立)한다{三十而立 : 학문이나 견식(見識)이 일가를 이루어 도덕상으로 흔들리지 않음을 이르는 말. 나(孔子)는 서른 살에 정신적이나 경제적으로도 예(禮)에 근거해서 독립할 수가 있었다}.
— 《논어》 위정

▣ 마흔 살에는 미혹하지 않게 되었다{四十而不惑 : 마흔 살에는 한창 활동할 때로서 오히려 미혹하기 쉬운 때이나, 나(공자)는 사십에 세상일에 미혹한 것이 없어졌다. 40세를 불혹지년(不惑之年)이라는 어원}. —《논어》 위정

▣ 쉰 살에는 하늘의 명을 깨달아 이해하게 되었다{五十而知天命 : 사람이 조우하는 길흉화복—그것은 피할 수 없다는 것을 나(공자)는 쉰 살에 깨달았다. 따라서 나는 이 세상을 구제할 사명을 하늘에서 받은 것을 깨닫게 되었다. 지명(知命)은 50세. 사실 공자는 50세를 고비로 수양의 시기에서 실질적인 사회활동을 하게 된다}. —《논어》 위정

▣ 예순에는 남의 말을 듣기만 하면 곧 그 이치를 깨달아 이해하게 되었다{六十而耳順 : 귀가 순해져 사사로운 감정에 얽매이지 않고 모든 말을 객관적으로 듣고 이해할 수 있는 나이다. 이순(耳順)은 60세. 육순(六旬)과 같은 뜻이다}. —《논어》 위정

▣ 일흔이 되어서 마음이 원하는 대로 언동을 해도 결코 그 정해진 규범을 벗어나는 일이 없었다{七十而從心所慾 不踰矩 : 종심(從心)은 70세}. —《논어》 위정

▣ 아들이 많으면 걱정거리가 많아지고, 부자가 되면 일이 많아지고, 오래 살면 욕되는 일이 많아진다(多男子則多懼 富則多事 壽則多辱). —《장자》

▣ 나이 60세가 될 때까지 60번이나 삶의 변화를 추구하였다{行年六十而六十化 : 위(衛)나라 현인(賢人) 거백옥(蘧伯玉)은 나이가

육십이 될 때까지 그 사상과 태도가 육십 번이나 변했다. 그는 일진월보(日進月步)하여 정지하지 않고 육십에서 오십구의 비(非)를 깨달았다{五十九非}. —《장자》

▣ 마흔에 마음이 외부의 충동에도 흔들리거나 움직이지 아니한다{四十不動心 : 맹자는 마흔 살이 되어서 마음의 동요가 없었다. 《논어》에서는 공자가 사십이불혹(四十而不惑)이라 했다. 즉 마흔에 세상일에 정신을 빼앗겨 갈팡질팡하거나 판단을 흐리는 일이 없게 되었다는 말이다}. —《맹자》

▣ 선비를 선발하고 재능 있는 자를 씀에서는 나이 많고 어린 것에 구애받지 않는다(選士用能 不拘長幼). —《삼국지》

▣ 내 나이 이미 지는 해 같아, 그 그림자와 소리 따라잡을 수가 없구나(年在桑榆間 影響不能追). — 조식(曹植)

▣ 젊었다고 세월을 얕보지 마라. 늙은이도 한때는 너희들 나이였네(莫倚兒童輕歲月 丈人曾共爾同年). — 두공(竇功)

▣ 젊은 나이는 일생에 두 번 오지 않으며, 하루 동안에 아침이 두 번 오지 않는다(盛年不重來 一日難再晨). — 도연명(陶淵明)

▣ 어려서는 어른들이 잔소리하면 듣기 싫어 귀 막았거늘, 지금은 오십이 된 내가 어느덧 잔소리를 하네(昔聞長者言 掩耳每不喜 奈何五十年 忽已親此事). — 도연명

▣ 인생 칠십은 예로부터 드물다(人生七十古來稀). — 두보(杜甫)

▣ 금년의 꽃도 지난해와 같이 아름다운데, 지난해 사람은 금년 들

어 늙었구나(今年花似去年好 去年人到今年老). — 잠삼(岑參)

▣ 나이를 먹음에 따라 때는 많은 교훈을 가르친다.
— 아이스킬로스

▣ 바보만이 죽음을 겁내는 나머지 나이를 먹는다.
— 데모크리토스

▣ 나이는 모든 것을 훔친다. 그 마음까지도. — 베르길리우스

▣ 거짓말이 나이를 먹은 적은 없다. — 에우리피데스

▣ 나이와 함께 지혜가 자라고 연륜과 함께 깨달음이 깊어 가도 지혜와 힘은 결국 그에게서 나오고 경륜과 판단력도 그에게서 있는 것. — 욥기

▣ 그 나이의 지혜를 가지지 않은 자는 그 나이의 모든 어려움을 가진다. — 볼테르

▣ 그녀는 아무리 나이를 먹어도 주름살이 없고, 그의 무한한 변화는 아무리 보아도 진부하지 않다. — 셰익스피어

▣ 모든 사람들은 오래 살기를 원하지만, 나이를 먹으려고 하는 사람은 없다. — 조나단 스위프트

▣ 10세에는 과자에, 20세에는 연인에, 30세에는 쾌락에, 40세에는 야심에, 50세에는 탐욕에 움직여진다. 인간은 어느 때가 되어야 영지(英知)만을 좇게 될까? — 장 자크 루소

▣ 남자는 자기가 느낄 만큼 나이를 먹지만, 여자는 남에게 그렇게 보일 만큼 나이를 먹고 있는 것이다. — 윌리엄 콜린스

▣ 여자의 고령(高齡)은 남자의 그 나이보다 침울하고 고독한 것이다.
— 장 파울

▣ 나이를 먹는다는 것도 하나의 취할 점은 있을 것이다. 아무리 나이를 많이 먹어도 과실을 피할 수는 없지만, 그래도 나이가 많으면 곧 마음의 안정을 되찾게 된다.
— 괴테

▣ 모든 연령에는 신체와 마찬가지로 그 연령마다의 독특한 병폐가 있다.
— 랠프 에머슨

▣ 그 사람한테 그것밖에는 헤아릴 것이 남아있지 않는 한 우리는 남의 나이를 헤아리지 못한다.
— 랠프 에머슨

▣ 여자가 서른 살이 넘어 가장 잘 잊는 것은 자기 나이이며, 40이 되면 나이 따위는 완전히 잊고 만다.
— 랑그론

▣ 20세에 소중한 것은 의지, 30세에는 기지, 40세에는 판단이다.
— 벤저민 프랭클린

▣ 인간은 점점 나이를 먹어 간다고 시종 생각하고 있는 것만큼 인간을 신속하게 늙게 하는 것은 없다.
— 리히텐베르크

▣ 인생의 처음 40년은 본문(本文)이고, 나머지 30년은 주석(註釋)이다.
— 쇼펜하우어

▣ 여자는 항상 남자보다 젊다, 같은 나이 또래에서는.
— 엘리자베스 브라우닝

▣ 스물다섯까지 배우고, 마흔까지 연구하고, 예순까지는 성취하라.
— 윌리엄 오슬러

▣ 친구들이 젊게 보일 때 듣기 좋은 말을 하는 경우는 그들이 당신이 나이 들어 있는 것을 확인하고 있는 것이다.

— 워싱턴 어빙

▣ 남자는 늙어 감에 따라 감정이 나이를 먹고, 여자는 늙어 감에 따라 얼굴이 나이를 먹는다. — C. 콜린스

▣ 여자가 나이 들어 여자답지 않아지면 그 턱에는 수염이 난다. 그러나 나이 들어 남자답지 않아진 남자에겐 도대체 무엇이 나는가. — 요한 스트린드베리

▣ 나이 스물 전에 아름답지 못하고, 서른 전에 강하지 못하고, 마흔 전에 돈을 모으지 못하고, 쉰 전에 현명하지 못한 사람은 평생 아름다울 수도 강할 수도 부할 수도 현명할 수도 없다.

— E. 허버드

▣ 나이 든 사람은 실제적인 것을 좋아하는 반면, 충동적인 젊은이는 황홀한 것만 동경한다. — 프란체스코 페트라르카

▣ 우리들의 나이는 식물의 그것이다. 싹을 내고 성장하고 꽃을 피우고 시들고 그리고 마른다. — J. G. 헤르더

▣ 연령은 사랑과 같은 것으로서, 덮어 감출 수는 없다.

— 토머스 데커

▣ 사람은 나이 먹는 것을 바라면서도 노령을 두려워한다. 사람은 생명을 사랑하고 죽음을 회피한다. — 라브뤼예르

▣ 나이 마흔을 지난 남자는 누구나 악당이다. — 조지 버나드 쇼

■ 나이를 먹는 것을 두려워 말라. 걱정해야 할 일은 나이를 먹기까지의 여러 가지 장애를 극복하는 일이다. — 조지 버나드 쇼

■ 나이 마흔이다. 이제 전 반생은 끝난 셈이다. 꽃과 사랑과 수난 등으로 얽혀진 빛나는 페이지는 무덤과 함께 끝났다. 이제는 페이지를 넘겨야 한다. 다음 페이지는 까만, 새까만 공백의 페이지가 아닌가! — D. H. 로렌스

■ 나는 나이를 먹어 감에 따라 흔히들 말하는 나이가 지혜를 낳는다는 속담을 믿지 않게 되었다. — 헨리 L. 멩컨

■ 나이를 먹어 감에 따라 과거는 점점 더 늘어나고 미래는 점점 더 줄어든다. — 오쇼 라즈니쉬

■ 나이가 들어 감에 따라 충족된 생활이 시작되고 마음은 부드러워집니다. 성숙된 노년은 바이올린에게, 포도주에게, 그리고 친구에게 음률과 품격을 가져다줍니다. — J. T. 트로브리지

■ 나는 여러 가지 아이디어가 많지만 시간이 부족하다. 그래서 그저 백 살까지만 살려고 한다. — 토머스 에디슨

■ 짧구나, 인간의 생명이여! 백 살을 살지 못하는구나. 설령 그보다 오래 사는 인간도 또한 늙기 때문에 죽는다. — 헤르만 헤세

■ 나이가 들수록 사람들은 보다 더 분수에 만족한다. 생에 훨씬 덜 의존한다. — 로베르트 무질

■ 나이 먹어 감에 따라 급한 것부터 먼저 하라는 옛 속담에 진리가 담겨 있다는 것을 깊이 깨닫게 되었습니다. 그것을 따르면 인간의 가장 복잡한 제반 문제는 능히 다룰 수 있을 만큼 간소화될

수 있기 때문입니다. — 드와이트 아이젠하워

▣ 나이는 시간과 함께 달려가고, 뜻은 세월과 더불어 사라져 간다. 드디어 말라 떨어진 뒤에 궁한 집 속에서 슬피 탄식한들 어찌 되돌릴 수 있으랴. —《소학》

▣ 사람이 30에 이르도록 장가들지 못했으면 아예 장가들지 말 일이요, 40에 이르도록 벼슬하지 못했으면 아예 벼슬하지 말 일이요, 50에 이르러서는 집에 있지 말 일이요, 60에 이르러서는 나가 놀지 말 일이다. 그 까닭은? 그 때를 어기면 일은 쉽사리 다 지나가 버리기 때문이다. — 김성탄

▣ 나이가 많을수록 세사(世事)의 경험도 많아지리니, 인생에 대한 이해도 더욱 투철해진다. 이것은 마치 등산하는 것과 같아서, 산 아래에 있을 때는 우리 스스로가 위대하다고 생각했었다. 왜냐하면 그 때 우리의 시야는 단지 가까운 주위에만 미쳐 그 겹겹이 쌓인 담장 너머까지 외물(外物)을 바라볼 수 없었기 때문이다. 그러다가 우리는 산정(山頂)을 향하여 오르고 또 올라 안계(眼界)가 조금씩 확대되면서 우리의 경계도 더 한층 높아지며, 곧장 정상에 오르자 우리의 안계는 한없이 멀리까지 넓힐 수 있었다.
— 장기윤

▣ 막연하게나마 인생의 깊숙한 맛은 나이가 먹어가야만 정말 맛볼 것만 같소이다. — 김영랑

▣ 젊어선 사람에 취해 있게 되고, 나이를 먹으면 자연에 취해야 된다. — 최정희

▣ 지금 생각해 보면 인생은 40부터도 아니요 40까지도 아니다. 어느 나이고 다 살 만하다. — 피천득

▣ 나이를 먹는다는 것은 반드시 노쇠나 인간적인 기능의 약화만을 의미하는 것이 아니다. 오히려 그것과는 반대로 우리들의 내면에서 감추어졌던 눈을 뜨게 하는 일이며, 눈이 어두워지는 일이 아니라 밝아지는 일이다. 젊은 날에 내가 가졌던 그 밝다고 생각했던 눈은 따지고 보면 주관적인 자기중심적인 그것에 불과하며, 사람을 사람으로, 나무를 나무로 볼 수 있는 눈은 나이를 먹음으로써 비로소 열리게 되는 것이다. — 박목월

▣ 모든 사람은 40에 생의 고비를 느끼며, 50에 인생의 저녁때를 자각하게 된다. — 김형석

▣ 나이는 소득세와 같아서 사람에 따라 계산의 방법이나 기준이 다른 법이다. — 여석기

▣ 나이는 고독의 신장(身長)이며, 고독은 그 연륜이다. — 이어령

▣ 젊었을 때 우리들은 배우고, 나이를 먹어서 우리들은 이해한다. — 미상

【속담 · 격언】

▣ 삼십 넘은 계집. (한창 때가 다 지나갔다) — 한국

▣ 나이 차 미운 계집 없다. (무엇이나 한창 필 때는 좋게 보인다) — 한국

▣ 배 안엣 조부(祖父)는 있어도 배 안엣 형은 없다. (자기보다 나이

어린 사람이 할아버지뻘은 될 수 있으나 자기보다 나이 어린 사람보고 형이라고 하지는 않는다) — 한국

▣ 나이 덕이나 입자. (나이 많은 사람을 대접해라) — 한국

▣ 곤쇠아비동갑이다. (나이는 많아도 실없고 쓸데없는 사람) — 한국

▣ 나이 젊은 딸이 먼저 시집간다. (나이 적은 사람이 유리하다) — 한국

▣ 사십에 첫 버선이라. (늦은 나이에 관직이나 일자리를 얻게 됨) — 한국

▣ 갑자생(甲子生)이 무엇 적은고. (늙었다고 자칭하지만, 오히려 우매함을 핀잔주는 말) — 한국

▣ 늙은 말은 길을 잃지 않는다. — 일본

▣ 나이 먹은 고기는 낚시를 물기 전에 몇 번이고 냄새를 맡는다. — 서양속담

▣ 나이 든 벌은 이미 꿀을 주지 않는다. — 영국

▣ 남자의 나이는 기분으로 가고, 여자의 나이는 얼굴로 간다. — 영국

▣ 젊은 어깨 위에 늙은 머리를 올려놓을 수는 없다. (You can't put old heads on young shoulders. : 젊은이에게 노련한 판단을 구하기는 어려운 일이며, 지혜란 산전수전 다 겪은 오랜 경험에서만 우러난다) — 영국

▣ 나이를 먹으면 슬기로워진다. — 영국

▣ 배움에 나이가 많다는 법은 없다. (Never too old to learn.) — 영국

▣ 나이를 먹을수록 무덤에 가까워진다. — 영국

▣ 늙은이 지팡이는 죽음의 문을 두드리는 망치다. — 영국

▣ 한 살을 더 살고 싶다고 원하지 않을 만큼 늙은 사람은 없고, 오늘 죽을 것이라고 생각할 만큼 젊은 사람은 없다. — 영국

▣ 젊어서는 성인, 늙어서는 악마. — 영국

▣ 남자의 나이는 느끼기에 달렸고, 여자의 나이는 얼굴을 보면 안다. (A man is as old as he feels, and a woman as old as she looks.) — 영국

▣ 나이를 먹지 않는 고약이 있다면 몸에 바르고 싶어질 것이다. — 독일

▣ 늙는다는 것, 그것은 신(神)의 은혜이고, 젊음을 잃지 않는다는 것, 그것은 삶의 기술이다. — 독일

▣ 만일에 젊은이가 사물을 알고 늙은이가 능력을 갖춘다면 되지 않을 일이 없을 것이다. — 이탈리아

▣ 젊을 때는 미치고 늙어서는 현자(賢者)가 된다. — 이탈리아

▣ 누구라도 늙은이라고 불리기를 싫어한다. — 아이슬란드

▣ 서른까지는 여자가 따뜻이 해준다. 그리고 서른 이후는 한 잔의

술이, 다시 그 후에는 난로가 따뜻이 해준다. — 스웨덴

▣ 연공(年功)은 책보다 많은 것을 알고 있다. — 폴란드

▣ 나이를 먹은 독신자는 지옥의 매, 나이 먹은 처녀는 천국의 비둘기. — 에스토니아

▣ 젊은이의 채찍 아래보다는 늙은이의 수염 아래가 더 낫다. — 에스토니아

▣ 일곱 살 때는 일곱 살답게, 일흔 살 때는 일흔 살답게 행동하라. — 유태인

▣ 만약에 나이를 먹고 싶지 않거든 목을 매어라. — 유태인

▣ 나이 든 사람은 자기가 두 번 다시 젊어지지 않는다는 것을 알지만, 젊은이는 자기가 나이를 먹는다는 것을 잊고 있다. — 유태인

【시 · 문장】

인생은 뿌리 없이 떠다니는 것
밭두렁 먼지처럼 표연한 것
바람 따라 흐트러져 구르는
인간은 원래 무상한 몸
이 땅에 태어난 모두가 형제이니
어찌 반드시 골육만이 육친인가
기쁨 얻거든 마땅히 즐길 것이고
말술은 이웃과 함께 모여 마셔라

한창 때는 거듭 오지 않고
하루 두 번 새벽 맞이하기는 어려우니,
좋은 때를 잃지 말고 마땅히 힘써라.
세월은 사람을 기다려주지 않는다네.

人生無根蒂 飄如陌上塵　인생무근체 표여맥상진
分散逐風轉 此已非常身　분산축풍전 차이비상신
落地爲兄弟 何必骨肉親　낙지위형제 하필골육친
得歡當作樂 斗酒聚比隣　득환당작락 두주취비린
盛年不重來 一日難再晨　성년부중래 일일난재신
及時當勉勵 歲月不待人　급시당면려 세월부대인

— 도연명(陶潛) / 잡시(雜詩)

인간의 연령에는 하나의 철학이 대응한다. 어린이는 실존론자(實存論者)다. 왜냐하면 어린이는 자기의 존재와 똑같이 배나 사과의 존재를 확신하고 있으니까. 청년은 내면의 정열에 넘쳐서 비로소 자기의 존재를 예감하고 자기를 의식한다. 청년은 관념론자(觀念論者)로 변화한다. 그러나 장년은 회의론자가 될 여러 가지 이유를 갖고 있다. 자기의 목적을 위해서 택한 수단이 옳은 것인지 그른 것인지를 의심해 본다. 선택을 잘못해 후회하지 않기 위해서 행위 이전에 행위와 동시에 그는 자기의 지성을 동원시키지 않으면 안 된다. 최후로 노년은 신비주의자임을 고백할 것이다. 그는 많은 일들이 우연과 연결되는 것을 알고 있다. 비합리적인 것이 성공하며 합리적인 것이 실패하기도 한다. 행복과 불행이 기약 없이, 차별을 두지 않고 따른

다. 모든 것이 그렇고 그런 것이었다. — 괴테 / 잠언과 성찰

칠십이라면 머리는 백발이 된 것이었다. 허리는 불에 튀긴 새우 꼴이 된다. 갈퀴발 같은 손가락, 살이 아니라 기름기 빼 가죽이 된 손등, 잡아당기면 늘어진 채고, 시퍼러둥둥한 심줄이 지렁이처럼 꿈틀거리리라. 눈은 정기를 잃은 지 오랜 것이니 눈물만 지적대고 충혈된 동자는 눈곱 처치를 못해서 이 구석 저 구석으로 밀려다닐 것이다. 칠십이면 옛부터 드문 장수라 한다. — 이무영 / 사랑의 화첩

【중국의 고사】

■ **약관**(弱冠) : 남자 나이 스무 살을 『약관』이라고 한다. 약년(弱年)이니 약령(弱齡)이니 하는 것도 모두 스무 살을 말한다. 이 말은 오경의 하나인 《예기》 곡례편에 있는 말이다. 사람이 나서 10년을 말하여 유(幼)라 한다. 이때부터 글을 배운다. 스물을 말하여 약(弱)이라 한다. 갓을 쓴다. 서른을 말하여 장(壯)이라 한다. 집(室 : 妻)을 갖는다. 마흔을 말하여 강(强)이라 한다. 벼슬을 한다. 쉰을 말하여 애(艾)라 한다. 관정(官政)을 맡는다. 예순을 말하여 기(耆)라 한다. 가리켜 시킨다. 일흔을 말하여 노(老)라 한다. 전한다(자식에게). 여든, 아흔 살을 말하여 모(耄)라 하고, 일곱 살을 도(悼)라 하는데, 도와 모는 죄가 있어도 형벌을 더하지 않는다. 백 살을 말하여 기(期)라 한다. 기른다.

『약관』이란 말은 약(弱)과 관(冠)을 합쳐서 된 말인데, 여기에 나오는 표현들은 상당히 과학적인 근거를 가진 느낌을 준다. 즉 열 살은 어리다고 부르는데, 이때부터 공부를 시작하게 된다.

스무 살은 아직 약한 편이지만, 다 자랐으므로 어른으로서 갓을 쓰게 한다. 서른 살은 완전히 여물 대로 여문 장정이 된 나이므로 이때는 아내를 맞아 집을 가지고 자식을 낳게 한다. 마흔 살은 뜻이 굳세어지는 나이다. 올바른 판단을 할 수 있으므로 벼슬을 하게 된다. 쉰 살은 쑥처럼 머리가 희끗해지는 반백의 노인이 되는 시기다. 이때는 많은 경험과 함께 마음이 가라앉는 시기이므로 나라의 큰일을 맡게 된다. 예순 살은 기(耆)라 하여 늙은이의 문턱에 들어서는 나이므로 자기가 할 일을 앉아서 시켜도 된다. 일흔 살은 완전히 늙었으므로 살림은 자식들에게 맡기고 벼슬은 후배들에게 물려준 다음 자신은 은퇴하게 된다. 이 기와 노를 합쳐서 『기로(耆老)』라고도 한다. 여든 · 아흔이 되면 기력이 완전히 소모되고 있기 때문에 모(耄)라 한다. 그리고 일곱 살까지를 가엾다 해서 도(悼)라고 하는데, 여든이 넘은 늙은이와 일곱 살까지의 어린아이는 죄를 범해도 벌을 주지 않는다. 백 살을 기(期 · 紀)라고 하는데, 남의 부축을 받아가며 먹고 입고 움직이게 된다 하는 내용이다. —《예기》 곡례

▣ **불혹**(不惑) : 불혹의 나이, 즉 마흔 살. 이 말은 《논어》 위정편에 있는 말이다. 공자가 말하기를, 『나는 15세에 학문에 뜻을 두고, 30에 확고히 서고, 40에 의심하지 않고, 50에 천명을 알고, 60에 귀가 순하고, 70에 마음에 하고 싶은 바를 좇아 행해도 법에 벗어나지 않았다(吾十有五而志于學 三十而立 四十而不惑 五十而知天命 六十而耳順 七十而從心所欲不踰矩).』

이것은 공자가 자기 일생을 회고하며 정신적인 성장 과정을 말

한 것인데, 여기에 나와 있는 말이 그대로 나이를 가리키는 말로 쓰인다. 15세에 학문에 뜻을 둔다 해서 열다섯 살을 지학지년(志學之年)이라 하고, 30에 확고히 섰다 해서 서른 살을 입년(立年)이라 하며, 마흔 살을 불혹지년, 쉰 살을 명년(命年), 예순 살을 이순지년(耳順之年)이라 하는데, 일흔 살만은 불유지년(不踰之年)이라 말하지 않는다.

또 이 중에서 지년(之年)이란 말이 붙은 것은 이를 떼어 내고, 지학・불혹・이순만을 쓰기도 한다. 또 31세에서 39까지를 입일(立一), 입구(立九)하는 식으로 쓰기도 하고, 51세에서 59까지를 명일(命一), 명구(命九) 하는 식으로 쓰기도 한다. 이와 마찬가지로 스무 살을 약관(弱冠)이라고 한다.『약(弱)』은 아직 어리다는 뜻이고,『관(冠)』은 20세면 옛날에는 성인식이라고 할 수 있는 관례(冠禮)라는 의식을 통해 어른이 쓰는 갓을 썼기 때문에 약관이란 말로 20세를 나타내게 된다.

또 여자는 옛날 15세만 되면 쪽을 올리고 비녀를 꽂았다. 그래서 계년(笄年)이라면 여자의 나이 15세를 가리키게 된다. 또 30을 이립(而立), 50을 지명(知命)이라고 쓰는 일도 있다. 모두 유식함을 자랑하려는 인간의 타고난 호기심에서 나온 것 같다. 우리로서는 알고는 있어야겠지만, 쓰는 일은 없도록 하는 것이 좋을 것 같다. —《논어》위정

■ **고희**(古稀) : 나이 일흔을 고희(古稀 또는 古希)라고 하는데, 그 유래는 두보의 『인생칠십고래희』라는 시구(詩句)에서 비롯된 것으로 본다. 즉 사람이 일흔을 산 것은 예로부터 드물었기 때문

이다. 두보의 이 구절이 나오는 『곡강이수(曲江二首)』라는 제목의 둘째 시를 소개하면 이렇다.

『조회에서 돌아오면 날마다 봄옷을 전당잡히고(朝回日日典春衣) / 매일 강 머리에서 마냥 취해 돌아온다(每日江頭盡醉歸). / 술값 빚이야 가는 곳마다 늘 있거늘(酒債尋常行處有) / 사람이 칠십을 산 것은 예부터 드물다(人生七十古來稀). / 꽃 사이로 호랑나비는 깊숙이 날아들고(穿花蛺蝶深深見) / 물을 적시는 잠자리는 힘차게 나는구나(點水蜻蛉款款飛). / 풍광에 전해 말하니 함께 흘러 구르면서(傳語風光共流轉) / 잠신들 서로 즐겨 서로 떨어지지 말자꾸나(暫時相賞莫相違).』

이 시는 두보가 마흔일곱 살 때 지은 것이다. 그 무렵 그는 좌습유(左拾遺 : 諫官)란 벼슬자리에 있었으나, 조정 내부의 부패는 그를 너무도 실망시켰다. 그는 답답한 가슴을 달래기 위해 매일을 술이나 마시며 아름다운 자연을 상대로 세월을 보냈다. 곡강(曲江)은 장안(長安) 중심지에 있는 못 이름으로 풍광이 아름답기로 유명했으며, 특히 봄이면 꽃놀이하는 사람들로 붐볐다고 한다.

시를 풀어 보면 이렇다. 요즘은 조정에서 돌아오면 매일 곡강가에 가서 옷을 잡히고 마냥 술에 취해 돌아오곤 한다. 술꾼이 술빚을 지는 것은 너무나 당연한 일로, 내가 가는 술집마다 외상값이 밀려 있다. 하지만 내가 살면 몇 해나 더 살겠는가. 예부터 말하기를, 사람은 70을 살기가 어렵다고 하지 않았던가. 꽃밭 사이를 깊숙이 누비며 날아다니는 호랑나비도 제 철을 만난 듯 즐겁게만 보이고, 날개를 물에 적시며 날아다니는 잠자리도 제 세상을 만난 듯 기운차 보이기만 한다. 나는 이 약동하는 대자연의 풍광과 소리 없는 대화를 주고받는다. 우리 함께 자연과 더불어 흘러가면서 잠시나마 서로 위로하며 즐겨 보자꾸나.

『인생칠십고래희』란 말은 항간에 전해 내려오는 말을 그대로 두보가 시에 옮긴 것이라고도 한다. 어쨌든 이 말은 두보의 시로 인해 깊은 의미를 지니게 되었다고 볼 수 있다. 한편 이『고희』란 말과 함께 사람의 나이를 다음과 같이 표현한다. 스무 살을 약관(弱冠), 마흔 살을 불혹(不惑), 쉰 살을 지명(知命), 예순 살을 이순(耳順), 또 일흔 일곱 살을 희수(喜壽 : 喜字의 草書가 七七이기 때문), 여든 여덟 살을 미수(米壽 : 米자를 파자하면 八八이기 때문), 아흔 아홉 살을 백수(白壽 : 百에서 한 획이 없으므로)라고 한다.

이 가운데 불혹 · 지명 · 이순은《논어》에 나오는 공자의 말 중『……나는 마흔 살에 의심하지 않았고(四十而不惑), 쉰 살에 천명을 알았고(五十而知天命), 예순 살에 귀가 순하고(六十而耳順)……』라고 한 데서 나온 말이다. — 두보 / 인생칠십고래희

▣ **파과지년**(破瓜之年) : 여자가 경도를 처음 시작하는 16세 되는 시기. 『파과지년』은 글자 그대로는 참외를 깨는 나이란 뜻이다. 이 말은 여자의 열여섯 살을 가리키기도 하고, 첫 경도(經度)가 있게 되는 나이란 뜻도 된다. 과(瓜)란 글자를 파자(破字)하면 팔(八)이 둘로 된다. 여덟이 둘이면 열여섯이 된다. 그래서 여자를 참외에다 비유하고, 또 그것을 깨면 열여섯이 되기 때문에『파과지년』은 여자의 열여섯 살을 가리키게 된 것이라고 한다.

여자의 자궁을 참외와 같이 생긴 것으로 보고 경도가 처음 있어 피가 나오게 되는 것을 『파과』라고 하고, 또 여자가 육체적으로 처녀를 잃게 되는 것을 파과라고 한다. 이 말은 진(晋)나라 손작의 『정인벽옥가』란 시에 보인다.

『푸른 구슬 참외를 깰 때에(碧玉破瓜時) / 임은 사랑을 못 견디어 넘어져 궁굴었네(郎爲情顚倒). / 임에게 감격하여 부끄러워 붉히지도 않고(感君不羞赧) / 몸을 돌려 임의 품에 안겼네(廻身就郎抱).』 이 시에 나오는 파과시(破瓜時)는 처녀를 바치던 때라고도 풀이될 수 있고, 또 사랑을 알게 된 열여섯 살 때라고도 풀이될 수 있다. 넘어져 궁군다는 전도(顚倒)란 말은 전란도봉(顚鸞倒鳳)의 뜻으로 남녀가 정을 나누는 것을 말한다.

한편 청나라 원매(袁枚)의 《수원시화(隨園詩話)》에는, 파과를 혹은 풀이하여, 『월경이 처음 있을 때, 참외가 깨지면 홍조(紅潮)를 보는 것과 같다고 하는데, 그것은 잘못이다.』라고 말하고 있고, 또 청나라 적호(翟灝)의 《통속편》에는, 『사람들이 여자가 몸을 깨뜨리는 것을 가지고 파과라고 하는데, 그것은 잘못이다.』라고 했다. 이것으로 미루어 보면, 첫 경도가 있을 때와 처녀를 잃는 것을 파과라고 해 온 것을 알 수 있다.

또 남자의 나이 예순 넷을 가리켜 『파과』라고 말하는 경우도 있다. 그것은 팔(八)이 둘이니까 여덟을 여덟으로 곱하면 예순 넷이 되기 때문이다. 송나라 축목(祝穆)이 만든 《사문유취(事文類聚)》란 책에 당나라 여동빈(呂東賓)이 장계에게 보낸 시 가운데 『공이 이뤄지는 것은 마땅히 파과의 해에 있으리라(功成當在破瓜年)』고 한 것을 들어, 파과가 예순네 살의 뜻이란 것을 밝히고

있다. — 손작(孫綽) / 정인벽옥가(情人碧玉歌)

▣ **삼척동자**(三尺童子) : 키가 세 자밖에 안 되는 아이. 보통 나이가 5, 6세 정도 된 어린아이를 말하는데, 견문이 적은 사람을 비유할 때 주로 사용한다. 『비록 다섯 자 되는 아이를 시켜 시장에 가게 하여도, 누구도 그를 속이지 않을 것이다(雖使五尺之童適市 莫之或欺).』 그리고 『무릇 세 척 키의 어린아이는 지극히 어리석지만, 그에게 개나 돼지를 가리키며 절을 하게 하면 즉시 얼굴빛을 붉히면서 화를 낼 것입니다. 지금 바로 추노가 그런 개나 돼지 같은 경우입니다(夫三尺童子至無知也 指犬豕而使之拜 則怫然怒 今醜虜則犬豕也).』 라는 구절이 있다. 오척동자나 삼척동자나 아직 사물이나 사리를 구별하고 판단할 역량이 부족한 사람을 일컫는 말이다. —《맹자》 등문공

▣ **세월부대인**(歲月不待人) : 세월은 사람을 기다려 주지 않는다는 뜻으로, 세월은 한 번 지나가면 다시 돌아오지 않으니 시간을 소중하게 아껴 쓰라는 뜻.

도연명(陶淵明)은 동진(東晋) 말기부터 남조(南朝)의 송대(宋代) 초기에 걸친 중국의 대표적 시인이다. 기교를 부리지 않고, 평담(平淡)한 시풍이었기 때문에 당시의 사람들로부터는 경시를 받았지만, 당대 이후는 육조(六朝) 최고의 시인으로서 그 이름이 높았다.

그의 시풍은 당대(唐代)의 맹호연(孟浩然), 왕유(王維) 등 많은 시인들에게 영향을 주었다. 「세월부대인」은 그의 시 「잡시(雜

詩)」에 나오는 말이며, 시의 내용은 다음과 같다.

인생은 뿌리도 꼭지도 없어
길 위에 흩날리는 먼지와 같네
바람 따라 이리저리 뒤집히나니
이에 인생이 무상함을 알겠네
세상에 나와 형 아우하는 것이
어찌 반드시 골육만이 육친인가
기쁜 일은 마땅히 서로 즐기고
말술 이웃과 함께 모여 마셔라
젊은 시절은 거듭 오지 않으며(盛年不重來)
하루에 아침 두 번 맞지 못한다(一日難再晨)
때를 놓치지 말고 마땅히 힘쓸 일(及時當勉勵)
세월은 사람을 기다려 주지 않는다(歲月不待人)

인생을 살면서 젊은 날이 계속될 것 같지만 어느덧 중년의 나이에 접어들게 되고, 그 뒤엔 시간의 속도는 더욱 빨라져 어느덧 인생의 황혼기를 맞이하게 된다. 그러니 내일이 있다고 미루지 말고 지금 이 순간이야말로 내 인생에 가장 아름다운 시간이라고 생각하고 최선을 다해 그 시간을 사용하는 것이 현명한 군자의 모습이다.

도연명의 가문은 그리 대단치는 않았으나 사족(士族)에 들어갔다. 그의 학식이 보수적인 문인 층에 속하였으므로 신흥세력과 어울리지 못하여 전원생활과 음주의 낙을 즐겨 읊었다. 손수 농사도 지었으므로 인간미가 흘렀고, 백성들의 생활 자체를 노래한 문학이었다. 때로는 인간의 내면을 그린 철학적인 시도 적지 않다. 청결한 일생으로 「정절선생(靖節先生)」이라는 시호가 내려졌다.

「세월부대인」은 언제 지나갔는지도 모르게 빨리 흘러가는 것이 인생이니 매사에 부지런히 힘써야 한다는 것을 일깨워 주는 성어이다. 위의 「잡시」에는 세월부대인 이외에 일일난재신(一日難再晨), 「성년부중래(盛年不重來)」등의 성어가 유래한다.

— 도연명(陶淵明) / 「잡시(雜詩)」

【우리나라 고사】

▣ **구상유취**(口尙乳臭) : 입에서 아직 젖내가 난다, 즉 언어와 행동이 유치함. 한고조가 반란을 일으킨 위(魏)의 장수 백직(柏直)을 가리켜 한 말인데, 흔히 하는 말을 한고조가 말한 것이 기록으로 남은 것뿐이다. 그러나 상대를 얕보고 하는 말 치고는 어딘가 품위가 있고 애교가 느껴진다.

김삿갓(金笠)에 관한 이야기 가운데 이런 것이 있다. 어느 더운 여름철 한 고을을 지나노라니, 젊은 선비들이 개를 잡아 놓고 술잔을 권커니 자커니 하며 시문을 짓는다고 저마다 떠들어대고 있었다. 술이라면 만사를 제쳐놓을 김삿갓인지라 회가 동하지 않을 수 없었다.

점잖게 말석에 자리를 잡고 앉아 한 순배 돌아오기를 기다리고 있는데, 행색이 초라해서인지 본 체도 않는 것이었다. 김삿갓은 슬그머니 아니꼬운 생각이 들어, 『구상유취로군!』하고 벌떡 일어나 가버렸다. 『그 사람 지금 뭐라고 했지?』 『구상유취라고 하는 것 같더군.』 『뭣이, 고연 놈 같으니!』이리하여 김삿갓은 뒤쫓아 온 하인들에게 끌려 다시 선비들 앞으로 불려갔다.

『방금 뭐라고 그랬나? 양반이 글을 읊고 있는데, 감히 구상유취라니?』하면서 매를 칠 기세를 보였다. 김삿갓은 태연히, 『내가 뭐 잘못 말했습니까?』하고 반문했다. 『뭐라고, 무얼 잘못 말했냐고? 어른들을 보고 입에서 젖내가 나다니, 그런 불경한 말이 어디 또 있단 말이냐?』 『그건 오햅니다. 내가 말한 것은 입에서 젖내가 난다는 구상유취(口尙乳臭)가 아니라, 개 초상에 선비가 모였으니, 『구상유취(狗喪儒聚)』가 아닙니까?』

한문의 묘미라고나 할까. 선비들은 그만 무릎을 치고 크게 웃으면서, 『우리가 선비를 몰라보았소. 자아, 이리로 와서 같이 술이나 들며 시라도 한 수 나눕시다』하고 오히려 사과를 한 끝에 술을 권했다는 것이다. 비슷한 이야기로 이런 것도 있다. 회갑잔치 집에 가서 푸대접을 받은 김삿갓이 축시(祝詩)라는 것을 이렇게 써 던지고 간 일이 있다.

▣ 세종 때 판중추부사 민대생은 나이 구십이 되던 해 정월 초하룻날 여러 조카, 손자들이 세배를 하고 축수를 하는데, 한 사람이 말하기를 백 세 향수(享壽)를 하라고 했다. 이 말을 들은 노인은 화를 내며, 『내가 지금 나이 구십인데 백 살을 살라면 앞으로 10년밖에 더 살지 말란 말이 아니냐. 그런 박복한 말이 어디 있단 말이냐!』하고 내쫓아버렸다. 그 다음에 한 사람이 들어가 절을 하고 말하기를, 『아저씨께서는 백 세 향수를 하시고 또 한 번 백 세 향수를 하십시오.』라고 하자, 노인은 기뻐하며, 『그래야지, 수를 올리려면 그렇게 해야 도리가 되지.』하고 성찬을 먹여 보

냈다.

【에피소드】

▣ 베네치아의 홍고(1704~1821)야말로 지금껏 세계에서 찾아볼 수 없는 영원한 청년이라고 할 것이다. 그는 117세의 장수를 누렸는데 그 사이 다섯 번이나 부인이 먼저 죽었고, 49자녀의 아버지였다. 평생에 하루도 앓아누운 적이 없었고, 시력이나 기억력, 청력은 마지막 날까지 확실했고, 죽는 그 날 아침까지 매일 12 . 8킬로미터의 산책을 쉰 적이 없었다. 그의 머리는 백 세 때, 수염과 눈썹은 112세 때 다시 까맣게 되었다. 115세 때 키오스 섬(에게해에 있는 그리스 령) 주재 베네치아 영사에 임명되었는데, 이것은 고금을 통하여 공직에 임명된 사람 중 최고령자의 기록이다. 116세 때에 그의 잇몸에서는 두 개의 새로운 사랑니가 났다.

그는 자기의 놀라운 불로장수의 비결을 공개하였는데, 그에 의하면 그는 용모가 단정한 젊은 숙녀들과 동석치 않은 날이 하루도 없었으며, 아마 그것이 자기를 언제나 젊게 해주었을 것이라고 공언하였다.

▣ 하루는 극작가로 이름이 난 르나르의 아버지에게 필립이라는 소작인이 와서, 『주인께서는 돌아가신 저희 아버지와 연세가 같습니다.』 라고 하였다. 『아! 그래, 그럼 살아 계시다면 몇 살이 되나?』 소작인은 손가락을 꼽으며 세더니, 『107세가 되겠습니다.』 한즉 르나르의 아버지가 하는 말이, 『아마 사람이 죽으면 나이를 더 빨리 먹는가 보군.』 라고 하였다.

【成句】

▣ 상치(尙齒) : 나이 많이 먹은 사람을 위하는 말. 노인을 존경함. 경로(敬老). /《장자》

▣ 가년(加年) : 나이를 속여 올리는 것을 말한다. 옛날 나이가 모자라는 사람이 과거를 보거나 벼슬을 하려 할 때 나이를 몇 살 속여 올린 일이 있었다.

▣ 견마지치(犬馬之齒) : 개나 말처럼 보람 없이 헛되게 먹은 나이라는 뜻으로, 자기의 나이를 낮추어 이르는 말.

▣ 남녀칠세부동석(男女七歲不同席) : 나이가 7세가 되면 남녀 구별을 지을 필요가 있다는 말. /《예기》

▣ 노기복력(老驥伏櫪) : 늙은 천리마가 헛간 널빤지 위에서 잠을 잔다는 뜻에서, 유위(有爲)한 인물이 나이를 먹어 뜻을 펴지 못하고 궁지에 빠짐을 비유하는 말. /《삼국지》위서.

▣ 과자초분(瓜字初分) : 여자나이 16세를 달리 일컫는 말.

▣ 망년지우(忘年之友) : 나이를 잊고 사귄 친구란 뜻으로, 오직 재덕(才德)을 존경하여 사귀는 벗을 일컬음. /《한서》망년교(忘年交).

▣ 치발불급(齒髮不及) : 배냇니나 배냇머리가 미치지 않았다는 말로, 나이가 어리다는 말.

▣ 치발부장(齒髮不長) : 배냇니를 다 갈지 못한 데다 더벅머리라는 뜻으로, 아직 나이가 어림을 비유하는 말.

■ 강년(降年) : 하늘에서 내려준 나이라는 말. / 채옹.

■ 면상육갑(面上六甲) : 얼굴을 보고 나이를 짐작함. 육갑은 육십갑자로, 남의 언행을 얕잡아 일컫는 말.

■ 견마년(犬馬年) : 자기 나이를 스스로 낮추어 이르는 말. / 조식.

■ 발단심장(髮短心長) : 머리털은 빠져 짧으나 마음은 길다는 뜻으로, 나이는 먹었지만 슬기는 많음을 일컬음.

■ 부집존장(父執尊長) : 아버지의 친구로, 나이가 비슷한 어른.

■ 애년(艾年) : 50세를 일컫는 말.

■ 일일지장(一日之長) : 하루 먼저 세상에 났다는 뜻으로, 나이가 조금 많음. 또는 조금 나은 선배. 또 조금 나음.

■ 이모지년(二毛之年) : 센털이 나기 시작하는 나이란 말로, 서른두 살의 뜻.

■ 지명(知命) : 50세의 이칭(異稱). 나이 50에 천명을 알았다(五十而知天命)고 한 공자의 말에서 나온 것이다. / 《논어》

■ 지학(志學) : 학문에 뜻을 둔다는 말로, 공자가 15세에 학문에 뜻을 두었다는 데서, 나이 15세를 일컫는다. / 《논어》

■ 희수(喜壽) : 77세를 일컫는 말. 희(喜)자의 초서(草書)가 七七이기 때문에.

■ 모(耄) : 80세부터 90세를 이르는 말.

■ 기(期) : 100세를 일컫는 말.

▣ 미년(米年) : 88세를 일컫는 말. 미자(米字)를 파자(破字)하면 八八이 되는 데서 연유함.

▣ 백수(白壽) : 99세를 일컫는 말. 백(百)에서 한 획을 빼면 99라는 데서 연유함.

▣ 형(兄) : 口(입 구)자 밑에 几(人)을 받친 글자. 한 부모의 자녀로서 자기보다 나이가 많은 사람을 뜻한다. 본래는 인구(人口)가 『불어난다』는 뜻이었으나, 나아가 『어른』의 뜻으로도 쓰인다.

▣ 성년부중래(盛年不重來) : 청춘은 두 번 다시 오지 않는다. 성년(盛年)은 원기 왕성한 나이, 한창 때를 말한다. 젊을 때야말로 공부를 해두어야 한다는 뜻으로 쓰는 수가 많으나, 본래는 젊어서는 막연하게 헛되이 시간을 보내지 말고, 무슨 일에나 적극적으로 노력하라는 뜻. / 도연명 『잡시(雜詩)』

▣ 소년이로학난성(少年易老學難成) : 뒤에 일촌광음불가경(一寸光陰不可輕)이 온다. 즉 나이를 먹어 늙어지기는 쉬우나 학문을 성취하기는 어렵다는 뜻으로, 세월은 거침없이 빠르게 흘러가고 그 가운데서 일을 이루기가 힘든 것을 비유하는 말. / 주희(朱熹) 『권학문(勸學文)』

김동구(金東求, 호 운계雲溪)

경복고등학교 졸업
경희대학교 사학과 졸업
성균관대학교 경영대학원 경영학과 제1회 수료
경희대학교 경영대학원 경영학과 제1회 졸업

〈편저서〉
《논어집주(論語集註)》, 《맹자집주》,
《대학장구집주(大學章句集註)》,
《중용장구집주》, 《명심보감》

명언 죄와 벌
초판 인쇄일 / 2021년 12월 25일
초판 발행일 / 2021년 12월 30일
☆
엮은이 / 김동구
펴낸이 / 김동구
펴낸데 / 明文堂
창립 1923. 10. 1
서울특별시 종로구 안국동 17-8
☎ (영업) 733-3039, 734-4798
(편집) 733-4748 FAX. 734-9209
H.P. : www.myungmundang.net
e-mail : mmdbook1@kornet.net
등록 1977. 11. 19. 제 1-148호
☆
ISBN 979-11-91757-28-6 04800
ISBN 979-11-951643-0-1 (세트)
☆
값 13,500원